KB108811

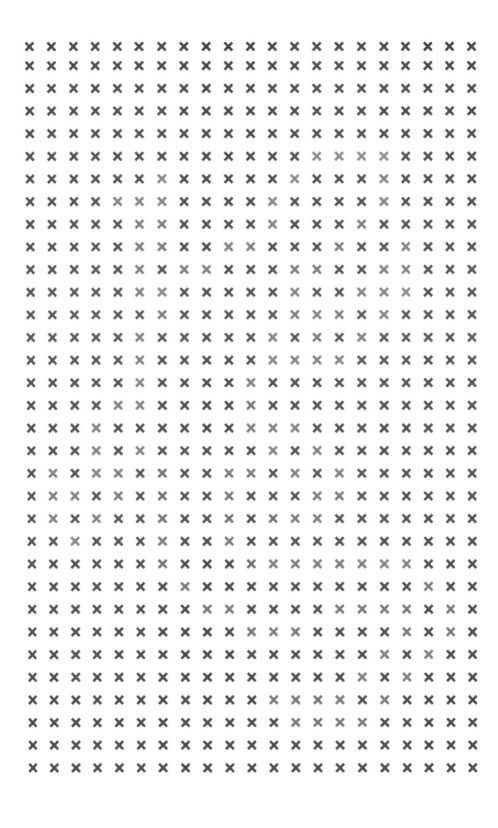

파충류 심장

파 * 충 * 류
심 * 장

강정 시론집

민음사

차례

원생대는 그저 원생으로,
원생이기 때문에 미래다

내가 '나'에 대해(또는 '나'로 인해) 쓴 글들은 죽은 이후까지 창피해도 상관없지만, 내가 '그들'('그들'의 시)에 대해 쓴 글들은 갱생 이후까지도 창피하고 미안할 것 같아 차마 못자리나 찾고 싶은 심정이었다. 죽어 내 몸 누일 자리 있으면 얼마나 다행일까 싶던 나날들.

적어도 대한민국에서 '언어'와 '말'은 다른 뜻인 것 같다. '랑그'와 '파롤'의 분별이나 '시니피앙'과 '시니피에'의 차이와도 같지 않아 보인다. 언행일치하라 강요된 도덕 명제가 삶의 근원적 모순과 배리를 언행불일치의 악행이라 조장하고, 멀티스크린에서는 균열을 정의라, 파국을 승리라 여기는 습속에 오래 젖어 이 나라는 여전히 비루하게 찬란한 것 같다.

그 이상한 지점에서 '행(行)'에 대한 숙고와 자책이 돌발적 강압이 된다. 감성적으론 고약하고 이성적으론 괴이하나, 이런 판단조차 그 '고약'과 '괴이'에 한몫하겠다 싶어 오래 입 다무는 게 사회적 개인의

9

정도(正道) 아닐까 따져 묻다 혼자 지치곤 했다. 그럼에도 오랫동안 다른 이들의 시를 빌려 쏟아 낸 말들을 풀어놓게 된 심사는 내 삶 전부를 죽음 다음의 방랑이라 퉁치며 세상에 내던지고 싶은 욕구를 참지 못한 까닭일 것이다.

제도적 인간의 관점에서 '비루'(鄙陋, 생물 차원에서 그것은 '털갈이'의 시작이지 않던가.)라 여겨지는 삶의 모든 파행은 원생대의 무의식적 본성이자 몸이 내장하고 있는 본원적 기억의 발로일지 모른다. 삶의 밑바닥에서부터 굵은 가래처럼 쓰이는 시는 그래서, 이성적 판단과 분별에 따를 때 모든 것의 잘못된 이름이자 본심과는 어긋나게 묘파된 통상 바깥의 오류를 포함한다.

시(詩)는 '말씀을 모신다'라는 뜻이다.(이 근심많고 두려움에 떠는 인류의 자아도취가 우주의 불손과 불망을 자초한 것 아닌가.) 이 말 자체가 사람의 오류다. 사람이 말씀을 만들어 놓고선 그것을 모신다니. 그럼에도, 그렇기에, 살아 있는 시인들은 그 자각을 입구에서부터 막아야 한다. 시를 더 쓰려면, '자기'라는 허상을 허상이나마 인정하려면. 시인'된' 자는 시를 계속 써야 한다. 시속(時俗)의 이해득실이나 명예는 시가 조장한 시의 거짓된 허구일 뿐이지만, 그럼에도 그 '허구'를 누릴 수 있는 자, 즐기면 된다.

시는 자신을 배반하고 타인을 오해(하는 방식으로 설득 또는 이해)하려는 어떤 말더듬의 자취로 남는다. 혹은 심장 박동의 과급하거나 협소한 맥놀이의 파장으로서 한시적인 위의(威儀이자 危疑)를 지니거나. 다른 시인들의 시를 읽으며, 그 '읽음'의 그림자를 끄적거리며 깨달은 바는 그렇게 내 오류를 '그들'도 이미 알고 있었을 거라는 외로움이다. 오독('汚瀆은 적확하고 '誤讀은 근사하다.)의 동류의식 말고는 모든 말이 사족이다.

태어나 본 적도 겪어 본 적도 없던, 그럼에도 현생의 독단적 자아라 아득바득 우겨야 살 것 같던 '나'(이 명사는 태생이 대명사였음을 이제야 안다.)가 혼자 그린 하늘 아래서 땅바닥을 기고 멋대로 춤추던 게 혼자만의 지랄발광은 아니었음을 깨닫게 해 준 시인들을 사후에서나 만나고 싶다. 그래야 죽을 때까지, 죽어서야 그리워 할 수 있을 테니.

시는 삶의 드러나지 않는 서랍 속에서 고요히 빛을 발하는 즉시 스스로 시들어 버린다. 특정 대상이나 사실의 일차적 표면만을 진실이라 외치는 언어와 일견 편협할 수 있는 자기 신념에의 과한 확증으로 틀 짜 놓은 언술들로부터 시는 여러 각도로 부러 벗어난다. 어쩌면 측정할 수 없는 그 '벗어남의 각도'만이 시가 가질 수 있는 유일한 위치에너지일지 모른다.

'파충류'는 그 가닥에서 얹어 본 종(種)에 관한 파벌적 언사일 따름이다. 정답도, 확신도 아니다. 스스로 긁어 댄 상처를 스스로 떼어 내며 새살 돋기를 거듭하는 이들. 그렇게 변온과 변색의 습성을 인간 본원의 도리인 양 체화한 이들의 슬픈 버릇을 통으로 일러 보고자 임의로 붙인 '말의 외부'일 뿐인 것이다. 이 책에 실린 시인들의 시는 내게 그렇게 또 다른 외부로 작동하며 뒤통수를 쳤다. 시에 속았거나 시에 당했거나 시가 나를 일깨웠다는 뜻 모두를 담은 어사다.

고통을 슬픔이라 저 혼자 덮어씌우며 발끈하다가, 고통은 그저 견뎌야 할 자신의 내용이고 슬픔은 그저 언제인지 모를 과거와 언제 어떻게 닥칠지 모를 미래에 대한 통합적이고도 현재적인 자기 증명일 뿐이라는 걸 깨닫고선 무연히 또 다른 고통과 슬픔의 막간극 속에서 삶을 견디는 이들. 그렇게 바깥에 계신, 바깥이고자 하는, 바깥일 수밖에 없어, 종국엔 바깥이 내부가 되는 자중지란의 미로에서 자신의 눈마저 믿지 못하게 된 이들만 이 비루한 책을 읽으시길.

원생대는 그저 원생으로, 원생이기 때문에 미래다. 당대를 원생이라 여겨 죽음 직전인지 직후인지 모호한 상태에서 원생 이전 형태로 멋모르게 잔존하던 나를, 그렇게 어리둥절 부유인지 침잠인지 헷갈리던 축생을 흉악한 길냥이 뒷목 집어 올리듯 끄집어 살려 주신 강금실 누님께 감사드린다. 생시에 갚지 못할 빚을 빚이라 여기게 해 주셨다. 더불어, 팔리지도 않을 책을 기꺼이 출판하자 동의해 준 민음사 편집부에게도 감사드린다.

금실 누님 덕에 인연 맺게 된 모든 분들도 '업'(業, dharma이자 karma)이라 받아들인다. 까칠과 질척, 새된 침묵과 구차한 넋두리의 간극에서 얼빠진 공중제비로만 휘청거리던 내게 새로 땅에 뿌리박는 체험을 실감케 한 그 분들 중 한 분의 한마디로 인사 갈음한다.

"나에게 상처를 주었던 사람들과, 내가 상처를 주었던 모든 이들에게 이 책을 드립니다."[1]

2021년 8월
십이간지를 네 번째 돌고 난 직후,

을지로 뇌린재에서
기림(奇林) 강정

---

1 김왕배, 「감사의 글」, 『감정과 사회』(2019, 한울아카데미).

1

춤춰라, 한 번도 걸어 보지 못한 것처럼!

이지아 『오트 쿠튀르』와 김정환 『소리 책력』에 대한 소고[1]

두서없지만, 하나의 문장을 예로 들어 보자.

　'쓰다'라는 행위가 혼탁하기 이를 데 없는 말에 미지의 투명함을 입히는 시도이며 무한의 의미 작용의 맹아를 내장한 채 떠돌고 있는 말의 바다의 한 구획에 느닷없이 견고한 공동을 현출시키고자 하는 절망적인 작업임을 놓고 보자면 글로 쓰인 것은 그 비견할 것 없는 투명성에 의해 우리들의 시선을 속이고 앞으로 읽히려 하는 책의 페이지가 넘겨지는 순간에, 다름 아닌 바로 그 순간, 오로지 그 순간에, 종이의 흰빛 뒤편으로부터 비춰 오는 빛을 받아 떠오르는 활자의 그림자에 의해 겨우 순식간의 의미 작용을 미치게 하는 것이 가능할 뿐에 지나지 않는 것이다."[2]

1　이 글에 인용된 시는 이지아의 『오트 쿠튀르』(문학과지성사, 2020)와 김정환의 『소리 책력』(민음사, 2017)에 수록되어 있다. 이하 인용은 시 제목(『오트 쿠튀르』)과 쪽수(『소리 책력』)만 표기한다.

2　하스미 시게히코, 박상학 옮김, 『영화의 맨살 — 하스미 시게히코 영화 비평선』(이모션

이것은 일본 영화 평론계의 이단적 대부 하스미 시게히코의 문장이다. 젊은 시절 프랑스에서 플로베르를 연구한 그는 일본 영화계에 미친 영향력과 명성 못지않게 난삽하고 현학적인 문장으로 악명 높았다. 인용한 글에서도 그러한 흔적을 쉽게 찾아볼 수 있다. 복문과 쉼표의 한없는 연결로 발생하는 여러 이명 효과들은 사고의 단선적 흐름을 끊임없이 방해하며 읽는 이를 괴롭힌다. 단순히 정보를 습득하거나 영화에 대한 친절한 해설을 구하려는 이들에게 그 어떤 쉬운 정답이나 분석도 제공하지 않는다. 언뜻 중층적으로 연계되는 사유의 밀도를 과시하려는 듯 여겨지기도 하거니와, 계속 읽다 보면 영화에 대한 해찰보다는 영화를 통해 형성되는 인식의 어느 공동 지점 속에서 홀로 유영하고 있는 느낌마저 든다. 한 문장 더 인용해 보자.

> 시선이 도달했을 때는 응시의 대상은 이미 그곳에 없고 침묵의 바닥을 향해 일직선을 그리며 하강하고 있을 무렵이며, 따라서, 작품은 결국 보여지는 일도 없이, 거꾸로 부재하는 것의 광채로서 어둡게 닫혀진 지평선 저편에서 관객의 꿈에 의해 삶을 이어 가는 것까지를 완강하게 배척하며 그 충실한 삶의 행위에 전념하는 것이다.[3]

번역의 오류 또는 미숙함을 지적할 수도 있다. 하지만 일본어와 한국어 체계를 감안하면 번역은 크게 문제 삼지 않아도 좋을 성싶다. 관건은 그의 문장에서 드러나는 (일상 언어 차원에서의) 불편함과 괴이함이다. 그것은 일차적으로 그가 영화를 대하는 태도에서 기인하는

북스, 2015), 22~23쪽.
3   같은 책, 23쪽.

것으로 보이는데, (인용한 문장 앞에 "인간의 상상력까지가 시간과 함께 해체되어 가는 순수한 무를 향한 운동"이나 "죽음을 목표로 삼아 미끄러져 내려가는 생의 발걸음의 단편적인 연속" 등의 구절도 있다.) 그는 영화를 철학적 테제의 한 근간으로 삼고 있다. 그가 프랑스 유학 당시 만났던 누벨바그 시네필이나 68혁명 세대 철학자들의 영향도 한몫한 것으로 보인다. 그런 영향은 1990년대 이후 한국의 여러 문화 또는 문학 비평의 언어에서도 드러난 적 있다. '번역투'니 '지적 사기'니 하는 논란들이 당시 첨예했던 기억이다.

영화 이론이나 서양 철학의 한국식 전용(또는 자의적 변용)에 대해 새삼스레 재고하자는 건 아니다. 초점은 '쓰인 언어'라는 것이 사람에게 어떤 식으로 작용하는지, 그리고 비일상적 언어 체계라는 것이 어떻게 누군가에겐 실존의 가장 내밀한 지점들을 환기하는 도구(혹은 그 자체로서 목적)가 되는지에 대한 지난한 질문의 반복에 있다. 이는 스스로 시를 쓰는 입장에서 부지불식 반복되는 언어적 자기 점검인 동시에 다른 시인들의 개성적 언어 체계가 환기하는, 일상적으로는 잘 드러나지 않는 생의 복잡미묘한 통점들을 짚어 보는 일이기도 할 것이다.

그런데 그러한 점검은 단지 문학 안에서 한정적으로 운위될 수 없는, 보다 복합적이고 이질적인 예술 형식들 간의 다면적 교합으로 나아가게 된다. 20세기 후반 이후, 문학이 문학 자체의 심미성이나 언어적 통찰만으로 존재의 당위성과 가치를 보지하기 힘들어졌다는 건, 그 의견에 호의적이든 회의적이든, 분명한 사실이다. 문학 역시 당대 삶의 여러 실질적 요소들에 의해 변형되고 내파되고 굴절된다. 그로 인해 '이것이 문학이다!'라고 하는 고전적 차원의 독점적 가치는 때로 균열되거나, 이전과는 다른 방식으로 굳건해지기도 한다.

대중예술이나 영상 매체를 볼모 또는 원흉 삼아 재탕되는 해묵은 '문학(인문학)의 위기' 논란은 그래서 편협하고 안일하다. 문학은 신성 불가침의 폐쇄적 영역이 아니며, 언어적 물리적 도그마에 대한 해체와 일탈을 바탕으로 존속해 왔다. 정말 신성한 것이라면 존재 자체의 독보성에 대한 자위적 웅변을 넘어 거기에 아우러지는 다른 요소들에 대한 큰 그늘이 필수적이다. 어쩌면 미술이나 음악, 연극과 영화 등의 형식과 내통하거나 외도하거나 길항하는 것 자체가 문학 역사의 주요한 한 부분일 수도 있다. 그걸 증명하기 위해 고전 시극이나 장 콕토의 영화 작업 등을 굳이 언급할 필요는 없다고 본다. 하스미 시게히코의 문장은 단편적이나마 스스로 탁마한 문학적 언술과 영화라는 매체에 대한 애정에서 비롯된 어느 개인의 특유한 방언일 수 있다. 그 방언적 특성을 벗겨 버리면 문학은 그저 단순 서사의 종속물이거나 시적 정서의 일차적 표백에 그치게 된다. 그럴 경우 "말에 미지의 투명함을 입히는" 그 어떤 문학적 시도도 불가능해진다. "말의 바다의 한 구획에 견고한 공동을 현출"시키는 것. 이것 말고 문학 본연으로 돌아가는 방식이 또 있겠는가.

그런 차원에서 전혀 다른 어법과 생성 근원을 가진 두 시인의 시집을 단편적이나마 아울러 살펴보려 한다. 이들의 시에서 영화와 연극 또는 미술과 음악 등이 어떤 식으로 교호하고 있는지를 증명하거나 해석하려는 의도는 아니다. 문학 자체의 본성과 힘을 고스란히 유지하되, 시는 이제 감각의 새롭거나 숨겨진 차원으로 진입해 "거꾸로 부재하는 것의 광채"를 드러낸다. 그것은 분명 삶과 세계 속에 내재하되, 빤한 일률적 서사나 언술로선 밝힐 수 없는, 끊임없이 미끄러지며 재생되는 '진짜 현실'일 수 있다.

　이지아의 첫 시집 『오트 쿠튀르』는 문학적 형식을 통해 문학 너머를 총체적으로 아우른다는 점에서 '시를 넘어선 시의 살점들'이라 여길 만하다. '살점들'이라는 건 일차적으로 어떤 커다란 총체에서 찢기거나 부서져 나온 파편들이란 의미이나, 흩어진 파편들을 그러모아 하나의 큰 맥락 안에 재배치한다면 예기치 못한 또 다른 서사 또는 형상의 체계로 구축될 수도 있다는 뜻에서 일종의 '부품' 개념을 포함하기도 한다.(새로운 조립이 가능하다는 뜻이다.) 얼핏 방만하고 난삽해 보이지만, 그 세세한 '방만'과 '난삽' 자체가 하나의 독자적인 에너지로 파동하며 엮어 내는 스냅들. 그것들은 일상을 초과하거나 배면에 감춰진 삶의 핍진한 조각들을 마치 깨진 유리 조각에 되비친 영상들처럼 날카롭게 반사한다. 반사체인 만큼 그것들은 실체가 아니고, 실체가 아닌 만큼 시공 곡률이 다차원으로 뒤틀려 있다. 언제 어떻게 흔들리고 쪼개질지 모르는, 흡사 지진이 진행 중인 땅 위에서 저절로 춤이 되고 죽음이 되고 삶이 되고 마는 것 같은 기묘한 우연과 착종의 분열상들. 어쩌면 우린 '실재'에 속고 있는지도 모른다.

　　버스나 건물을 그대로 두면서 닭이 끓고 있다.
　　차가운 물이
　　수증기가 되고
　　고기가 고기를 찾는
　　초현실의 순간

　　눈이 오고 눈이 오지 않는 요일에도

문, 거기엔 계속 닿고 싶은 빛이 들어가고, 우크라이나 국가의 주변에서

새벽이라고 부르는 살코기의 국적 없는 망명들

끝내야 하는 것은
뜨거운 물에 불린 닭 털이다.
하얗고 조용한 증발이다.

(……)

언젠가 울타리 밖에서 서성대던 감시자, 이를테면 스프링이 휘어지고,

사고는 주기적으로 일어난다. 주인은 남은 것을 정리하라며 그녀에게 할 일을 준다.

오늘은 질긴 껍질의 줄거리를 풀어 본다.

노끈을 자르면, 냉동 닭이 가득 찬 박스가 열리고, 골목이 열리고, 화재 경보음이 울리고

질퍽이는 냉동 닭을 끌어안고 강서 지점 간판 밑에 서 있다.

── 「도시는 나에게 필연적 사고 과정을 부여했다」에서, 『오트 쿠튀르』

모든 관계는 이야기가 없어도 좋다

무대 위에
우유가 내리기 시작한다
우유 속에서 느리게
정지하는 것도 움직이는 것도 모두 허락되는 곳
인간과 물질의 거리가 더 자라기 위해
단백질과 평화가 가득한 나라

(……)

모든 관계는 상상이 아니다

　　　　　　　　　—「알루미늄 시민들」에서, 『오트 쿠튀르』

　　시집 중간쯤에서 아무렇게나 뽑아 본 구절들이다. 어떤 페이지를
펼쳐도 이렇듯 "이야기가 없어도 좋"을 이미지들이 난반사한다. 정조
의 명암이나 감정의 굴곡 등이 '알루미늄'처럼 냉각된 채 차갑고 날카
롭게 곤두서 있고 삶에 대한 평서문적 잠언 따윈 찾아보기 힘들다.(있
더라도 대개 유머러스하게 비틀려 있거나 냉소적이다.) 무척 혼란스러워 보
이지만 혼란조차도 모종의 극화된 양식으로 내밀하게 짜여 있어 계
속 읽다 보면 커다란 자장 안에서 원심과 구심을 끊임없이 죄었다 펴
는 활달한 운동성에 사로잡히게 된다. "정지하는 것도 움직이는 것도
모두 허락"되었기에 "단백질과 평화"라는 상호 연관성 없는 물질(단백
질)과 상태(평화)가 동렬에서 같은 밀도로 진동하는데, 그것들이 다시
"하얗고 조용"하게 "증발"되어 종국엔 어떤 이미지들이 점멸했더랬다

는 잔상만으로 떠돌며 보이지 않는 더 큰 그림 앞에 마주한 느낌을 갖게 한다. 조밀하게 진행될 때조차 행간은 "더 자라"난 "인간과 물질의 거리"만큼 드넓어지고, "어디에 쓰"일지 모를 "면적과 형체"들(「사자를 타고 달린다」)이 폭풍 속에 휘말린 공사판 건자재 더미들처럼 날아다닌다. 정말 지진이 진행 중인 어느 먼 나라의, 괴롭고 예측 불허지만, 그래서 신나는 풍경이라 아니할 수 없다.

시의 이미지들이 모종의 환상성과 혼돈을 드러내는 경우, 대개 심리적 외상이나 도피적 환각, 또는 정치적 저항성을 함의할 때가 많다. 이것은 시가 현재 존재하는 방식이나 위의(威儀)와도 관련한 얘기일 수 있다. 흔한 말로 '시는 언어의 집'인 동시에 바깥(바깥이 없다면 집이 존재할 필요 없다는 점에서)이고, 어머니인 동시에 악독한 후레자식(자식이 존재하지 않는다면 어머니일 수 없다는 점에서)이다.

언어는 태생적으로 다성(多聲)적 속성을 지녔다. 같은 단어라도 문어나 구어, 감정과 상황, 주체와 대상의 각도에 따라 전혀 다른 물성과 의미를 갖게 된다. 시는 그 여러 언어적 물성을 무시로 변형시키면서 독자적 음색의 스펙트럼을 갖는다. 가령 '시적 환상성'의 경우, 시인이 어떤 환상적 효과를 노려서가 아니라 한 줄 시를 언어 체계로서 받아들이는 독자의 감각이 그것을 환상이나 혼돈으로 여기게 되는 것이다. 시에 있어 '환상'이나 '혼돈'은 일상적 언어 체계와 대립 개념이 아니다. 오히려 일상 속에 종속되거나 일상 자체의 평면성을 나타낼 때조차 시의 언어는 언어 자체의 자율성에 따라 여러 방향, 여러 각도로 굴절되고 이지러진다. 거기에 정해진 질서나 기술적 원칙 따윈 없다. 언어는 비록 사회적 약속의 체계이자 어떤 필요 차원에서 큰 교집합 안에 포함되는 공공재이지만, 한 시인이 그 자신의 내적 리듬이나 사유의 흐름을 언술하고자 할 때, 그 공공 집합의 틀은 무시로 깨어진다.

어떤 소리는 바로 그렇게 말하는 소리고 모든 소리가

그렇게 말하는 소리일 때가 있다.

소리에서 소리로써만 가능한 그런 광경이다.

소리의 소리가 내는 뜻도 그렇게 들릴 때가 있다.

아주 간단하게 20년도 더 묵어

눈썹보다 더 새까만

책상 더께를 칼등으로 벗겨 낼 수 있다. 모든

무명씨도 미래의 처음이다

— 『소리 책력』, 9쪽

　　김정환의 시적 이력을 새삼 평퍼짐하게 훑는 건 무의미하다. 40년을 넘긴 그의 문학적 내성과 근성이 현재 어느 지점까지 달했는지에 대한 분석이나 추앙(제대로 못할 바엔 안 하는 게 낫다.)은 나로선 부질없다. 당대적 현대성의 첨단에서 발언한다는 점에서 그는 항상 현재를 (철학자 김진석의 용어를 빌리자면) '포월(匍越)'한다. 그는 늘 "미래의 처음"을 스스로 제시하고, 거기에 뒤엉키며, 자신의 삶 전체를 끌어안는 방식으로 다채로운 언어적 투기에 전념하여 전(全) 역사적인 함의를 내장한 시구들을 생산해 낸다.

　　김정환의 언어는 언뜻 둥글면서 우둘투둘하다. 인간의 오욕 칠정을 큰 항아리에 듬뿍 담아 우려낸다는 점에서 둥글고, 그 세밀한 언어의 결들이 일상적 리듬 체계를 매 순간 문법적 해찰로 균열시킨다는 점에서 우둘투둘하다. 음악으로 치면 거대한 평균률 안에서 무시로 변박과 엇박, 반음과 무조음(無調音)을 교차시키며 청자의 관성적이고 나태한 감상 습성에 죽비를 내려치는 것과도 같다. 그건 모든 예술이 가지고 있는 역사적 허위와 기만성에 독침을 날리는 행위다. 이를 인간의 서정이나 철학적 인식이 모종의 정치적 체제에 의해 어떤 식으로 조작되고 감시되는지에 대한 고발이라 일컫는다면 지나친 비약일지도 모르겠다. 하지만 어떤 유장함에는 평면적인 흐름 속에 많은 균열과 이질적 요소들의 상호 침투와 변태(變態)들이 득시글거린다. 마치 유순해 보이는 강물이 그 속에 예기치 못할 엄청난 역류와 변속으로 작동하는 것과 비슷한 이치다. 그런 의미에서 그는 스스로 '자연'이고자 한다.

> 레스토랑에서 블랙커피 한 잔 마시며
> 통유리로 내다보면 더 좋고 조가비들 각각
> 제 안에 자신만의 오케스트라를 품었고 오케스트라가
> 오케스트라
> 묘사 너머 연주다. 저런,
> 피 뚝뚝 떨어지는 생고기 한 덩이…… 쯧쯧. 나이 어린
> 엄마도, 저런, 쯧쯧. 왜냐면 죽음은
> 끌어내고 또 끌어내도 죽음의 여분이 남아 있다.
>
> ──『소리 책력』, 53쪽

『소리 책력』은 11월에서 시작해 이듬해 10월까지 이어지는 순환 체계에 따라 쓰인 장시집이다. 그런데 그 순환이 자연의 순환이자, 거기에 뒤섞이거나 인식하게 되는 사람의 순환이라는 점에서 비선형적일 수밖에 없다. 봄에 한 번 피었다가 시드는 꽃이 이듬해 다시 피어나는 건 언뜻 동일한 것의 무한 반복 같지만, 꽃의 입장에서는 어느 한철을 통해 탄생과 죽음을 겪게 된다는 점에서 유일무이한 시간 속의 한 점이다. "제 안에 자신만의 오케스트라를 품었"기에 내밀하고

자족적인 협화음으로 만개했다 산화하는 동시에, "오케스트라가/ 오케스트라/ 묘사 너머 연주"인 까닭에 일견 불협하는 여러 "오케스트라"의 중첩으로 "피 뚝뚝 떨어지는" 생멸의 "한 덩이"가 된다. 인간 중심의 시간 체계에서 아무리 꽃의 생몰 기간이 짧다 해도 더 큰 자연의 관점에선 다른 패턴일 수 없다. "죽음은/ 끌어내고 또 끌어내도 죽음의 여분이 남아 있다"라는 구절은 그런 차원에서 현존하는 한 인간이 죽음을 대하는 기본 태도를 드러낸다. 이때, 죽음은 주어다. 이를테면 '죽음을' "끌어내"는 게 아니라 '죽음이' 끌어내는 것이다. 이 사소해 보이는 조사의 차이는 결국 인식의 지점과 주체에 관해 엄청나게 다른 부언 요소들을 낳는다. 죽음이 대상이 아니라 살아 있는 그대로 주체로 작용하는 것. 시집 전체가 늙음과 죽음이 외삽된 실존의 전체적 통찰로 무한 변주되는 것도 그 까닭이다. 삶에 대한 곧은 성찰이 죽음에 대한 전면적 긍정과 직면을 통해 이루어진다는 건 생에서 유일한 진리일 수 있다. 그런데 그 '죽음'은 기전제된 명분이나 목적이 아니다. 종결도 파국도 아니고 그 자체로 쉼 없이 유동하는 삶의 근원이자 에너지로 작동한다. 언어로써 형성되고 괴리되는 삶의 모든 조건들은 결국 죽음의 한 마디와 연결되어 있다. 모든 시적 언어는 삶 자체에 내장된 죽음에 대한 인식에서 비롯되는 것이고, 그렇기에 삶의 실질이라 여겨지는 것들을 언어의 잠정적 죽음을 통해 더 큰 실재의 훈령들로 환기시키는 것이다. "빨리 달리므로 육식하는/ 운명 아니라 육식하므로 귀와 코가 예민하고/ 빨리 달리게 되는/ 운명 맞나? 운명 자신의 소실점 아니라/ 갈림길, 멸종이 팽창한다."(87쪽)라고? 그 "멸종"의 "팽창"은 그러니까 언어 자체가 언어를 잡아먹고 예민해진 "귀와 코"가 또 다른 언어를 냄새 맡을 수밖에 없는, 과민성 언어의 순열(殉烈)한 구토이렷다!

*

다시 이지아의 시로 돌아와 보자.

앞서 그의 시를 두고 '지진이 진행 중인 땅 위에서 저절로 춤이 되고 죽음이 되고 삶이 되고 마는 것 같은 기묘한 우연과 착종의 분열상'이라 칭한 바 있거니와, 이 문장의 요란스러움만큼이나 이지아의 시는 급격한 비약과 상호이질적인 것들의 충돌로 점철되어 있다. 그러다 문득 "먼 풍경을 보면/ 내 등이 혼자 울고 있는 것 같"(「감각은 어떻게 실패했을까」)은 적막감과 마주하게 될 때가 있는데, 거기에 모종의 망실감이나 슬픔의 흔적은 냄새나지 않는다. 외려 요동치는 회오리 속에서 스스로 균형을 잡으려는 듯한 심지 굳은 침묵의 '등짝'(자신의 등을 본다는 건 이미 자신에게서 이탈했다는 증거 아니겠는가) 같은 게 어른거릴 뿐이다. "미워할 대상이 없어서/ 감각은 두 계단 위에 서 있"(같은 시)다는 마지막 구절의 울림이 그래서 더 선연하고 강렬하다. 이지아는 자신의 감각들을 스스로 베어 내 그것들이 분방하게 날뛰며 포착하는 세계의 균열상들을 재조립하는 데 몰두하는 것이다.

"감각은 두 계단 위에 서 있"고 정신은 "먼 풍경"들 속에 방임되었으되 생물학적 존재로서 시인(뿐만 아니라 모든 존재)은 언제나 '지금, 여기'에 현존한다. 자신의 "등"을 목격한 자는 결국 삶의 일반적인 동선에서 벗어나 스스로를 굽어보게 되고, 거기에 비친 세계는 일상과는 전혀 다른 속도감을 가지면서 비틀리거나 축소 또는 확대된다. 시간이 반대 방향으로 돌거나 시계가 네모가 되거나 땅이 수직으로 곤두서고 바다가 원형의 감옥이 되기도 한다. 그런데, 이렇듯 "두 계단 위에" 서 있는 감각들은 여러 종의 원색들을 충돌시키면서 각각의 색을 외려 더 또렷이 부각한 어느 아프리카 국가의 국기를 연상케 한다.

그것은 시인의 내면에서 불어온 호흡의 바람을 타고 현란하게 펄럭인다. 그것을 "먼 풍경"으로 바라보는 자는 그 부단한 변속 리듬에 맞춰 저절로 춤추게 되는데, 이때 춤추지 못하는 자는 스스로 구속된 시간과 거기 꽉 조인 발걸음 속에 자신을 가둔 자일 수 있다.

"시선이 도달했을 때는 응시의 대상은 이미 그곳에 없고 침묵의 바닥을 향해 일직선을 그리며 하강하고 있을 무렵", 하나의 형상과 문자가 당신의 이마를 치고 또다른 형태로 변화하기 직전, 자신을 벗겨내리고 춤춰라. 죽음 앞에서 시간은 비로소 춤추고, 춤추는 자 앞에서 죽음은 다시 친밀한 동무가 되어 삶의 깊은 흑점에서 비로소 삶을 허용한다. 그것 외에는 그 어떤 치장된 아름다움도 아름다움의 거짓일 뿐이며 "공동체를 부르는" 한갓 "속임수"(「감각은 어떻게 실패했을까」)에 지나지 않는다. "흔들리는 것이 흔들리기 위해서 아니라/ 더 안정되기 위해 아니라 흔들림이 생명의 가장 위대한/ 명사"(『소리 책력』 105쪽)라는 사실을 온몸으로 증명하기 위해 시인들은 그렇게 언어의 빗면을 흔들어 자신의 그림자에 옷을 입힌다. 좀 찢겼거나 어딘가 노출되었거나 몸에 맞지 않으면 어떤가. '오트 쿠튀르(Haute couture)'는 그렇게 지금, 모종의 정치적 함의로 위장하여 어떤 이의 주둥이를 틀어막은 일률적 언어의 감옥과 도덕의 횡포를 도발한다. 거기 맞서는 정치적 전위는 늘 이렇게 비틀리고 찢어져 있다. 정말 제대로, 정말 드물게, 제 심장으로만 살아 있는 까닭이다.

꽃을 찾아, 안 들리는 방울 소리를 찾아

김소형의 시 두 편

—✕—

일주일 전. 지난 계절 발표된 시를 뒤적이다가 문득, 누군가 건네
준 꽃다발을 빈 병에 물을 담아 꽂아 두었다. 이틀 정도 포장째로 방
치해 뒀던 듯하다. 비단향꽃무. 향이 짙다. 그리고 분홍색 장미 다발
도 있다. 꽃송이보다는 줄기 가득 들어찬 초록색 잎들에 이상하게 더
눈이 간다. 꽃을 집에 두는 걸 경계하는 나로선 예외적인 일이다. 크
고 요란한 줄기가 구렁이처럼 온몸을 휘어감고 봉오리가 커다란 괴물
의 주둥이로 변해 내 몸을 머리부터 삼켜 버리는 꿈을 꾼 이후로 꽃
은 내게 아름다움과는 무관한 사물이 되었었다. 어릴 적 꾼 꿈이다.
당시엔 공포였지만, 지금은 딱히 그렇지만도 않다. 그럼에도 꽃을 경
계하는 심리는 스스로 오류인 줄 알면서도 쉬이 놓아 버리지 못하는,
놓아 버리는 순간 오래 끌고 온 은밀한 비밀 같은 게 탄로 날까 두려
워지는 아집과도 비슷할 것이다. 그러나 아집을 끊어 버리면 도저히

존재의 밀도를 스스로 유지시키지 못하는 벽창호들이 세상엔 있는 법이다. 다른 이에겐 아무것도 아닐 것이 자기 자신에게만은 판도라의 상자보다 더 위험하고 비밀스러운 '내면의 곳간'으로 작용하는 일. 사실, 그 뚜껑을 열고 보면 스스로도 심상해질 정도로 보잘것없는 것들투성이일 수 있다. 하지만 관건은 사물의 실체가 아니라 사물을 대하는 사람의 태도다. 꽃 따위가 사실 뭐가 무섭겠는가. 꽃의 입장에서는 병(이 '瓶'이 왠지 '病' 같다.)에 꽂아만 둔 채로 가끔 눈길이나 주다가 말라 죽어 가는 걸 구경이나 하고 있는 내가 더 무서운 존재인지 모른다, 고 쓰면서 꽃을 살짝 바라본다. 팽팽하던 이파리들이 축 늘어져 조만간 말라비틀어질 조짐이다. 매콤한 듯 화사하던 향은 거의 지린내 수준으로 전락했다. 불과 일주일여 만에 생과 사, 미와 추가 양립하는 공간. 그럼에도 여전히 삶은 지속되고 죽음은 불가해하고 환희와 슬픔은 영원한 미지수인 상태로 어떤 것들이 빠르게 뇌리를 긋고 지나간다. 그걸 아마도 어떤 사람들은 '시'라 일컫는 모양이다.

그래, 나는 푸른 머리칼 그 애를 기다려, 그 애는 숨어 있는 걸 좋아했지. 아홉 개의 구멍으로 빛 뿜는 분수 뒤에, 흰 부리 다듬는 겨울 뒤에, 그는 숨어 있다가 불쑥불쑥 튀어나와 나를 놀라게 했어. 어떤 날에는 날 데리고 토끼굴에 들어가 한참을 나오지 않았지. 비밀처럼 입을 쫑긋한 채 몸 둥글게 말고 굴속에서 나오지 않는 그 애를 기다리다가, 어서 나오라고 연기를 피웠어. 한참 뒤에야 나온 것은 불붙은 토끼 한 마리.

아니, 입에서 갓 꺼낸 장미 같은 것, 타 버린 양털 같기도 한 나의 얼굴이었지. 내가 손은 뻗자 그 애는 내 거야라고 울먹거리기까지 했는데 아무리 봐도 그건 나의 얼굴이었어. 그것이 홀로 깡충깡충 뛰다가 뒤늦게 나를 보고는 절규에 가깝게 소리 질렀다.

"안 돼!"

그 애는 재빨리 그것을 끌어안고 신나게 도망갔어. 삐딱하게 월계관처럼 그의 정수리에 올라간 얼굴은 계속 떠들어 댔지.

"정말 따분한 삶이야. 얼마나 지루했는지 알아? 이 순간을 기다렸어. 난 자유야!"

나의 놀란 얼굴이 비탈길을 지나 사라지고 있었고 어쩐지 평생 하고 싶었던 말을 그 표정이 다 해 버린 것 같았다.[1]

세상의 모든 이야기는 작위로 가공되어 쓰이기보다 스스로도 제어하지 못하는 삶의 어느 순간, 돌연히 증식하거나 이탈하면서 생성된다. 이때 '증식'과 '이탈'의 처소는 (일차적으로는) 일상이다. 요컨대, 일상의 작은 부분 요소들이 평시의 맥락을 비틀거나 과장하면서 '증식'할 때 세상에 없던 이야기가 발생한다는 것. 그런데 그 '발생'은 그 자체가 일상의 질서와는 다른 방향, 다른 주체, 다른 반향을 갖게 된

---

1   김소형, 「숨겨 둔 이야기」에서, 『좋은 곳에 갈 거예요』(아침달, 2020).

다는 점에서 모종의 '이탈'이라는 것.

　반대로 말해 보자. 세상의 모든 이야기는 평면적인 일상의 지루함 속에서 문득 일상이 스스로를 굽어보기 시작할 때 지루한 평면 구조를 비틀며 비로소 입을 열게 된다고. 그건 마치 온몸을 구부려 평소엔 잘 볼 수 없는 자신의 음부나 항문 속을 들여다보는 형국과도 같다. 그 내밀한 "굴속"이 숨어 있지 않고 드러나 있다면 아무도 그 속에서 벌어지는 (자신만의!) 이야기에 귀 기울이지 않을 것이다. 거기엔 "이 순간"을 기다려 "자유야!"라고 외치는 "푸른 머리칼 그 애"가 살고 있는데, "입에서 갓 꺼낸 장미 같"기도 "타 버린 양털 같기도"한 "그 애"는 해방감을 안겨 주는 동시에 "나를 놀라게" 한다. 왜 그럴까. 추측건대, 낯설어서가 아니라 "아무리 봐도 그건 나의 얼굴", 그것도 평소 거울 속에서 보던 얼굴과는 판이하게 다르면서도 빼도 박도 못하게 나와 똑같이 생긴 진짜 내 얼굴(그런데, 이 판단은 과연 누가 하는 것일까.)이기 때문일 것이다. 굴속에서 막 뛰쳐나온 "그 애"는 실상, "나를 보고는 절규에 가깝게 소리" 지르기만 할 뿐 온전하게 실체를 드러내지 않는다.(그 연유는 다음 문단에 밝히겠다.) 그럼에도 "그 애"와 "나"는 서로가 자기 자신임을 알아보고는 대뜸 소스라친다. 더 정확히는 자기 자신임에도 자기 자신이 아니어서 피차 눈이 동그래지는 것인즉, 거기엔 "그 애"인 듯 "나"인 듯싶으면서도 "그 애"도 "나"도 아닌 제삼자가 끼어 있기 때문이다. 그것의 이름(?)은, 쓰여 있는 바에 따르면 "그" 또는 "너"다. 이 시의 마지막 연을 보자.

　이제 그는 나타나지 않고, 나도 더 이상 놀라지 않지. 내가 푸른 머리칼 그 애처럼 웅크리고 숨어서 기다리고 있거든. 네가 나를 찾으면 신나서 달려들겠지. 너의 놀란 얼굴을 기억할 거야. 그걸 숨겨 뒀다가 쓰고

달아나야지. 작은 방울처럼 딸랑거리며.[2]

시의 앞부분에서 "그"는 두 번 지칭된다. 언뜻 "그 애"와 같은 존재인 듯싶지만, 4연을 꼼꼼히 읽어 보면 그렇지가 않다. 이 시에서 "푸른 머리칼 그 애"는 단 한 번도 그 모습 그대로 등장하지 않는다. "그것" 또는 "그"나 "너"로 불리면서 "나"와는 다른 존재로 끊임없이 미끄러지며 사라지기만 할 뿐이다. "연기"를 맡고 굴속에서 뛰어나온 "그것"을 시인은 "불붙은 토끼 한 마리"이거나 "갓 꺼낸 장미 같"기도 "타버린 양털 같"다고도 말해 보지만, "그것"은 사실, 그 어떤 비유나 대체물로도 명확히 지시되지 않는다. 이야기하고 싶고 전해 주고 싶고 바라보고 싶은 충동만 "연기" 피우듯 백지 위에 긁어 댈 수 있을 뿐, 분명한 건 내 몸 바깥에서 나와 마주친 "나의 놀란 얼굴"밖에 없다. 그 "놀란 얼굴"이 말 그대로 놀라워 "내"가 소스라치지만, 그 놀람의 대상은 그 어떤 명백한 주객 가늠으로 분리되지도 통일되지도 않는다.[3]

---

2 같은 시. 고딕 강조는 인용자.

3 다르게 말해 보자. 시는 주로 '나'라는 시적 주체, 또는 페르소나를 통해 자신을 드러내고 객체화하지만, 시에 쓰인 '나'는 일상적 주체로서의 '나'와 같으면서도 다르다. 시인이 '나'를 말할 때, 그 '나'는 내가 나로서 말하거나 드러내지 못하는 (또는 드러내지 않는) 또 다른 자아에 대해 자기도 모르게 고백하게 된다. 다시 말해, 시에서 말해지는 '나'는 내가 본래 말하거나 표현하고자 한 바로 그 '나'가 아니라는 뜻이다. 시인의 '나'는 '나'의 배면이거나 배신자에 가깝다. 그 '나'는 내가 결코 말하지 않으려하는 것들만 '나'의 의지와 무관하게 발설하고 변형시킨다. 가면을 쓸수록 발가벗은 진심만이 드러난다는 걸 깨달았을 때, 시인은 더 이상 시를 쓸 수 없다. 동시에, 그 반대일 수도 있다. 시가 시인의 '나'를 발가벗길 때, 시인은 그 발가벗겨진 '나'를 감추려 더 맹렬하게 시에 몰두하게 되기도 한다. 작파든 몰두든, 쓰고 있는 시가 더 이상 이미 알고 있던 그 '시'가 아니라는 사실을 깨닫고 난 이후의 시는 무엇을 말해도 죽음의 뒷덜미를 볼 수밖에 없다.

"그"는 결국 "너의 놀란 얼굴을 기억"하고 "그걸 숨겨 뒀다가 쓰고 달아"나 버린다. 그리하여 "그 애"의 "푸른 머리칼"은 끝끝내 볼 수 없다. "푸른 머리칼 그 애"의 이야기는 결국 전해지지 않는다. 기다리고 기다려도 오지 않는 "푸른 머리칼 그 애"는 어쩌면 시인이 늘 만남을 고대하면서도 유예시키는 그 자신의 진짜 맨얼굴인지도 모른다. 사람은 누구나 자신의 진짜 얼굴, 그래서 실제보다 더 자신과 닮아 있는 얼굴을 마주하고 나면 이전과는 다른 사람이 된다. 다른 사람이 된다는 건 어떤 식으로든 죽는다는 걸 뜻한다. 시는 그러한 죽음에의 동경이자 고요한 저항이다. "나"는 "그"를 부르는 방식으로 "그"의 출현을 유예한다. "그"는 부를수록 사라지지만, 그 부름 자체가 곧잘 이 세계를 평이한 시간 곡률 바깥에서 유현하게 출렁이도록 한다. 불안과 희원과 체념으로 뿌예진 어느 거리를 느릿느릿 걸어가는 시인의 뒷모습이 문득 푸른빛이다.

———✳———

찾고 있었지
겹겹이 쌓인 눈부신 꽃을
사라진 도시에서 안개 속에서 피고 지는
찾아다녔지
그가 본 것은
빛의 사원
주두에 기대앉아 쉬는
천사들

황금이 담긴 붉은

도자기

천국과 지옥의 문

순장된

예언자들

그가 찾은 건 이런 게 아니었어

그는 신비를 찾는 게 아니었다

그가 본 것은 소리 없이

따라오는

눈송이

숨죽이던 늙은 개

창에 꿰인 채

흔들리는 아이

의

옷

벌레의 울음소리로

엮은

양탄자

심해까지 울리던

종소리

그러나 그가 정말 원하는 건

그저 꽃을 보고 너에게

돌아가는 일이었지[4]

---

4 김소형, 「산책」, 앞의 책.

이 시는 어눌한 듯 면밀한 어순 도치로 시작한다. 도입부 3행을 일상 어법으로 풀면 '사라진 도시의 안개 속에서 겹겹이 피고 지는 눈부신 꽃을 찾고 있었지' 정도가 자연스럽다. 하지만, 시인이 임의로(아니, 시인 스스로도 작의를 모르고 있을 수도 있다.) 여미고 조각낸 정경에선 그런 어법상의 자연스러움만으로 시인의 절박함이나 농밀한 심사를 느낌 그대로 전달하기 힘들다. 중요한 건 시인이 막연하게 그리는 풍경을 그야말로 막연한 산문 투의 어조로 덤덤하게 알리는 게 아니라, "사라진 도시"에서나 찾을 수 있는 "눈부신 꽃"의 환영이 어떻게 시인에게 다가왔느냐 하는 점이다. 요컨대, 무엇을 말하고 전하느냐가 아니라, 무엇이 어떻게 다가왔기에 그 무엇의 실체를 일상 어법과는 다른 구조로 드러낼 수밖에 없었는가 하는 게 보다 중요한 문제라는 얘기다. 그것은 일차적으로는 리듬의 불연속적인 분절, 그리고 그로 인한 시각적 중층 구조로 드러난다.

첫 행의 "찾고 있었지"와 4행의 "찾아다녔지"는 음절수와 자모음의 배열이 동일한 구조로 반복된다. 그리고 그 사이에 "겹겹이 쌓인"과 "눈부신 꽃을"이 서로 대구를 이루며 역시 동일한 음절 수로 리듬을 탄다. 3행의 "사라진 도시에서"와 "안개 속에서"는 뒤에 붙는 처소격 부사의 반복으로, 마치 두 장의 사진을 네거티브 상태로 겹치듯, 뿌옇고 존재하지 않는 어느 공간의 혼미한 거리감을 부각시킨다. 그러면서 뒤를 잇는 "피고 지는"의 시간적 굴곡과 무상감이 증폭된다. 그렇게 드러난 "눈부신 꽃"의 실체는 그 눈부심의 환각만큼이나 비현실적이고 아득하다. "그가 본 것은/ 빛의 사원"의 신기루일 뿐, 찾고 있는 "눈부신 꽃"은 어디에도 보이지 않는다. 거룩함의 허명을 날개인 양 둘러싼 채 "주두에 기대앉아 쉬는/ 천사들"이나 삶의 실질과는 무관한 "천국과 지옥의 문" 따윈 "그가 찾는" 것들이 아니었다. 그렇지만, 평소에 찾지 않던 '거룩함'과 '현묘함'이 예기치 않게 현현하는 건 역설적이게도 바로 그 순간이다. 시인은 다만 사라진 도시에서 "눈부신 꽃"을 찾아다닐 뿐이지만, 그곳이 '사라진 곳'인 만큼 애초에 '도시'도 '꽃'도 현실엔 존재하지 않았다. "그가 본 것은" 그 뒤로 천천히 이어지는, 난분분하게 조각난 실재의 환영들뿐이다.

그중, "창에 꿰인 채/ 흔들리는 아이"에 주목해 보자. 분절된 채 뒤따르는 음절(또는 단어)들에 따르면 시인의 눈에 잡힌 건 "아이"가 아니라 "옷"이다. 그렇지만, 층층이 돌탑을 쌓듯(또는 허물 듯) 진행되는 단어들을 하나하나 좇다 보면 문득 섬뜩해진다. "창에 꿰인 채/ 흔들리는 아이"가 앞뒤 맥락 없이 그 자체로 조밀한 프레임을 형성한 채 한순간 눈에 떡 잡히는 탓이다. 그 실체가 "옷"이라는 건 한 호흡 뒤에 알게 되지만, 그렇다고 이미 덜컥 자리 잡아 버린 마음 속 프레임이 쉬이 떼어 내지는 건 아니다. 조사 "의"마저 단신 독립하여 걸려 있기에 "아이"와 "옷"은 이미 무관한 영역 속의 전혀 다른 사물들로 이격되어 버린 지 오래, "눈부신 꽃"을 찾아다니는 시인의 '산책'은 마냥 한가로운 일상의 무던한 배회를 넘어 세계가 감춘 신의 영역이나 빛이 사라진 어둠의 형틀을 기웃거리는 모험이 되고 만다. 주위를 떠돌던 "벌레의 울음소리"가 마법의 "양탄자"인 양 떠다니고, 어디선가 울려 퍼진 "종소리"는 금세 "심해"까지 가닿는다.

그래, 정말 "그가 찾은 건 이런 게 아니"었을 것이다. 어떤 염원에 서였는지, 또는 누군가의 축복을 위해서인지, 그것도 아니면 그저 한가로운 눈요기를 위해서였는지 모르지만, 시인의 '꽃 찾기'는 시인으로 하여금 부러 보고 싶지도, 알고 싶지도 않은 세계의 지평 너머를 보게 만들어 버렸다. 시인은 그저 "꽃을 보고 너에게/ 돌아가고 싶"었을 뿐이다. 하지만, 이미 봐 버린, 일상 호흡과는 다른 발성으로 띄엄 띄엄 주저하듯 기대하듯 다가선 그 세계에서 시인은 일상의 마디가 부러지고 시선의 각도와 폭이 이지러진 어느 '숨겨 둔 이야기'의 한 풍경에 도달했다. 확연해지는 건 그 주저와 머뭇거림, 그리고 그것을 조심스레 세공한 시인의 숨결과 그 반향뿐이다. 시인은 과연 말하고자 보여 주고자 한 것들을 차마 다 못 내뱉은 것일까 너무 많이 드러낸 것일까. "눈부신 꽃"을 찾지 못하게 한 그 "사라진 도시"의 분절되고 비약된 영상들의 현현 자체가 어쩌면 그 어떤 꽃보다도 눈부시고 만져질 수 없는 꽃의 실체가 아니었을까. 시인은 과연 "너에게/ 돌아"갈 수 있을까.

———✕———

시를 다 읽고 다시, 꽃을 바라본다. 불과 몇 시간이 지났을 뿐이지만, 왠지 아까보다 더 푸름이 엷어지고 기운이 빠진 것 같다. 혹, 시인이 그토록 기다리던 "푸른 머리칼 그 애"가 바로 저 꽃잎 같은 게 아니었을까 싶다. 애초에 시와는 무관한 존재이지만, 시를 읽고 바라본 저것이 이 순간, 시와 전혀 상관없다고 말하는 것도 어쩐지 거짓일 것만 같다. 문득, 전체로 봤을 땐 보이지 않던 잎맥 같은 게 유독 눈에 띈다. 그래, 이파리 하나하나에 세심하게 눈을 줬다가 다시 시선을 멀리 빼고는 푸른색과 분홍색, 보라색이 뒤섞인 꽃병 전체를 한 프레임에 담는다.

시각적 리듬이라는 건 이런 걸 뜻하는 것일 게다. 사물의 크기와 초점과 거리가 변화하면서 문득 내밀한 결들이 만져지는 시간의 물성 같은 것. 거기 몸을 싣고 천천히 의식을 내려놓으면 시선 중앙의 것 바깥으로 전체 풍경이 아웃포커스되면서 홀연히 떠오르는 어떤 상이 있다. 평소엔 잘 볼 수 없지만, 그래서 형태도 색감도 파동도 알 수 없지만, 그럼에도 꼭 삶의 배후에 존재하면서 이 삶의 실질을 변화시키고 마음을 요분질하는 어떤 "굴속"의 메아리나 움직임, 또는 그것들의 그림자. 그것을 겪고 난 다음 입을 떼면 평소의 어법이나 단어의 용례가 많이 변해 있는 걸 느끼게 된다. 그리고 그렇게 쓰인 시들은 무언가를 힘주어 말하기보다 스스로도 잘 모르나 스스로가 아니면 아무도 들을 수도 쓸 수도 없을 이야기들을 끊임없이 상상하고 파기하는 방식으로 그 '어떤 것'을 드러낸다. 그 '어떤 것'은 모두에게 존재하나 오로지 그 자신이 아니라면 비존재나 마찬가지인 것이 되어 버리는 자기만의 "푸른 머리칼" 같은 것일지 모른다.

꽃을 본다. 저걸 왜 오랫동안 무서워했을까. 아울러, "눈부신 꽃"을 찾아다니는 시인의 산책을 아무 생각 없이 따라 걷다가 왜 불현듯 저것을 병에 꽂아 놓을 생각을 하게 됐을까. 물론, 모든 게 사실 맥락에선 무관하고 무용한 얘기다. 그래도, 말의 순서와 감정의 온도를 평소와는 다르게 바꿔 칠하며 뭔가를 말하고 싶어지는 것. 그럼으로써 세계의 빛과 소리를 음영과 울림 그 자체로 전혀 다른 물성을 갖게 만드는 것. 그렇게 잠깐이나마 세상에 존재하지 않는 음악을 흐르게 하고 보이지 않는 그림을 허공에 그려 내는 것. 시의 형식적 현현이란 그런 게 아닌가 싶다. 굳이 그런 식으로 말하고 싶어서 그렇게 말하는 게 아니라, 그렇게밖에 말할 수 없어 평시의 호흡을 잘게 부수고 말의 어순을 뒤바꿔 더듬듯 저절로 말해지게 하는 것. 아무리 그래 본들 "너에게/ 돌아"갈 수 없다 해도, 돌아갈 수 없음을 안다는 그 사실 자체가 영원히 손에 쥘 수 없는 "작은 방울"의 현혹에 불과하다 하더라도, 그렇게가 아니면 아무것도 아니게 되는 것. 그래서 더 간절하고 허무하고 앙상하게 현묘해지는 것. 끝내 찾을 수 없어도 쉼 없이 더듬거리며 "굴속"에 갇힌 방울 소리를 굴 밖에서나마 귀 기울여 들어 보는 것. 그 기나긴 더듬거림의 끝에 스스로 방울이 되어 영원히 돌아갈 수 없는 "너"를 "내" 안에서 흔들어 보는 일. 딸랑딸랑.

죽음의 춤이거나, 우주적 발광이거나

김혜순의 시들 혹은 산문들

1

거울로 만든 파도.

파동이 패턴을 불러오고, 패턴이 리듬을 그리고 끝![1]

어떤 남자 시인들과 대화를 나누다 이런 얘길 들은 적 있다. "나는 여자들이 쓴 시는 도저히 이해할 수가 없어." 나는 수긍도 반론도 안 했다. 그런가 보다 하고 넘어갔던 것 같다. 꽤 오래전 일인데 잔향은 길었나 보다. 그 이후로 여성 시인들의 시를 읽을 때 그 말이 곧잘 떠오르곤 했다. 그럴 때 나는 속으로나마 그 말에 동조했던가 무시했던가. 스스로 분명한 대답은 나오지 않는다. 다만, 시를 이해한다는

---

[1] 김혜순, 「음악을 먹여 살려요」, 『않아는 이렇게 말했다』(문학동네, 2016). 이하 이 시집에서의 인용은 『않아』로 표기하고 시 제목을 표기한다.

것이 과연 무엇인가라는, 성별 구분을 넘어 보다 근본적인 질문을 던져 놓고는 한참 동안 답을 내지 못해 혼자 허둥거렸을 뿐이다. 그러다가 짐짓 (누구에게?) 면피하는 심정으로 이렇게 눙치곤 했다. '여성이 쓴 시는 물론, 나는 다른 시인들의 시는 전혀 이해 못하는 것 같군.' 그러곤 다시 이어지는 자문. '뭔가를 이해한다면 과연 시가 쓰일 수 있을까' 또는 '시라는 게 과연 이성적 이해라는 관점에서 운용되고 운위될 수 있는가'라는 것. 그 질문에 대한 대답을 섣불리 내놓지는 않겠다. 애당초 우문이기에 우답을 내놓을 게 뻔해서만은 아니다. 시와 관련해서 모든 주요한 대답들은 언술 가능한 모든 지점들 너머에 있거나 없다. 씀으로써 작동되는 어떤 '문자적 사태'들의 연쇄와 그 흐름의 파동 및 패턴에 대한 것 말고 시가(또는 내가) 대답해 줄 수 있는 건 존재하지 않기 때문이다.

시는 쓰면서 나아가고 나아가면서 소멸하는 단순 법칙을 그대로 현시한다는 점에서 자연 생태계의 원환과 크게 다르지 않아 보인다. 그럼에도 삶이, 나아가 한 인간의 탄생이 (사후적으론) 굉장히 정교해 보이는 우주의 법칙 속에서 한 점 우연에 의해 돌발적으로 시작되듯, 시적 순간 또한 자연적 질서의 돌연한 비가역적 변형에 의해 예기치 않게 '발생'한다.(나는 이를 '우주가 솔직해지는 순간'이라 멋대로 규정하곤 한다.) 그 '예기치 않음'을 '예기할 수 있는 것' 또는 '판명할 수 있는 것'으로 치환하려는 노력, 다시 말해 그 편만한 무질서에 연속성과 질서를 부여하려는 의식적 노력이 사후에 부가되는데, 그렇게 (잠정적으로) 조직된 언어적 현상이 곧 시다. 그런데, 그 언어적 현상은 전개될수록 인위적인 판별력 자체를 희롱하거나 배반하는 방향으로 나아간다. 모든 쓰인 시는 그 자체 순환 궤도에 의해 자생과 자멸을 반복한다. 언어의 궁극 지대엔 그 어떤 확정적 메시지도 잠언도 존재하지 않는다.

생동하는 건 언어 자체의 활기뿐이고, 그 활기는 결국 언어의 공동(空洞) 지대만을 환기하면서 언어로 지시할 수 없는 감각의 극한으로 넘어간다. 극한의 감각은 곧 무감각에 가깝고 무감각은 결국 (현세의 입장에서는) 죽은 자의 일시적 현현과도 같다. 삶과 죽음이 그 순간 겹친다. 그렇게 쓰인 시는 거듭 누군가에게 읽힐 테지만, 그 읽음 자체도 궁극의 종결이 아니고 그 무언가에 대한 정립은 더더욱 아니다. 그런 점에서 시란 본질적으로 (말라르메식으로 말해) 우주의 체계를 모방하려는 노력인 동시에, 그것이 영원히 불가능하다는 사실을 자위권으로 둘러친, 반(半)의식적 언어 도단에 의한 언어의 사생아와도 같다.

그렇다면 삶은 어떠한가. 삶은 연속적이기도, 불연속적이기도 하다. 쪼개 말해 보자. '나'가 3인칭이 될 때 삶은 어떤 연속체 안에서 일정한 패턴으로 활동하는 듯 보인다. 그러나 '나'가 1인칭으로 고립될 때, 그리하여 외부 세계 또는 우주 전체와 별개로 분리되어 스스로 외화(外化)할 때, 삶은 계측 불가능한 혼돈의 알몸을 드러낸다. 그렇다고 해서 그 어느 편만을 콕 집어 삶의 실상이라 말할 수 있는 건 아니다. 실상이라 얘기되는 어떤 상황과 사태들이 있을 뿐이고, 연속되는 사태들의 한 끝에 크고 작은 종결, 미시태의 죽음들이 점멸할 뿐이다. 그 짧은 점멸의 순간, 모든 인칭이 겹쳐진다. 자아와 세계 또한 뫼비우스의 띠처럼 겹치거나 꼬이면서 전 우주가 스스로 비틀리려하는 바로 그때, 비로소 산 자의 시가 어떤 비밀의 틈새를 찢고 태어난다. 그 찢어진 틈새가 바로 죽음의 입이다.

이 세상은 나의 죽음이라 왼쪽 손목과 오른쪽 손목을 맞붙이고 눕는다

누우면 떠오른다 뒤통수를 하늘로 향한 채

(……)

너는 네 그림자가 지면(紙面)을 향해 내리꽂히는 닭의 형상인 것을
본다
척추는 펜이고 그림자는 닭인데 영혼은 왜 사람인가?
시인은 숨이 멎을 때 더러운 종이를 본다는 게 사실인가?[2]

죽음은 삶의 종결 지점에 놓인 분명한 사건이지만, 살아서 직접
체험할 수는 없다. 죽음은 이중으로 불가능하다. 피할 수도 없으면서
겪을 수도 없다는, 아니 겪더라도 그걸 생시의 언어로 표현할 수 없다
는 점에서 그렇지 않겠는가. 그럼에도 끊임없이 산 자를 참섭하고 혼
란케 하면서 부지불식 얼굴을 내미는 죽음은 삶의 여전한 대척점이
자 동반자로서 삶 속에 임재한다. 그것은 곧 불가능성의 무한 반복이
다. 그 반복이 어느 한 영혼에 닿아 현세의 언어로는 알아들을 수 없
는 헛소리로 진동하고 파열한 흔적이 시의 꼴로 남는다. 시인은 죽음
에 사로잡힌 동시에 죽음과 놀아나는 존재이다. 그래서 아프고 그래
서 신나고 그래서 미친다. 이때 아픔과 신남과 미침은 공시적이라기보
다 통시적이다. 내가 아픈 동시에 '나'를 바라보는 '또 다른 나'가 신났
고 그걸 또 전체적으로 관망하는, 아니 관망하면서 객체화되는 '제3
의 나'가 미쳐 버린 것이다. 그 '나'는 자타 구분뿐 아니라 시공마저 초

---

2   김혜순, 「푸른터럭 ─ 마흔하루」, 『죽음의 자서전』(문학실험실, 2016). 이하 이 시집
에서의 인용은 『죽음』이라 표기하고 시 제목을 표기한다.

월한 궁극의 어떤 존재를 한시적이나마 현현케 한다. 그 순간 우주는 태초에서부터 피부 바깥에 미리 존재하고 있는 '본원적 실체'가 아니다. '나' 또한 일상 개체로서 분명한 자의식을 가진 단독자로서의 현상적 자아만은 아니다. '나'는 그 순간 태어나고 명멸하며 죽음의 입술에 혀를 집어넣는다. 그렇게 '나'가 재탄생한다. 시인이 아프고 신나고 미치기 전에는 우주가 존재하지 않았다고 말해도 과장은 아니다. 우주 역시 그 순간 새로 작동하면서 탄생한다. 다시 말한다. 탄생해서 작동하는 게 아니고 작동함으로써 탄생한다. 시인의 몸이 우주의 거푸집이고 시인의 발설이 세상 최초의 언어로 진동한다. "파동이 패턴을 불러오고, 패턴이 리듬을 그리고 끝!"이라지 않는가. 그러니 그것은 그 '파동의 우주'[3]를 직접 겪지 않은 사람에겐 아직 태어나지 않은 우주다.

산 자에게 우주는 편만하는 동시에 은폐되어 있다. 우주는 만유를 포함하면서도 어느 미세한 개체 안에 점조직으로 분산되어 드러

3 　반복건대 '우주의 파동'이 아니다. 파동 자체가 우주를 생성하기 때문이다. 그렇다면 파동의 근원지는 어디인가. 이 질문은 분명 합당하지만, 물을 수 없는 것을 묻고 있다는 점에서 불합리하고 불가능하다. 우주의 근원 지점은 분명 존재할 터이나, 그 '존재'는 부재에 대한 증명으로만 역설적으로 설명될 수 있다. 그리고 '부재에 대한 증명'은 늘 가설의 형태를 띤다. 가설이란 어떤 확정을 이끌어 오게 된다 하더라도 그 토대 자체가 허구라는 점에서 임의적일 수밖에 없다. 우주는 분명히 실체로서 현존하고 작동한다. 그러나 '작동'의 흔적들이 우주 전체를 완전히 증명할 수는 없다. 이러한 언어와 가설의 치명적 연쇄 고리에 의해 "실체로서 현존하고 작동한다."라는 앞의 진술은 쓰이자마자 오류가 되는 당착에 직면한다. 그 당착을 뚫어낼 합당한 결론이란 내게도, 언어에게도 없다. 그렇다면 죽음은 그것을 모두 알고 있는가. 과연 그렇다고 믿어 봐도 되는가. 확언할 순 없으나 살아서 죽음을 깨우친다는 건 어쩌면 우주의 임재성을 언뜻 들여다봤다는 잠정적인 확신에 투신한다는 뜻이 될 수도 있을 것이다. 신의 존재 증명 또한 그 안에 포섭될 것이다.

난다. 자아도 마찬가지다. 확정적 자아란 현세의 속임수에 불과하다. 내가 나라고 철저하게 믿는 데서부터 모든 이성적 착오가 발생한다. '나'란 빛의 절멸 방식과도 같다. 그것은 입자이자 파동이다. 존재이자 존재의 그림자이고 죽음이 미리 전제된 모든 생명들의 일시적 작동이자 그 끄트머리(로서 다른 개체와 이어지는)의 한 부분 요소이기 때문이다. "빛이 있으라 하여 빛이 있"었다고 합리적 이성은 기술하지만, 사실은 어둠 속에 존재했던 빛을 빛이라 명명하는 체계가 오랫동안 빛의 정체를 속여 왔다고 해도 과언은 아니다. 그리스도보다 십자가와 교회가 더 강력한 상징이 된 이유도 거기에 있다. 시는 상징의 창발 도구가 아니라 상징의 그림자 안에서 스스로 상징인지도 모른 채 상징화되는 "거울로 만든 파도"와도 같다. 그러니 거기 비쳐지는 건 죽음밖에 더 있겠는가. 삶보다 더 강력하게 삶을 사로잡는 죽음. 더 투철하고 민첩하게 자아의 경계면을 가르며 그 자체의 에너지로 약동하는 죽음. 그 죽음은 때로 어떤 이의 몸을 빌려 자서전을 쓴다. 시인의 몸을 빌려, 시인을 아프게 하며, 시인을 자신으로부터 분리시키는 동시에 더 큰 우주에 접붙이며 제 스스로 입을 여는 것이다. "뒤통수를 하늘로 향한 채" 누워 있는 자기 자신의 모습을 자기 자신이 아닌 양 내려다보게 만들며 죽음은 우주 전체를 한 몸에 욱여넣었다가 다시 일상의 미미한 사태들 속에서 조용히 입 다문다. 죽음이 입 다문 자리에서 시인이 현세의 언어로 무언가를 적어 나간다. 아픈 몸을 이끌고 우주 그 자체가 되어. 병이라 불리는 신체의 왜곡을 생사 원리의 정당한 모순율이자 진정한 소통 양식이라 신나게 받아들이며. 이때 시라는 기존 형식은 있으나마나 하기도, 보다 더 강력해지기도 한다. 무얼 써도 시가 되고 무얼 써도 시가 아니다. 그렇게 시가 시로부터 놓여나고 언어가 언어 자체의 활기만으로 언어의 틀을 벗어난다. 그리하여 원래 있었던 것도, 최초로 형식화된 것도 같은 "마이너스 시, 마이너스 산문"[4]이 양성구유[5]로 탄생한다. 그게 '시'든 아니든 도대체 무슨 상관이랴.

2

오직 쓰기

어루만지듯

더듬듯

여기에

시를

가동하기[6]

4　김혜순 「글쓴이의 말」, 『않아』.

5　이 표현은 시가 여성적 분열과 착종의 언어이고 산문이 남성적 구축과 정립의 언어라는 단순 이분법에 기초하지만, 단지 그런 일차적 속성을 표면적으로 교합시킨다는 뜻에서만 나온 게 아니다. 김혜순의 근작들을 전체적으로 살피면 그는 시의 일면적 한계(가령, 모더니티의 산물인 주지성이나 형식적 체계 따위)를 넘어 보다 원시적이고 근원적으로 거슬러 감으로써 역설적인 첨단을 제시하려고 하는 듯 보인다. 근대적 양식으로서의 시나 산문의 형식적 구분이란 그에게 무의미하다. 언어의 형식적 덫은 외려 언어가 아무것도 실행할 수 없게 만드는 자체적 한계를 조장한다. 언어가 언어 스스로의 눈치를 보면서 마음껏 말하지 못하는 상태. 문학이 문학 자체에 대해 아무런 시비도 딴죽도 걸지 못하게 설정된 자생적 감옥의 울타리. 거기에서 언어를 탈출케 하려면 스스로가 스스로를 깨뜨림으로써 자신의 정체를 뒤섞는 일탈이 필요하지 않겠는가. 자신에게 본래 없던 보(자)지를 만들어 자신의 자(보)지를 받아들이는 시의 첨단. 자연 질서가 그러하듯 돌연변이는 공시적 차원에선 변종이지만, 통시적으론 보다 큰 우주의 질서를 체현한다.

6　김혜순, 뒤표지 글, 『피어라 돼지』(문학과지성사, 2016). 이하 이 시집에서의 인용은 『돼지』라 표기하고 시 제목만 기입한다.

살아 있는 사람이 체험할 수 있는 죽음은 대체로 타자의 죽음이다. 죽은 타자는 3인칭인 동시에 1인칭이다. 3차원적 실존 차원에서 3인칭 타자이지만, 영육 합일의 일원론적 우주의 차원에서 (과거 현재 미래를 통틀어) 모든 죽음은 동시적일 뿐 아니라, 단일한 패턴으로 무한 증식 반복되는 동일 개체의 운동이다. "숨이 멎을 때" 시인의 눈에 보이는 "더러운 종이"는 그러므로 시인 이전과 이후를 포함해 오랫동안 쓰였다 찢기길 반복한 '우주의 백지'와도 같다. 그 종이는 "가청권 밖으로 날아올라 회오리처럼 하늘을 때렸는데/ 문 앞에 풍뎅이가 돌고"(「푸른 터럭 — 마흔 하루」, 『죽음』) 있는 정황과도 같은, 시공을 초월한 우주 만물의 복잡한 운동 궤적들로 더럽혀져 있다. 그 '더러움'이 시인을 아프게 하지만, 그 더러움은 우주적인 의미에서 순결하다. "이미 죽음 속에서 태어났"(「이미-스무여드레」, 『죽음』)기 때문일 것이고, 그 죽음(들)은 현세에선 완전히 그려지지 않을 어떤 원환(圓環)의 지도를 온전하게 돌고 난 다음의 또 다른 질서 체계일 것이기 때문이다.

　　애초에 죽음이 없었다면, 그래서 삶이 스스로 자각되지 않고, 세계의 아픔이나 균열이 몸소 각인되지 않았다면, 그리하여 아무것도 쓰이지도 그려지지도 않았다면 그 종이는, 그리고 그 종이가 펼쳐진 세계는 얼마나 수상하고 끔찍했을까. 어떤 이들의 주장과는 달리, 인간은 그 누구도 백지 상태로 태어나지 않는다. 생몰의 유전자는 태어나는 순간, 인간의 언어로는 해독되지 않을 무수한 기호의 형태로 피부에, 뇌의 좌우 반구와 근골 속에 자동으로 입력되어 있다. 단순히 어느 특정 가계의 역사로 유전되는 개별적 성질을 뜻하는 게 아니다. 모든 인간은 세속적 구조의 부분인 동시에, 그것들을 초월하는 더 큰 체계의 독보적 생태 모델로 존재한다. 그 사실을 물리적으로 분명하게 확인시켜 주는 것이 죽음이다. 시인의 숨이 멎을 때 나타나는 종이, 죽음의 문턱에서 느닷없이 펼쳐진 그 더러운 종이 위에서 시인은 아프게 춤춘다. 아프기 때문에, 아픔에서 벗어나기 위해, 아픔이 과연 무엇인지 알려고 시인은 몸의 말, 말의 몸을 토해 낸다. 신음도 쌍욕도 자학도 분노도 급박하게 상승하고 내밀하게 조율된 모종의 리듬 위에서 그 자체의 밀도만으로 팽팽하고 생생하게 약동한다. 아파서 신나고, 신나서 미치는 자중지란의 절묘한 합주가 삶과 죽음의 점이 지대에서 세상을 거꾸로 보게도 하고 사각으로 비틀어 꼬아 보게도 한다. 죽음의 맨얼굴들이 삶의 사타구니를 요분질함으로써 서로가 서로의 등짝을 핥아 대며 엉겨 붙는 언어의 춤. 언어는 시인과 종이 사이를 매개하는 질료이지만, 질료 자체가 형상의 핵심이 된다는 모든 예술의 근본 속성을 고려했을 때, 시인이 쏟아 내는 언어들은 시인의 의도를 대변한다기보다 저 스스로 체득한 우주의 생멸 지도를 모사하는 진흙이나 돌멩이와도 같다. 시인은 그것들을 "어루만지듯/ 더듬듯/ 여기에"서 "가동"시킬 뿐, 그것들에게 이래라저래라 떠들어라 입 닫아라 강요하지 않는다. 그저 말 자체에 몸을 실어 "표현"할 뿐이다, 이렇게.

> 당신의 인생을 5분 안에 몸으로 표현해 보세요
> 선생님은 말했습니다
> 춤이란 그런 것
> 내 인생의 테이프를 전속력으로 돌리자
> 정신박약아의 파안 미소와 눈물 어린 정적이 남았습니다
>
> (……)

바다를 끄는 초승달처럼

당신의 심장이 끌어당기는 해변처럼

네 개의 달이 내 팔다리를 끌어 가는데

정신병자들이 헤매는 정신의 그곳을 뒤쫓아 들어가는 것처럼

일어났다 누웠다 일어났다 누웠다

딱딱한 꿈들이 끄는 인력에 버둥거리면서

이 춤을 다 추면 얼음이 녹고요 그리고 당신은 죽어요[7]

다시 처음으로 돌아가 보자. 여성 시인의 시를 이해할 수 없다는, 나아가 타인의 시란 모두 이해할 수 없다는 어느 우매하나 정직한 남성 시인(들)의 맹목적인 편견과 한계에 대해. 그리고 왜 그렇게 될 수밖에 없었는지, 굳이 '이해'라는 단어로 시의 본의를 체화하려는 많은 노력들이 과연 유의미한 일인지에 대해서도. 성차에 대한 케케묵은 구분과 입장 다툼을 논하자는 건 아니다. 개인적으로 성차 문제나 페미니즘에 관해서라면 (그 자체의 문제의식과 여러 반론들의 타당성을 의심하지는 않지만) 쌍방 또는 다방의 주의 주장이나 분석들의 기본 얼개에 대한 신뢰도가 아직까지 그리 높지 않은 편이다. 다만, 지금까지 쓰인 모든 언어의 체계가 남성 중심, 시각 중심의 기저에서 작동하고 있다는, 해묵었으나 아직 대체 요원한 사실만을 새삼 환기할 뿐이다. 그럼에도 시는 남자에 의해서든 여자에 의해서든 계속 쓰이고 있다. 질러 말하자면, 시의 태생적 성질은 여성적이라 믿는 근본 기저가 강한 편이긴 하다.(46쪽 각주 5 참조) 그럼에도 시가 쓰이고 소비되고 향유되

---

7 김혜순, 「춤이란 춤」에서, 『돼지』.

는 세계의 질서 체계는 오랫동안 여전히 남성적이고 일방향적이고 교조적이다. 시를 이해할 수 없는 것, 그리하여 '이해라는 오해' 속에 가두고 있는 근본 원인은 거기 있다고 본다. 그건 시의 원시적, 본원적 발생 원리를 따져 봤을 때 애당초 설정이 불가능한 접근 방식이다. 시는 예술의 속성을 지녔지만, 앞서 말한바, 모든 예술이 질료와 형상의 조합이라는 차원에서 봤을 때 시의 질료가 되는 언어란 그 자체의 물성을 자연적으로 지니고 있지 않은, 추상과 관념의 소산이다. 그래서 더 미묘하고 그래서 더 간사하며 그래서 더 믿을 수 없다. 보이지도 들리지도 만져지지도 않으면서 보이고 들리고 만져지는 것들의 전이 상태를 조장하거나 가공할 수 있다. 언어에 의한 감동은 언어라는 사다리에 의해 언어 스스로 메타가 되게 하는 작용이다. 이 말은 이상한 말이지만, 원체 이상하고 정합 불능한 상황인지라 언어 역시 당연히 뒤틀리게 된다. 그래도 알게 될 건 알게 되고 깨닫게 될 건 깨닫게 된다. 아울러 잘못 짚는 건 여전히 잘못 짚고 오해는 여전한 오해로 남은 채 이해되었다는 오해 속에서 영원히 왜곡된다. 시는 그 모든 것들의 부정교합과 불합리에 대한 언어적 서술이자, 말로 설명할 수 없는 감정과 감각들을 일방적인 질서 체계로 한정 지어 놓은 남성적 체계들에 더 솔직히 저항하는 방식이기도 하다. 이건 남성이든 여성이든, 의식적이든 본능적이든 시인이라면 누구나 수행하고 있는 시의 자생적 존재 근거가 된다.

그런 점에서 시는 여전히 춤출 뿐 그 어떤 것도 스스로 설명하진 않는다. 춤이란 달리 말해 사지가 특정 리듬에 맞춰 제멋대로, 자연스럽게 따로 노는 것 아니던가. 사지의 엄격한 규율과 통제에 스스로 묶인 몸을 소위 '몸치' 또는 '박치'라 이른다. 리듬과 파동의 물결 속에서 박자를 머릿속으로 생각하는 순간, 몸은 굳는다. 몸이 굳으면 자연스레 생각도 굳고 마음도 굳는다. 그런 의미에서 시는 쓰이는 것도, 생각되는 것도, 해석되는 것도 아니다. 그저 삶과 죽음을 한 순간 교합시킨 육체의 춤이자, 거기서 흘러나온, 흘러나와 언어라는 표피를 아주 잠깐 빌려 입은 육즙의 파동이나 마찬가지다. 그걸 뱉어 내려 시인은 그렇게 아팠나 보다. 스스로 아파서, 죽음의 살이 산 살에 끼어서 그렇게 미친 듯이 전('全'도 맞고 '前'도 맞다.) 육체적 공수를 더러운 종이 위에 뱉어 냈었나 보다. 많이 아팠겠지만, 덕분에 잘 미쳐 본 것 같다. 아니, 오래 미쳐 있던 몸이 조금은 제 미침을 돌이켜 보며 삶도 죽음도 그 자체로 대상화하면서 잠깐이나마 혼자 킬킬거릴 수 있게 된 것 같다. "이 춤을 다 추면 얼음은 녹고" 녹초가 된 "당신은 죽"을 테지만, 그리고 살면서 죽은 자는 계속 나타날 테지만, 마냥 찡그리지만은 않도록 하자. 그에게 속곳을 보여 줘 내 아픔과 네 아픔이 우주적 순환의 발광체로서 본래부터 한몸이었음을 스스로 깨우쳐 기꺼이 자진(自盡)할 수 있도록.

오, '마라'가 없었으면 없었을······

이성복 『아, 입이 없는 것들』

필연적으로, 또는 어찌할 수 없어, 냉·온탕을 수차례 오갈 수밖에 없는 정신이 서슬 퍼런 경련을 일으키는 가운데, 왠지 누군가에게 죄송하다는 인사를 해야 한다는 강박에 사로잡힌다. 그런데 이 방향 없는 인사가 무척이나 불친절하고 강퍅할 거라는 생각에 막 숙이려고 하던 고개를 다시 뻣뻣하게 굳히고 만다. "수그리다'는 말이 '구부리다'는/ 말의 추억을 가"[8]진다는 시인의 말을 빌리자면, 나는 나도 기억 못할 어느 시절부터 이미 구부리는 행위에 대한 강한 반감을 키워오고 있었던 건지도 모른다. 그런데 나는 왜 무려 10여 년 동안이나 벼리고 달이고 데워진 이성복의 시들 끝머리에, 돼먹지 못한 인사 타령이나 하고 있는 것일까? 갓 입봉하는 영화감독처럼 이 암담하고도 무모한 노력이 무사태평하길 기원하는 고사상이라도 차리고 싶어서

---

8 이성복, 「48 표지처럼, 무한 경고처럼」, 『아, 입이 없는 것들』(문학과지성사, 2003), 이하 인용은 시 번호만 밝힌다.

일까? 그러나 내 앞엔 "좋긴 한데, 쪼끔 부끄럽다고 흐흐 웃는 돼지머리"(121) 하나 눈에 띄지 않는다. "쪼끔 부끄럽"기는커녕 얼굴이 숫제 들통 속에서 열 오른 돼지머리처럼 달아오르고, 머릿속에선 쉴 새 없이 날카로운 쇳덩이 같은 것들이 육박전을 벌인다. 그럼에도, 여전히 누군가에게 인사를 하고 싶은 욕망을 주체할 수 없다.

처음엔, 그 대상이 생면부지의 내게 해설을 부탁한 시인 이성복인 줄로만 알았다. 그러나 아니다. 내 인생의 반세기 전, 멀쩡하던 나를 시의 진창 속으로 유혹함으로써 청춘을 골병들게 했던 그를 두고 무슨 세속의 예를 갖추겠는가. 내가 그에게 갖출 수 있는 (시적으로) 가장 합당한 예의는 아직 여물지 않은 언어의 진흙 더미를 호되게 얼굴에 뿌려 버리는 일일 테다. 따라서 한 생물학적·사회적 주체로서의 시인 이성복은 내가 인사해야 할 대상에서 지워진다. 그럼, 혹시 이 글을 읽게 될, 10여 년 동안 시인 이성복의 시집을 기다려 온 다른 사람들일까? 모르겠다.(고 말하면서 괄호 속에 '아니다'를 감추는 이 용렬함이여!) 여전한 오리무중 속에서 갑자기 돼지머리로 변해 버린 내 꼴이 볼썽사나워 일단 힘 빽 주고 고개부터 숙여 본다. 이 순간, 어쩐지 내가 "시골 마을 질 나쁜 녀석들이" 건드려 버린 "백치 여자 아이"(「찔레꽃을 따먹다 엉겁결에 당한」)가 된 기분이다. 그렇게 잔뜩 야코를 죽인 상태에서 진짜 백치 여자 아이처럼 입귀를 헐헐 벌리며, 다시 고개를 든다. 그랬더니, 눈앞이 캄캄하다. 눈앞은 캄캄하되, 눈 뒤, 그러니까 뇌수와 연결된 망막 뒤쪽의 얄따란 신경막 부위가 거꾸로 밝아지는 듯하다. 진정 내가 인사하려 했던, 인사하지 않으면 숨통을 조여 죽일 것만 같았던, '그것'의 정체가, 아무것도 안 보이는 가운데, 선명하게 보이기 시작하는 것이다. 그것의 이름은 '마라'다.

'마라'는 금지다. 한국어에서 그것은 금지형 명령어로 쓰인다. 동시에 '마라'는 유혹이다. 한국 말에서 그것은 욕구를 제어하지 못하는 것들에게 강한 제재를 가할 때 쓰인다. 그럼으로써 욕구를 더욱 첨예하게 고조시킨다.(불교에서 윤회를 지배하는 수호신 이름이 '마라'였던가. 하지만, 그런 건 논외로 하자. 이성복의 시에서 '마라'는 한국어의 특유한 리듬에서 발생한 비일상적 언어의 돌연변이로 보는 게 더 타당할 것이기 때문이다.) 색깔로 표현하자면 붉은색일 그것은 모종의 공포와 경이의 징후들을 품은 채 어둠을 뚫고 솟아오르는 태양의 형태로 드러난다. 그러나 그 드러남은 스스로를 감추고 숨기기 위한, '마라' 고유의 역설적 운동 방식이다. 한국의 어떤 자연 풍광 속에서 그것은 "오지 말았어야 할,/ 왜, 어떻게, 보지 말았어야 할"(25) '붉은 죽도화'의 외연으로 처음 등장했지만(언어화되었지만) '마라'를 최초로 현시했던 건 단순히 남국에 핀 꽃 한 송이만이 아니다. 서서히 늙어 가면서 맑아지는 시인의 눈에 피 철철 흘리면서 붙들린 '마라'는, 바람이 드나들고 동식물이 혼식하고 혼음하는 반도의 천지 사방에 넘쳐 난다. 아니, 여기서 시인의 공간, '마라'의 서식지를 한반도로 제한하지 말자. '마라'는 한국어의 작은 꼬리에서 변용된 불완전한 명사이지만, 그 자체로는 아무런 독립성도 갖지 못한다. 그런데, 그렇기 때문에, '마라'는 이종교배된 각기 다른 언어들 사이를 유령처럼 떠돌면서 전 우주를 공유한다. 그것은 언어 이전의 언어, 옥타비오 파스의 말마따나 "리듬이면서 또한 대립되는 것들을, 삶과 죽음을 한마디로 껴안는 이미지"다.

　　마라, 네 속에 내가 띈다
　　내 다리를 묶어 다오
　　내 부리가 네 눈 마구 파먹어도

난 그러고 싶지 않아, 마라

안간힘으로 벌려 다오

─28에서

　'마라'는 내 속에서 뛰는 게 아니라, 그 자신(그러나 '마라'에게 '스스로의 몸'은 없다. '마라'는 그것을 발견하는 사람의 형상을 빌려 발견하는 그 자신을 굽어보게 한다.)의 눈 속에서 '내'가 뛰는 걸 목도하게 만든다. 그러니까 '마라'는 내가 있음으로써 비로소 '눈'을 드러내는 존재다. '마라'라 이름 붙이기 전, 시인은 그것을 "육체가 없었으면 없었을 구멍"(3)이라 표현했었다. 그보다 더 이전으로 페이지를 넘기면, 아무런 이름도 얻지 못했던 '마라'는 "톱날 같은 암석 능선에/ 뱃바닥을 그으며 꿰맬 생각도 않고" "피 흘려 적시"(1)기만 열중하다가 "옥산서원 앞 냇물에" "햇빛 한 덩어리"(2)로 던져진다. 그랬던 '마라'가 최초로 느꼈던 육체의 감각은 다름 아닌 추위였다.("오, 육체가 없었으면 춥지 않았을 것을"(2)) 몸 입고 있는 것들의 몸 입음이 가일층 처절한 고통을 불러일으키는 겨울의 한복판에서 '마라'는 죽음과 잠의 어두운 피막을 뚫고 소생한다. 그건 시인 이성복이 10여 년 동안 암행했던 시적 무명과 흑암의 모서리를 갈고 다듬어 "살아가는 징역의 슬픔으로/ 가득한 것들"(51)에게 드리운, 최초이자 최후의 빛이다.

　"나뭇가지 사이로 신음하던 해가/ 꿍 하며 선지 덩어리 쏟아붓"(4)듯 뻣뻣한 내 모가지를 꺾어 버린 그 빛, 아, 그러나 이 힘겨운 인사는 여전히 방향이 없다. 내가 그것을 '마라'라고 확신하는 순간, '마라'는 "옷만 있고 몸뚱이가 없"(29)이 "또 한번 주먹 속에 들어"(8)와서는 붉게 달아오른 내 "돼지머리"의 코 평수를 가이없이 넓히며 "내 악

(惡)을 보여 줄까, 뛰어 내려!"(15)라고 발악하듯, 발화를 주체를 제멋대로 전도시키면서, 소리치게 만든다. 무언가에 대한 대상 없는 살의를 북돋우고, "통발 아랑곳 안고 물살을/ 가르는 물고기"(4)처럼 감히해서는 안 될 어떤 짓을 몸의 최하부층에서부터 감행하도록 충동질한다. 오, '마라'가 없었으면 없었을, 그 숱한 '하라'에의 충동들. 그럼에도 "끝내 터지지 않"(14)으면서 "고와/ 통 사이"(44)에서 건드려지는 "우주의 알집"(106)들. 그러나, "이제 곧 창검처럼 솟은 가시들"을 헤치고 "가시에 찔리지 않을 흰 꽃들"(56)에게 곱디고운 인사 드리러 발을재게 놀려야겠다. "그렇게 속삭이다가"(59) 보면 혹 모른다. "고운 상처를 알게 된 보도블록"(59) 위에 두 발 가지런히 모은 채 여태껏 지나온 길들을 한데로 모아 "몸 위에 내려/ 몸을 숨겨 주는"(68) "햇빛 한덩어리"(2) 다시 한번 받아 마시게 될는지도. '마라'여, 그리고 "무언가아름다운 것인 줄 말랐"(49)으면서도 '마라'에게 현혹되고 만 '나'여.어디 "안간힘으로 벌려"(28) 보세. 설령 이것이 "망각의 코끼리" 잔등에서 맞붙는 "지진아와 자폐아의 싸움"(115)에 불과하더라도, 이 지난한 싸움의 바깥에서 문득 만나게 될 어떤 풍경이 내 지리한 육체를바꿔 놓을지도 모르니까.

10년 동안 이성복은 도대체 어떤 식으로 '망각의 코끼리'에게 붙들려 가면서, '마라'의 옷깃을 붙잡으며, 자신의 속말들을 대신 내뱉게 만들었을까? 그는 "누구나 신선 될 자격이 있다"(113)라고 말한다.그런데 그 신선은 아무래도 시인이 '가지 마라, 가지 마라' 하고 거듭만류하는 '동곡'에나 있을 듯싶다.

당신이 동곡에 간다 하면 나는

말릴 것이다 동곡엔 가지 마라

(……)

가지 마라, 굳이 못 갈 것도 없지만

가지 마라, 다시는 당신 못 돌아온다

—114에서

'동곡'은 어디인가. 시인이 태어나고, 젊은 한 시절을 제외한 삶의 대부분을 의탁하고 있는 경북 어디, 형세 좋고 영험한 산골 마을인지도 모른다. 하지만, 학생 때 쓰던 낡은 『사회과부도』(책 버리는 데 일가견이 있는 내가 이건 왜 아직도 모셔 놓고 있을까?)를 펼쳐 놓고 동곡이 어디인지 뒤적여 보다가, 문득 부질없다는 느낌이다. 설령 펼쳐진 대한민국 전도 안에 '동곡'이 존재하더라도 시인 이성복이 "꼬부라진 음모(陰毛) 몇 개"로 그려 내는 '동곡'은 "상징적 지도"(112) 속에나 존재하는 가상의 공간일 것이기 때문이다. 시인은 오랫동안 축조해 온 그 시적 공간을 탱화를 치듯 선명한 색감으로 그려 보이며 '가지 마라, 가지 마라' 한다. 그럼으로써 더 가고 싶어진다는 걸 시인이 왜 모르겠는가! 간곡하게 들리는 시인의 만류에도 어김없이 '마라'가 숨어 있다. 숨어 있다고 말한 까닭은 시인이 그전에 "몸 버리려 몸부림하는 꽃들,/ 눈먼 파도에 시달리다 물거품이 되는 꽃들, 마라(강조는 인용자), 눈을 떠라, 지금 네가 내/ 얼굴을 보지 않으면 난 시들고 말 거야"(30)라고 애원하듯 노래할 때와는 다르게 '마라'를 통상 구문 속에 자연스럽게 배치하고 있기 때문이다.

이때 '마라'는 엄연히 문자로 표면화되었음에도 불구하고, 아니, 너무도 자연스럽게 문장 속에 녹아 있기 때문에, 오히려 눈에 잘 띄지 않는다. 인두겁을 쓰고 있는 괴물인 양 '마라'는 일견 범상해 보이는 언어들의 배열을 통해, 시의 육체로 새로 거듭날 언어의 숨겨진 성감대를 들춰내고 자극한다. 통상 어법 속에 감춰진 언어의 내파(內波) 현상. 그건 삶의 어느 순간 살의와 욕망의 형태로 분출하는 '잔치'의 언어로 연소된다. 그러면서 외연적으로 뒤틀린 언어보다 더 위험하고, 더 유혹적인 금기와 제약이 언어의 "살보다 연한 피"(3)를 짓찧으며 "구멍으로 더운 피 쏟던 잔칫날 돼지"(3)처럼 질펀한 육체의 향연으로 이어진다. 따라서 '동곡'은 살의와 욕망의 '잔치'를 통해 비로소 생성된 시적 제의(祭儀)의 공간이라 할 수 있다. 그런데 시인이 '상징적 지도'라면서 그려 보이는 이 "고부라진 음모"는 어느 육체가 흘려 놓은 우주의 상형문자일까.

> 너는 하늘 끝에 매달렸다
> 너에게 묻은 내 더러운
> 피는 하늘길을 더럽혔다
> 그리고 이제 저를 기억
> 못 하는 자줏빛 꽃 하나
> 내 눈 속에 피었다 잘라도
> 다시 돋는 억센 뿌리는
> 네 유골 단지를 부순다
>
> ── 16

"유골 단지"를 부수고 "다시 돋는 억센 뿌리". 동곡은 그렇듯 "자줏빛 꽃 하나"로부터 생겨난다. 그 꽃은 "돌에게 내 애를 배게" 한 시인이 "해산의 고통 못 이겨/ 불 속으로 뛰어"(21)드는 돌의 몸을 빌려 "간신히 끼여 들어온 꽃대궁"(22)들을 "여자들 풀섶에서 오줌 누고 떠난 자리"(23)에 피워 올린 것이다. 오래전 시 「남해 금산」에서 "돌 속에 갇혀 있던 여인"이 그렇게 해서, 지상의 공간보다 몇 굽이 더 아래, 시간을 오래 거슬러 무의식의 눅눅한 태반으로 자리 잡은 '기억의 습곡'(이성복은 예전 시에서 '세월의 습곡'과 '기억의 단층' 사이를 방황하며 길게 탄식한 적 있다.)으로 파인다. 거기에서 시인은 "초록 잎새 속에 뿌려진 핏방울"(해산할 때, 여자들의 하수에서 흘러내리는 그 피!)을 달여 "살 속의 살, 살보다 연한 뼈"(25)로 우려낸다. 이때, '초록의 눈길'과 마주친 '핏방울' 사이의 아찔한 긴장을 조장하고 시인이 임신시킨 돌을 갈라 시를 꺼내는 존재가 다름 아닌 '마라'다. 붉은 '마라'와 '초록'의 하라. "표지처럼,/ 무한 경고"(48)하는 교통 신호등처럼 이 지난한 요철 운동은, 따옴표의 있고 없음으로 시각화되면서, 한국어의 통사 구조를 분방하게 비틀어 놓는다. 이성복은 그렇게 파괴된 언어의 여린 결을 "사랑하지 마라"라면서 "내숭 떠는 초록의 눈길"(26)을 받아 "솟구쳐 오르다/ 멎어 버린 파도"(18)처럼 표일하게 육체화한다. 우물에 거꾸로 처박힌 "황소개구리"(114) 형상의 '동곡'의 깊은 습지가 그 순간, 만방으로 피를 적시며 솟아오르는 해를 토해 낸다. 그렇다. "솟구치는 것은 토하는 것"(26)이다.

해를 쏘아 올린 지상의 동쪽 골짜기, '동곡(東谷)' 그곳엔, 여느 탄생의 자리가 그러하듯, 몸 푸는 여인네들의 곡성으로 가득하다. 지상에 떨어진 태양이, '한 덩어리'의 돌로 변해 인간의 아이를 해산하는 순간, '동곡'으로 표기된 삶과 죽음의 점이 지대에서는 '동곡(東哭, 동쪽의 울음소리)'의 의미소가 돌올하게 솟는다. 그런데 시란 원래 "입이 없는 것들"(51)의 울음 아니겠는가. 골짜기의 형상, 해산의 곡소리로 감각을 통과하는 '동곡'은 그러나 현실의 어느 장소로 돌아와 눈을 크게 뜨면 자취를 감추고 만다. 더 위험한 건 이 순간이다. '동곡'을 경험한 이후, '동곡'은 이미 삶과 죽음이 한 몸뚱이로 엉겨 생성과 소멸을 반복하는 우리네 삶의 총체적인 지도가 되어 버린다. '동곡'은 우리가 숨기고자 했거나 잊으려 했던 영욕의 시간들을 일순간에 체험하게 만든다. 털어도 털어도 털어지지 않는 "꼬부라진 음모"는 당최 우리가 감추고 있는, "육체가 없었으면 없었을" 그 '구멍'을 가려 주지 못하는 것이다. 오히려 더 참혹하게 구멍을 간질이면서 몸속에 숨은 오르페우스의 미궁을 만방으로 펼치게 하는 것이다. 그러면서 시인으로 하여금 "비참의 가상 임신" 상태를 전복하는 "정교한 복수의 기술"(123)을 연마하게 만든다. 그리하여 우리는, 반복되는 시인의 만류에도 불구하고, "눈먼 바람에/ 몸을 내맡기"면서 "눈먼 바람이 우리를 찢을 때까지/ 찢기는 그림자를 향해 절하"(29)고야 만다. '눈먼 바람'(그렇다, '마라'는 불길한 바람처럼 우리 곁을 맴돈다.)이 흔들어 보이는 "마지막 영생의 꿈"(29). 눈 가진 모든 것들은 그 부정한 꿈속에서 삶의 허망함과 비참함을 세척하려 한다.

하지만 흡사 세이렌의 노래와도 같은 '마라'의 흐느낌엔 여전히 죽음과 미망이 겹쳐 있다. "동곡엔 가지 마라"라는 시인의 후렴구는 그 간곡한 반복 리듬의 불가해한 원심력으로 그것을 듣는 우리를 단번에 '동곡'으로 휘감고 들어가 버린다. 설사 피 토하며 솟는 '동곡'의 해가 새로운 삶의 시간을 암시하고 있다손 치더라도, "먼 옛날 군왕의 행차 알리는/ 맑은 편종 같고,/ 군왕의 행차 지나간 다음/ 말방울 여운 같고,/ 어느 뒷날 상여 지나간 다음/ 내 묘혈을 파는 쟁이 소리"(90) 같은 '마라'의 곡성은 삶을 앞으로가 아닌, 뒤로 이끌고 간다. 죽음을 향해 가면 탄생과 만나고 저승을 향해 가면 다시, 또 다른 현세와 만나게 된다. 무한 반복하는 그런 원심운동은 "오줌 떨고 난 다음/

허벅지 맨살을/ 스치는 오줌 방울처럼 차갑"(90)고 섬뜩하다. 제 살에 닿는 제 분비물(육체의 찌끼, 몸속에서 사망한 것들의 잔해)의 오싹한 질감. 그것은 시인이 미래에 겪을 죽음을 시인의 몸속에서 꺼내는 것에 다름아니다. 죽음 앞에선 누군들 '지진아'(익숙하지 못하고 몸을 가눌 수 없다는 점에서)이자 '자폐아'(스스로를 은폐하려 한다는 점에서)가 아니겠는가. 잘 추스르지 못한 오줌 한 방울에 몸을 떠는 시인은 그리하여 자지러질 듯한 빛과 꽃들을 마주하면서 "오래 살았다는 이 느낌"(35)을 연신 반추한다. 약동하는 식물들의 뿌리를 거슬러 베일 뒤의 죽음을 굽어보는 시인. 그는 이미 "부풀고 꺼지고 되풀이"(122)하는 우주적 순환의 얼개 속에서 몸살 앓는 언어들과의 싸움을 통해 자신의 죽음을 미리 봐 버린 것이다.

> 당신을 메리, 메리 혹은 쫑, 쫑 하고
> 부를 수도 있으리라
> 하지만 당신은 개를 부르지 못한다
> 볼펜이나 담뱃갑을 집어던질 수도 있으리라
> 하지만 당신은 그렇게 하지 못한다
> 그것은 개를 부르는 것이 아니라
> 당신 자신을 부르는 것이므로
> 당신이 당신을 부르려면
> 다른 시간, 다른 공간에 있어야 하므로
>
> ― 124, 10연

현실의 지도에는 (있을 수도 있지만) 없는, 그렇지만 그 모든 세계의 생몰 법칙을 단번에 체현해 내는 '동곡'. 그 태초의 뻘늪 같은 언어의 밀림으로부터 빠져나오면서 만난 이 개는 그러나, 단순한 개 한 마리에 그치는 게 아니다. 시집에 담긴 시들 중 가장 길면서도, 예외적으로 건조한 어조, 객관화된 정조를 가진 이 시는 여태까지 거쳐 온 시집 전체의 정경이 어느 낯선 방 안에 고요하게 걸려 있는 그림 속의 풍광은 아니었는지 되돌아보게 만든다. 그래서 한없이 큰 동선으로 굽이치고, 시인이 잰 걸음으로 부려 놓은 언어의 덫에 좌충우돌하며 피멍 들면서 걸어온 길을 길고도 험한 꿈속 여정처럼 여겨지게 만든다. 애초에 "— 여기가 어디냐고?/ — 맨날 와서 피 흘려도 좋으냐고?" 물으면서 "피 흘려 하늘 적시"(1)던 해로부터 시작된 '마라'의 사계(四季), 그것이 혹 한순간 바람결에 붙들려 스르르 잠겨 버린 눈꺼풀 안쪽, 때 없는 낮잠 속 풍경이었단 말인가? 어쨌거나 하나의 불길한 꿈속 같은 풍경에서 오래 방황하며 빠져나왔지만, 다시 돌아온 세계는 이미 알고 있던 그 세계가 아니고, 나 역시 내가 오랫동안 생각해 왔던 그 '나'가 아니다. 그런 이중의 꿈속 풍경을 직시하면서 시인의 "당신 앞에 웅크리고 있는 개가/ 당신의 일부"(124)라고 말한다. 이때, 개를 바라보는 시점과 바라봄을 당하는 개의 시점, 그리고 그것들을 동시에 바라보고 시인의 나직한 언술을 따라가는 '이쪽'('마라'의 유혹에 붙들려 '동곡'의 질펀한 협곡에서 피투성이가 된 시집 바깥의 '그 누구')의 시점이 중첩된다. 다시 말하건대, 엇갈리거나 어느 한쪽이 격리되는 게 아니라, '다중'으로 겹친다. 이건 하나의 꿈에서 빠져나오자 또 다른 꿈이 열리면서 삶이 허망한 꿈속에서 꾸는 또 다른 꿈, 하나의 실재가 또 다른 허울을 뒤집어쓴 채 반복하는 미망의 연속체임을 현시하게 된다. 따라서, 시인은 비록 개를 부르는 것이 "당신 자신을 부르는 것"이라고 말하지만, 여기서의 '당신'은 시인이 그려 놓은 풍경 속의 시인 자신이기도 하고, 개이기도 하고, 그것을 한꺼번에 바라보면서 묘사하는 시 바깥의 시인인 동시에, 이 시를 읽는 모든 불특정 다수의 인간들일 수 있는 것이다.

이성복은 삶과 죽음의 협곡에서 또 다른 육체로 현현된 자신을 발견하며 스스로는 스스로를 부를 수 없다는 성찰을 이끌어 낸다. 스스로가 스스로를 부를 때, 그는 이미 인간이 아닌 다른 것, 3차원이 아닌 다른 차원에 존재하는 이물(異物)이 되고 만다. 그러면서 그것을 듣(읽)는 사람을 '당신'이라는 2인칭 대명사로 겹쳐진 존재의 여러 가지 얼굴 속에 숨겨 버리고 만다. 그 순간, 나는 없다. 오로지 나라 불리는, 무언가 나 아닌 것들이 존재의 허방을 메우면서 세상 풍경을 '불가사의한' 어떤 것으로 바꿀 뿐이다.

> 당신의 일부가 불가사의한 풍경 앞에,
> 난해한 오후의 햇빛 앞에 바보같이, 멍청하게
> 일어날 줄 모르고,
> 도대체 일어서야 한다는 것도
> 알지 못하기 때문이다
>
> ── 124, 9연

그렇기 때문에, '동곡'의 "눈먼 바람"으로 소용돌이치던 '마라'는 문득 일상 속으로 되돌아온 시인의, 그리고 시집을 얼추 다 읽고 차츰 현실의 수평적인 질서 속으로 귀환하는 모든 이들의 시선 앞에 개 한 마리로 웅크린 채, "일어날 줄 모르고,/ 도대체 일어서야 한다는 것도/ 알지 못"한다. 그걸 부르면, 다시 말해 언어로써 의미를 부여하고 인간의 관점에서 본 형상의 제시하면, 그 개는 "당신 자신"이 되면서 "다른 시간, 다른 공간"으로 존재를 이끄는 '마라'의 또 다른 육체가 된다. '마라'의 실루엣으로 재현되는 모든 '다른' 시공간이 죽음의 영역이 아니고 무엇이겠는가? 하지만, 시인이 그걸 부르지 못하는 건 죽음의 공포 때문이 아니다. 시인은 "바보같이, 멍청하게/ 일어날 줄 모르"는 그 이물의 다른 형태를 이미 '동곡'에서 낳고, 죽이고, 임신시키고, 스스로 임신한 바 있다. 달라진 게 있다면, 모종의 엄밀성으로 가득 찬 내부에서 "창밖의 풍경을 빨고 삼키고 주물텅거리며/ 소화시"킨다는 점이다. 그럼으로써 시인의 목소리로 화한 '마라'의 환청은 시인을 스스로 대상화한 죽음의 공간 속에 놓이게 한다. 현실과 꿈, 삶과 죽음의 사이를 한 개의 창으로 액자화한 풍경, 죽음이 바라본 삶의 숨겨진 실체가 되는 것이다. '마라'가 나를 부를 때, 나는 이미 '마라'의 목소리로 시를 낳으며 죽음 이편의 공간에서 또 다른 축생(畜生)의 단계로 접어든다. 그리고 그것은 생멸하는 모든 존재의 내부에서 피와 바람을 몰고 수시로 솟구치고 토하는, '마라'의 한시적 현존 양태가 된다. 늘 같지만, "부풀고 꺼지고 되풀이하면서"(122) 변화하는 "햇빛 한 덩어리"(2)가 자신의 "생에 복수하는 유일한 방법"(123), 그것이 바로 '시(詩)'다. 시인은 "비참의 가상 임신" 형태로 현재의 삶을 기만하는 '행복'에게, 그리고 그것이 '가상 임신'인 줄 알면서도 거기에 굴복하고야 마는 스스로에게 '복수'하기 위해 여태껏, 더디디더딘 발걸음과 스스로에 대한 악착같은 '뒤집기'로 시를 쓰고 있는 것이다. "어쩔 수 없"(118)이 눈에 밟히고 몸을 이끄는 "달맞이 노란 꽃"과 "산길의 한 자락"의 유혹에 이끌려 "밤 오는 숲속"(125)을 방황하며, '마라'가 없었으면 없었을 거대한 언어의 '구멍' 속, 삶이 없었으면 없었을 영원한 죽음 속으로……

영원히 부를 수 없고, 삶 속에 움푹 파인 죽음의 현존을 열어 보이며 삶의 질서를 재편하는 '마라'. 그것은 언술 불가능, 호명 불가능의 잠재적 언어로 모든 기표 위를 떠돌면서 존재를 변하게 한다. 애초에 귀가 열리지 않았으면 듣지도 않았을 테지만, 중요한 건 '~하지 않았으면 ~하지도 않았을'이라는 말이 이미 삶의 필연적인 조건을 역설적으로 환기하고 있다는 사실이다. '마라'의 발생지는 바로 그 두 개의 등치되는 문장 사이에 있다. 그러면서 한쪽(삶/ 현실)이 다른 한쪽(죽음/ 꿈)을 등진 채 서로를 견인해 내는 삶과 언어의 불가항력한 대비를 동시에 끌어안고 소멸시킨다. 그렇게 삶과 언어가 대치 끝에 소멸된 자리에선 죽음과 삶이 피차 구별되지 않고, 꿈과 현실을 암수한 몸으로 맞붙어 서로가 서로를 꿈이라 현실이라 부르는 순간, '당신 자신'이 되어 버린다. 그리하여 그곳은 반복되는 축생, 끊임없는 허구로 추락하는 삶의 외형이 죽음의 형상으로 고요하게 얼어붙는 자리가 된다. 그런데 그 자리는 동년배의 황지우가 비슷한 공백기를 거치는 동안 내려다보았다는 "밑에 아무것도 없는 그 밑"(황지우, 「밑」)과 유사해 보인다. 그곳은 탄생과 죽음 사이에 놓여 있는 모든 삶들이 질펀하게 엉킨 '진흙 천국 속'이다. 차지게 엉기고 끈적끈적하게 붙어 있지만, "육체가 없었으면 없었을 구멍"들이 만방으로 뚫려 있어 "제 몸 일부가 아니라 제 몸 통째로/ 쑤셔 넣어야 직성 풀릴 환장할 것들"(103)이 그 앞에서 "제 몸 일부를 끼워/ 넣으려고 발버둥" 치고 있다. 그 끔찍한 발버둥들이 바로 시인을 "비참의 가상 임신" 상태에서 깨우쳐 더 비참한 삶의 오지를 헤매며 끊임없이 시를 쓰게 하는 것이라고, 굳이 말해야 할까?

이번 시집에 실린 이성복의 시들은 마치 삶의 궤적 위에 놓인 모든 욕망과 축생의 전말을 조리고 볶아 요리해 놓고 정작 스스로는 입도 대지 않는, 금욕적인 요리사를 떠올리게 한다. 그런데, 이렇듯 요원한 욕망의 언어들을 얄미울 정도로 정갈하게 조탁해 놓은 시들을 보면서 왜 나는 자꾸 열이 솟구쳤던 걸까? 이 전례 없이 말끔한 식탁이 되레 몸속의 텅 빈 구멍들을 자극해 헛구역질을 불러일으켰던 걸까? 나는 왜, 섣불리 가지 못할 '동곡'의 어슴푸레한 윤곽을 살피려고 길 잃은 산돼지처럼 허둥지둥 날뛰었던 걸까? 혹, 시인이 "못다한 분량의/ 섹스"(102)가 내 안으로 구부러들어 엉뚱한 '가상 임신'을 시켜 버린 건 아닐까? 그래서, "육체가 없었으면 없었을 구멍" 속에서 서늘하게 열어 놓은, 마치 빈혈 상태의 눈으로 바라본 하늘처럼 새하얀 행간에 분탕질이나 치고 싶어졌던 걸까? 들어갔을 땐 오색 창연한 꽃과 빛, 그리고 핏줄기들이 창궐했으나 돌아 나오니 다시, 일개 점으로 쫄아 어둡게 멀어져 가는 저 '구멍', 몸 밖에서 몸을 유린하는 저 '구멍'으로 영원히 메워지지 않을 몸 안의 '구멍'을 대체하려 했던 것일까? 아, 이 순간 나는 꼬리를 붙들린 채 삶과 죽음의 접경에서 길게 우는 돼지 새끼에 다름 아니다. 시인은 이 그 가련한 돼지의 털을 벗겨 '진흙 천국 속'에 마구 굴리며 "구멍으로 더운 피 쏟"(3)듯 굵디굵은 진흙 한 더미 토해 내고는 고꾸라지게 한다. 어쨌거나, 빠져나온 구멍 속에서는 여전한 '마라'의 곡성이 진흙밭에 요상한 그림들을 새기고 있지만, "바보같이, 멍청하게/ 일어날 줄 모르고/ 도대체 일어서야 한다는 것도" 모른 채, 잔치가 끝난 세상 위에 어색하게 얹힌 이 돼지머리부터 맛있게 뜯어 드시길. 그런 연후에 다시 '동곡'으로 돌아들 가시길. 이 글은 '동곡'의 벌어진 가랑이에서 솟으며, 난분분하게 피를 뿌리는 해의 혓바닥, 해'설(舌)'에 불과하니까. 이게 내가 모든 이들에게 할 수 있는 유일한 인사다.

시의 절벽, 그 앞에 새하얀 손

김태형『고백이라는 장르』

> 절벽 위에서 절벽은 절벽을 다 내던진다
> 누가 이곳까지 올라와 긴 숨결을 한없이 내려만 놓고 있었는지
> 내 입술에 묻은 하늘마저 파르르 떨린다[1]

누구에게나, 어떤 일에나 처음이란 게 있듯, 내게도 시를 쓰는 처음이 있었고, 살면서 처음 만난 누군가들이 있었다. 김태형은 풋내기 시인 시절 가장 먼저 만난 사람 중 한 명이다. '가장 먼저'라는 데는 어떤 제도적이거나 형식적인 함의가 전제되어 있다. 태형과 나는 문단 데뷔 동기다. 같은 해, 같은 잡지, 같은 호. 1992년 계간《현대시세계》 가을호. 스물둘 늦여름 우린 처음 만났다. 과문한 상태에서 혼자 따져 봤을 때, 1970년대생 시인이 공식적으론 전무해 보이는 상황이었다.[2] 당선 통보를 받고서 나는 내가 그 새파랗게 어린 '역사적인 1호' 가 될 것이라 멋모르고 단정했었다. 우쭐할 만도 했고, 실제로 오만을 부리기도 했다. 그러다가 당선작이 실린 책이 나왔다. 당선자 세 명 중

---

1 김태형,「어느 절벽」,『고백이라는 장르』(장롱, 2015). 이하 인용은 시 제목만 밝힌다.
2 이 '오해'는 몇 년 뒤 사실이 아닌 것으로 밝혀졌다. 1970년생 소설가 이응준이 소설로 데뷔하기 전《문학과비평》에 시로 데뷔한 해는 1990년이었다.

맨 위의 얼굴은 내가 아니었다. 동갑내기 남자아이. 사진으로 첫 대면한 그는 목이 상당히 길어 보였고, 눈은 덩치 큰 초식동물, 이를테면 소나 사슴 따위가 연상될 만큼 큼직하면서도 여려 보였다. 두툼한 입술은 살짝 벌어져 웃고 있는 듯했는데, 그게 썩 애잔해 보였고, 문득 노천명의 시를 떠올렸던 기억이 난다.

그리고 그 사진 두 칸 아래. 목 뒤를 덮는 장발에 귀 아래 턱과 광대가 유독 돌출된 깡마른 얼굴. 불안과 독기를 부러 뒤섞은 눈빛으로 세상에서 침떠보려는 내 모습이 있었다. 단지 배치상의 문제였을 수 있으나, 어렸던 만큼 그 미묘한 서열(?) 구성에 물큰, 시샘 같은 게 치밀었던 듯도 싶다. 그러나 크게 개의치는 않았다. 다만 그 또랑또랑하고 재주 좋아 보이는 녀석의 면면에 호기심이 당겼다. 그렇게 마주한 출판사 모임. 태형은 방위 복무 중이었고, 나는 세상 볼 맛 다 봤다는 투로 목적 없는 연애질이나 일삼는, 공허한 대학생이었다. 내 머리는 껄렁껄렁하게 길었고, 스포츠머리에 품이 좀 커 보이는 셔츠를 입고 마주 앉은 태형에게선 각이 바짝 선, 꼿꼿하고 단단한 결기 같은 게 느껴졌다. 어쩌면 신병 티를 채 벗지 못했기 때문인지도 몰랐다. 첫 대면에선 술잔 몇 번 부딪친 것 말곤 별 대화가 없었다. 이후, 서로 전화번호를 교환하고는 그가 내 하숙집에, 그리고 나는 그가 근무하는 부대에 연락해 종종 만나 술잔을 기울이곤 했다. 태형의 보직이 뭐였는지는 기억 안 나지만 부대로 전화를 걸면 "통신보안, OO부대 일병 김태형입니다."라며 직접 전화를 받았던 건 분명하게 기억난다. 시 좀 쓴네 하며 또래들의 취향이나 생활 방식과는 많이 동떨어진 의식 세계를 가질 수밖에 없었다는 점에서 그나 나나 많이 외로워했던 것도 같다. 그러다가 이듬해, 장석주 선생이 운영하던 청하출판사가 큰 사건에 휘말렸다. 소설가 마광수의 『즐거운 사라』 사건. 한 시절 젊은 시인들의 세련되고 섬려한 감각을 충족시켜 주던 출판사가 그렇게 사라졌고, 태형과 나는 '문단 고아'가 되었다. 태형이 방위 소집 해제당하던 무렵, 나는 육군 현역으로 입대했다. 그러면서 피차 나이를 먹고 만남 횟수가 줄어들었는데, 태형의 근작들을 한데 모아 훑고 있자니 돌연 그때가 또렷이 떠오른다. 20년 하고도 몇 년이 더 지난 시절의 일. 각자의 골방을 우주의 첨탑인 양 오인한 채 쓰디쓴 가래 같은 시를 혼자 쓰다가 홀연히 맞닥뜨린, 돌이킬 수 없는 현세에서의 어떤 처음. 현재 그는 두 아이의 아버지가 되었고, 나는 여전히 독신의 부랑아인 상태에서 둘 다 아직도 시를 쓰고 있다. 그 짧지 않은 기간 동안 그와 나 사이에 벌어졌던 일들은 "진눈깨비가 되었다가 비가 되었다가/ 결국 다 지난 일이 되어"(「마흔」) 아스라하게 지워졌거나 흐려졌다. 돌이켜 보니 있었던 일 같기도 하고, 꿈같기도 하고, 그도 나도 아닌 누군가 멋대로 지어냈다가 제풀에 얼버무린 거짓말 같기도 하다. 많은 게 없던 일처럼 되어 버렸으나, 그러나 여전히 시가 남아 있다. 아니, 남아 있다는 말은 이상하다. 시는 사후적으로 결론지어진 유물이라기보다는 시간을 통째로 되돌려 마주한, 어떤 '궁극의 직전'에 가깝다. 매 순간 절벽으로 떨어지는 삶의 본원적 단애 앞에서 끝끝내 '자기'가 되기 위해 과거를 미래로, 미래를 더 먼 과거로 회전시키려는 악착같으나 허망한 본능. 그걸 왜 우린 여태 못 끊고 있을까.

누가 다가오기라도 할까 싶어
햇빛에 못을 박았다
먼지 낀 햇빛이 녹아내리자 지평선 하나가 바닥을 질질 끌고 갔다
누런 알몸뚱이를 드러낸 말들이
서둘러 밖으로 흩날렸다

지우려 할 때 지우려 했던 것만이 가장 선명했다

빠르게 기억으로 돌아가려는 듯이

모든 것이 투명해지고 있었다

한동안 사용했던 공용어는 사라지고 절벽이 하나 새로 생겨났다

마른 허공이 다급하게 손을 뻗었다

다른 말들이 절벽을 지우며 들려왔다

실핏줄이 모여들어 검은 눈동자를 만들고 있었다

　　　　　　　　　　　　　　　　　　　──「고백이라는 장르」에서

　　시는 어쩌면 "누가 다가오기라도 할까 싶어/ 햇빛에 못을 박"은 채 자신만의 방 안에서 시간을 측량하려 드는 일일지도 모른다. 이를테면 시간의 본원적 원리와 진행 과정, 그리고 그 안에서 인간은 어떻게 변화하고 부침하면서 사라지는가 하는 것에 대한, 무모하면서도 아름다운(또는, 아름다워지려 하기에 무모해질 수밖에 없는) 현세의 쓰디쓴 가늠자 놀이 같은 것. 그러나 그게 과학자의 본분과 동일하다고는 얘기하기 힘들다. 과학은 그 안에서 인간을 대상화하거나 사물화한다. 그럼으로써 만사를 객관화시켜 정립하려 한다. 과학이 논하는 인간은 예컨대, 시간의 한 분자로서의 자기발언권을 상실한 피실험자에 지나지 않을 수 있다. 거기엔 인간이 '자기'를 해명하거나 호소할 처소가 없다. 어쩌면 그게 더 분명하고 정확한 일일지도 모른다. 시간은 그 자체로 광활하고 무한하다. 그 안에서 명멸하는 한 인간의 삶이란 그 어떤 절대성도 가지고 있지 않다. 냉정히 말해, 시간은 사람을 돌보지 않는다. 그럼에도 사람은 살아가는 동안 시간을 깨우치려 하고 그 안에서 '자기'를 발견하고 다지고, 넘어서려 한다. 시간은 끝없이 나아가

지만 그 궁극의 끝은, 끝끝내 드러내지 않는다. 실체라고, 궁극이라고 단언하려 할 때, 그것을 지칭하는 언어는 "지우려 했던 것만이 가장 선명"해지는 모래밭과도 같아지는 것이다. 때문에, 살아 있는 사람이 시간을 하나의 실체로 깨닫는 건 불가능한 일이다. 사람이 시간의 물리를 육체적으로 명징하게 인식할 때란 죽음의 순간밖에 없다. 산 사람에게 시간은 '절벽'과도 같다. 깨달으면 허방이고, 뒤돌아보면 모든 게 끝나 있다. 과학은 그 절벽의 지형을 탐사하고 그 앞에서 사람을 지워 박제시켜 버리지만, 시의 속성은 외려 그 반대다. 시는 삶의 매 순간을 절벽 같은 거라 깨닫게 하면서도 끝끝내 그 앞에서 '자기'를 확인하려 한다. 그때, "마른 허공이 다급하게 손을 뻗"치듯, 어떤 말이 튀어나온다. "누런 알몸뚱이를 드러낸", 말해질 수 없지만, 그렇기에 더더욱 말해지려 하는, 말해질수록 마음 속 어둠만 분명해지고, 그래서 더 침묵에 가까워지는, "내가 아는 말 중에 이곳에만 없"는 "그런 말"(「염소와 나와 구름의 문장」)이. 그 말은 그런데, 어둠 속에서 스스로의 정체를 확인하고 "소용돌이치"듯 몸을 둥글게 말아 버리는 뱀을 닮았다.

> 그 어떤 말조차 건너가지 못하고
> 어떤 다른 말이 되어
> 되돌아올 수도 없는 것이어서
> 그게 두려워서 밤이라서
> 뱀은 운다
> 한껏 목을 추어올릴 뿐
> 자기가 뱀이라는 것을 거듭 확인하고서야
> 그제야 우는 것을 멈춘다

할 말을 잊은 듯 귀만 남아서

끊임없이 반복되는 그런 말이 있어도

안으로만 소용돌이치는

젖은 귀만 대신 남게 되어서 그래서

──「뱀」에서

아마, 그래서, 그래서일지 모른다. "젖은 귀만" 남게 되어서, "할 말을 잊은 듯 귀만 남아서", 자기의 입으로만 도저히 자기를 말할 수 없다는 자괴에 부딪쳐 더 깊은 침묵 속의 말들을 뒤적이게 되는 일은. 그건 태형의 말마따나 "아름다움에 병든 자"(「염소와 나와 구름의 문장」)들만이 얽혀 들게 되는 악무한 속의 천형일 것이다. 그 어떤 보상이나 결론도 없으며, 지상의 어떤 극점에서 스스로 번쩍이는 아름다움으로 보기 좋게 산화할 거란 보장도 없다. 그저 쓰기 위해 쓰고, 말하기 위해 말하게 되지만, 궁극의 '자기'란 쓰면 쓸수록 실체가 묘연해지는 영원한 공동과도 같다. "내리막이 더 가파르"고, "돌아오기에 너무 멀"(「마흔」)기만 한 그 공동은 주로 어둠에 둘러싸인 채, "말할 수 없는데도 기필코 말하기 위해/ 제 붉은 헛바닥을 씹어 삼켜야만 하는"(「개」) 자괴와 자성의 이중나선으로 펼쳐져 있다. 그 안에서 '자기'는 보이지 않으나, 바로 그렇기 때문에 어둠을 배경으로 부지불식 나타나는 모든 대상들이 '자기'의 투사물이거나 분신으로 작동한다. 그것들은 너무 어두워 잘 보이지 않으면서도, 너무 어둡기 때문에 외려 이편의 먹먹한 가슴을 후벼파며 몸 안에 남은 마지막 빛을 눈 부라리며 살피게 만든다.

안마당에 거둬들이고 남은 한 줌 무른 빛을

얼굴에 내려 받듯이

한겨울 이른 저녁이면

몇 조각 모과를 꺼내어 끓인 물을 붓고

큼큼 냄새부터 맡아 볼 생각이었다

바닥에 여름 햇빛이 여전히 가득하듯

빈 손바닥에 가만히 모과나무 그늘을 받아들고 싶었다

도무지 말문이 트이지 않아 목청만 새파랗던 지난 계절을

두 손으로 나는 받아 들고 싶었다

그즈음이면 낮은 볕살이 내 방 안쪽까지

가만히 들어왔다가 지나가는 소리가 들릴지 모른다고 생각했다

한 모금 어떤 맑은 빛이 내 몸에 머물다 갈 것이다

여름은 가도 여름은 꼭 여름을 남기고 갈 것이다

누런 바람마저 좀은 시큼해질 때면

식식거리며 내리쬐던 햇빛이

가을을 내려놓고서야 환한 어떤 빛이 있어

— 「햇빛을 주워서」에서

　　지났거나 지나갈 것이거나 아직 오지 않은 많은 시간들이 삶의
앞과 뒤, 도처에 산재한다. 대체로 인식하기 전에 지나쳐 버리거나 기
억에서 사라져 버리지만, 때로 "안마당에 거둬들이고 남은 한 줌 무
른 빛을/ 얼굴에 내려 받듯이" 한때의 시간을 물리적으로 몸에 각인
하면 그 순간 문득, 삶의 전체적인 근황들이 "무른 빛" 속에서 반짝이
며 도드라지곤 한다. 그때 홀연 '자기'가 자기 자신에게 임재한다. 왠
지 내가 누구인지, 어떻게 살아왔는지, 무얼 해야 하는지에 대한 자

각이 그때 뒤따른다. 그건 찬연하기도 불행하기도 한 순간이다. 내가 나를 알아본다는 것의 기쁨과 동시에, 그렇더라도 종국에는 내가 나를 완전히 극복할 수 없다는 열패감이 한꺼번에 몰려오는 탓이다. "가장 아름다운 음악은 제 심장 뛰는 소리를 들려줄 때 이루어"(「진흙 연못」)지지만, 그 '아름다운 음악'은 "자기가 무엇인지 알 수가 없"어 "밤새 울면서 또 자기를 낳"(「개구리가 운다」)아야 하는 운명과 사명의 족쇄이기도 한 것이다. "자기가 뱀이라는 것을 거듭 확인하고서야/ 그제야 우는 것을 멈추"(「뱀」)게 되는, 등골 시린 파동의 자기 공명성. 그러나 그 '멈춤'은 완전한 종료가 아니다. 조만간 다시 둥글게 말았던 몸을 펼쳐 더 많은 '자기'를 되찾고 돌보며 다시 울어야 하는 또 다른 배회의 출발점에 불과하다. '자기'는 늘 자기 안에 있으면서 자기로부터 가장 멀고, 가끔 마주쳐도 오로지 불화하는 방식으로 끝끝내 그리워해야 하는 미지와도 같다. "여름은 가도 여름은 꼭 여름을 남기고" 가듯, '자기'는 자기 앞에 와서 또 다른 자기를 남기고 간다. 그리하여 다시, 결별한 자기 앞에 마주친 모든 게 자기의 그림자가 되어 버리는 것이다.

몇 발자국 앞의 어둠이 훤히 다 보여도
고양이는 운다
담장 위에서 홀로 고양이는 울어서
지붕 너머에도 같은 어둠이 내려앉았는지 확인하려고
한 번 더 울고 울어서 고양이는
골목을 만들고 담장을 쌓고
지붕을 건너간다
이제 막 고양이가 만들어 놓은 밤을

고양이가 지나간다
어둠 속에 아무것도 없으니 고양이는
그곳까지 느릿느릿 걸어 들어가
자기를 만들어 낸다
고양이는 고양이로 돌아간다

—「고양이 강좌」

　고양이는 늘 먼 곳을 향해 운다. 그 울음은 기쁨도 슬픔도 드러내지 않는다. 그저 울어야 하기에 운다. "담장 위"는 어둡고 "지붕 너머"에도 어둠은 여전하지만, 그 어둠이 무서워서라기보다 그 깊은 어둠 속에 숨어 있을지도 모를 어떤 시간의 깊은 골을 향해 오래된 본능처럼 울어 대는 것이다. "어둠 속에 아무것도 없으니" 그 속에서 '아무것'이라도 되기 위해, '아무것'으로 환원되어 온전한 그 자신이 되기 위해, 고양이는 스스로에게도 들리지 않게 발소리를 죽인 채 "느릿느릿 걸어 들어"간다. 고양이의 말은 소리 나되 뜻을 알 수 없다. 파동이 크되 감정이 분명하지 않으며, 집요하되 끈적이지 않는다. 그러나 인간의 말은 그렇지 않다. 흡사 시간 속에 그 어떤 생각이나 감정 자체만 크게 아로새기려 드는 듯, 그렇게 해서 시간의 끝없는 흐름에 제동이라도 걸려는 듯, 각이 크고 처연하다. 그러나 시간 속에서 삶의 세세한 묘리들을 밝히려 드는 말들은 짚으면 짚을수록 타점이 어긋나는 불치의 혈(穴)과도 같다. 떠들면 떠들수록 핵심은 어긋나고 그래서 부질없지만, 더 묘한 건 그 말들이 부질없기에 더 절박해진다는 사실. 그래서일지 모른다. 태형이나 나나 처음의 그 길고 마르고 애잔했던 모습들이 무디고 뭉텅뭉텅한 살집들로 둔갑해 버리는 시간까지도 시를 쓰고, 그것에 애달아하면서도 끝끝내 영혼의 마디가 통째로 속박

되는 시의 감옥에서 빠져나오지 못하는 까닭은. 아니, 어쩌면 빠져 나오기 싫어하는 것인지도 모른다. 영원히 마주치기 힘든 '자기'가 여전히 어둠 속에서 한 점 "무른 빛"의 형태로 우리를 유혹하고 있기 때문에. 그 유혹이 설사 병들어 버린 아름다움에의 탐욕에 불과할지라도, 그게 아니라면 도저히 세상의 불합리한 탐욕과 요망한 간교 앞에서 스스로를 보지할 수 없을 것이기에. 도저히 그렇게 하고 싶지 않을 것이기에.

> 발갛게 불을 켠 등처럼
> 온기를 품은 것들도
> 더 크게 느껴졌을 거야
> 어쩌면 그이는 따뜻한 손을 잡았던 거야
> 그런 기억은 오래 가겠지
> 다른 것보다 더 크고 환하니까 따뜻하니까
> 네 손등을 스쳤을 뿐이지만 나도 그래
> 눈이 멀었던 거지
> 손밖에 기억이 나질 않아
> 새하얗게 볕살이 내려앉은 그 손밖에
>
> ──「눈먼 사내」에서

태형의 시들 덕분에, 한때 그런 시절이 있었다 추억되는 일들을 돌이키다가 이상하게 눈이 머는 기분이다. 그래서 뒤죽박죽된 필름들을 제자리로 돌려놓고 그것들의 인과와, 그것이 주는 감흥 따위를 되새겨 보려 해도 "손등을 스쳤"던 아스라한 잔영 말고는 크게 되돌아오는 게 없다. 아마, 오래 들여다본 시의 어둠에게 눈의 촉광을 빼

앗겨 버린 건지도 모른다. 태형의 시를 읽으면서, 자꾸 눈을 비비고 머릿속에 어혈 진 기억과 망집의 종양 덩어리를 떠올린 건 그래서일 것이다. 그의 시 속에서 뿜어져 나온 빛에 나는 이미 지쳐 버린 느낌이다. 하고 싶은 말, 해야 할 말, 그래서 종국엔 입 닫고 몸속 더 깊은 어둠에게로 던져 버려야 할 말들이 이 순간 나의 '자기'를 앗아 가는 느낌이다. 너무 밝은 빛이 되레 아무것도 볼 수 없게 만들 듯, 너무 깊은 어둠엔 오히려 떠오르는 게 너무 많아 돌연 마음이 부산스러워지기도 하는 것이다. 때문에 짐짓 하려던 말들을 황급히 마음 깊은 곳에 되삼켜 버린 채 "새하얗게 (시의) 볕살이 내려앉은" 내 손만 바라다본다. 손을 보고 있다는 게 이토록 쓰디쓰고 눈부신 일인 줄 처음 알았다. 내 몸에 달고서도, 오랫동안 내가 부려 놓고서도 단 한마디 위로나 찬사도 받아 보지 못한, 내 몸에서 너무 멀어 보이는 손. 문득, 태형에게 물어보고 싶다. 오랫동안 시를 쓰고 사랑을 하고 고독의 방문을 걸어 잠그기도 한 이 손에게 자네는 말을 걸어 본 적 있는가 하고. 왜 그 많은 어둠과 빛과 말들을 살피고 나서 나는 굳이 손만 바라보며 여태 끼적댄 많은 말들의 불성실과 애매를 자책하게 되었는지를. 너는 알고 있을까. 끝끝내 시를 놓지 않고 기어이 내 손에게까지 시를 쥐여 준 너의 손은 그걸 보여 줄 수 있을까. 눈이 아프다. 손으로 눈을 가린다. 어둠이다. 시의, 끝나지 않을 맹목과 참혹의, 가장 순수한 외벽 앞에서 어둠이 춤춘다. 그러나 여전히, "손밖에 기억"나지 않는다.

사는 대로 사는 거지 뭐,
죽는 대로 죽는 거지 뭐[1]

손월언 『마르세유에서 기다린다』

1

이 말도

저 말도

탐탁지 않다[2]

명지대생 강경대(그는 재수한 91학번, 나와 71년생 동갑이었다.)의 죽음으로 촉발된 분신 정국이 막 수그러들던 1991년 여름방학. 입학 두 달 만에 "탐탁지 않"아진 대학 생활이라 투덜대면서도 어김없이 나는 학교에 있었다. 뭘 하고 있었는지는 기억 안 난다. 잔디 마당 귀퉁이

---

1 산울림, 「내가 왜 여기 있는 줄 몰라」 가사.

2 손월언, 「파란 하늘 흰 구름」 『마르세유에서 기다린다』(문학동네, 2013). 이하 인용은 시 제목만 밝힌다.

작은 연못이 바라다보이는 허름한 학회실에서 쭈뼛거리던 중 카메라를 메고 있는 낯선 남자와 마주쳤다. 서른 살가량 되었을까. 대충 가늠하자 묘하게도 그는 더 늙어 보이거나 더 젊어 보였다. 이상한 표현인 줄 알지만, 정말 그랬다. 그는 한 선배와 대화를 나누고 있었다. 카메라를 멘 남자는 그 선배의 선배 같았다. 슬쩍 일별한 외모는 강렬함 자체(요즘 아해들은 그런 걸 '포스 작렬'이라 하던가.)였다. 부리부리한 눈매와 짙은 눈썹이 먼저 눈에 띄었다. 알고 보면 그리 크지 않은 덩치지만, 당시엔 돌산 중턱에 옹립한 어느 절의 수문장처럼 거대하게 느껴지는 인상이었다. 크고 단단한 바위 같은 위엄과 풍채가 쩌렁쩌렁했다. 알 수 없는 기운에 짓눌리듯 나는 그들을 피해 학회실 문을 열고 나왔다. 그가 내 쪽을 돌아보진 않았던 것 같다. 그와 같이 있던 선배와도 당시에는 큰 친분이 없던 상태였다. 학회실을 나와서는 문득 그들의 대화가 궁금해졌지만 나는 총총히 걸음을 옮겼다.

나의 대학 시절은 주로 창가를 배경으로 한다. 수업 시간이든, 공강 시간이든, 멀뚱히 담배를 피워 물고 창밖을 내다보던 기억만 승하다. (한번은 그게 수업 시간인지도 잊고 담배를 불붙여 물었다가 강의실에서 쫓겨난 적도 있다. 그 정도로 '맹'했다.) 잔디 마당 건너편 얕은 구릉 위에 기립한 나무들을 바라봤던가. 커다란 악기를 들고 오가는 예쁜 관현악과 여학생들을 눈흘김했던가. 둘 다일 수도, 둘 다 아닐 수도 있다. 뭐 그런 게 중요한 것도 아니다. 그 당시 나는 할 줄 아는 것도, 하고 싶은 것도 없는, 우둔한 '프레시맨'이었다. 그래도 시인이라면 뭔가 대단한 영혼의 보석 같은 걸 눈두덩 안쪽에 박아 두고 살지 않겠나 하는 동경은 살아 있었다. 실생활을 돌이켜 보자면 아무것도 그려지거나 쓰이지 않은 채 손때 묻고 구겨진 낡은 갱지 같은 게 연상된다. 연극이나 영화, 록 음악에 골몰했지만, 그것도 그닥 열심히 파고든 건 아니었다. 모든 게 확인 사살이 불가능한 몽상 속에서 부풀다가 제풀에 꺼져 버리는 일장춘몽의 나날이었다고나 해 두자. 뭔가 열심히 몰두하면 어김없이 심리적 육체적 병증에 사로잡혀 헛소리나 늘어놓게 되는 신경쇠약의 마지막 보루로 시를 끼적였다고 말하면, 고백일까 자폭일까.

다시 1991년도의 창가. 나는 1층 빈 강의실에 앉아 창밖을 내다보고 있었다. 그가 말끔하게 차려입은 선배를 모델로 사진을 찍어 대고 있었다. 좁은 잔디 마당엔 그들 말고 아무도 없었던 것 같은데 정확하진 않다. 단지 내 눈에 그들밖에 보이지 않았다고 말하는 게 더 정확할 것이다. 디지털카메라가 나오기 전이었으니, 그때 찍힌 사진들은 사진관에 맡겨져 며칠 후에나 찾아볼 수 있을 터였다. 나는 대략 10분 정도 그들의 행동을 주시했던 것 같다. 그리고 자리를 떴다. 그 전후 정황은 잘 알 수 없다. 다만, 그때 찍은 사진 중 한 장이 어느 시 전문지에 실린 걸 나중에 확인할 수 있었다. 계간 《현대시세계》 1991년 가을호. 스물여섯 살의 청년 허연이 시인으로 데뷔한 것이다.

> 재능은 재앙인 것이 분명하다
> 스스로 그것을 기꺼워하는 순간
> 그것은 고난의 인력으로부터 떨어져 나와
> 유성처럼 어딘가로 멀어져만 갈 것이므로
>
> ── 「Correspondance B」

카메라를 멘 사나이를 정식으로 대면한 건 이듬해 봄이었던 것으로 기억한다. 본명은 손월원(孫越原). 필명은 손월언(孫越言). 1989년 「심상」을 통해 시인이 되었으나, 소위 '중앙 문단'과는 별 인연이 없는 상태였다. 당시 그는 마포의 한 고등학교 앞에서 작은 서점을 운영하며 같은 학교 출신 화가 변연미와 외동딸을 키우고 있었다. 갓 시인이된 허연이 (곧 시인이 될) 나를 그에게 데리고 갔거나, 그의 서점에서 일을 돕던 동기 녀석이 인사를 시켜 줬거나 둘 중 하나였을 거다. 가까이서 보니 그는 사슴과 호랑이의 그것을 반반 떼어다 버무린 것 같은 눈빛을 가지고 있었다. 나는 그 형형하고 매서운 눈빛 앞에서 병든 노루처럼 고개를 주억거리며 더듬더듬 묻는 말에나 대꾸할 뿐, 이상한 호흡곤란 상태 탓에 팔다리가 배배 꼬이는 느낌이었다. 뭘 고해하거나, 걷어차 달라고 엉덩이라도 디밀어야 할 것 같은 황망한 기분에 사로잡히기도 했다. 그 이후 나는 등단했고 입대했으며, 오랜 군사정권이 종지부를 찍고 군부와의 뒷거래로 겨우 실현된 문민정부가 절뚝거리며 들어섰다. 내가 일병 계급장을 달고 서울의 서북쪽 전선에서 꼴통 군인으로 낙인 찍혀 '영혼의 시차'에 허덕이던 1994년 그 무덥던해, 그는 한국에서의 삶을 접고 가족과 함께 프랑스행 비행기를 탔다.

2

참말이지 나는 나의 내부에서 스스로 나오려 하는 이외의
다른 아무것도 살아 보려고 하지는 않았다 왜 그것은 그다지도
어려웠던가?[3]

---

3   손상기, 『고향바다에 던져진 흰꽃』(손상기기념사업회, 2008). 화가 손상기(1949~
    1988)는 손월언의 친형이다. 「잠들기 전」은 그가 그의 형과 잠자리에 누워 나눴던 대
    화를 그대로 따온 것인 듯싶다. 손상기는 1980년대 중후반 많은 미술학도들의 심금
    을 울린 그림들을 남긴 채 서른아홉 살에 폐울혈로 사망했다. 그의 짧은 생애는 질병

소위 '발문'이랍시고 한 시인과의 개인적 인연이나 추억을 소회하는 글을 그리 좋아하는 편이 아니다. 아무런 연고가 없는 입장에서 그런 글을 읽을 때, 손끝에서부터 곰살맞게 도드라지는 피부 세포들의 반란이 버거워지는 탓이 큰데, 손월언의 시집 뒤에 말을 붙이려다 보니 내가 되레 자꾸 팔이 안으로 굽고 머리보다는 가슴이 울울해진다. 나 스스로 독자들의 피부 세포를 간질이려 드는 모략꾼이 된 심정인 거다. 그러니 어쩌면 나는 이 시집의 동조자(?)로서 이미 많은 패를 들켜 버린 상태에서 이 글을 쓰고 있는 건지도 모른다. 내겐 손월언의 노작들을 한 개인의 문학적 성과나 가치로서 엄밀히 품평할 수 있는 자격이 '공적'으로 부재하다. 나는 다만 20년 넘도록 마주 대하고 듣고 뼈에 사무친 어떤 소리의 반응체로서 그의 시에 공명할 따름이다. 손월언의 시는 내가 경험한 인간적 물리적 질감의 현존체로 들리고 보이고 냄새 맡아질 뿐, 종이 위에 투사되거나 은닉된 언어적 의미와 기능들을 해독하는 대상으로선 도저히 다가오지 않는다. 흡사 누군가의 목소리를 귀로만 듣고 다른 누군가에게 소리로서 전달해야만 할 것 같은 심정인데, 그것은 어쨌거나 불가능하고 부당한 일. 그 어떤 탁월한 성대모사꾼도 '오리지널 사운드'를 그 밀도와 질감 그대로 전달할 수는 없는 법이다. 손월언의 시들은 자의적 해독보다는 감응과 통성의 메아리로 내 사적인 기억과 문학적 태도의 자장 안에 포섭되는 동시에 그것의 태생적 반려자로 오래 작용한다. 작금의 자연스럽거나 인위적인 문학적 흐름이나 세태와도 무관하고, 나 자신의

과 가난, 오해와 편견의 굴레 속에서 그것들과의 싸움으로 점철되었다. 손월언의 아내 변연미 역시 파리와 서울에서 수차례 개인전을 연 화가다. 폭풍이 휩쓸고 간 파리 근교의 숲을 커다란 캔버스에 옮겨 놓은 그림을 보고 무슨 가시덤불에 갇힌 듯 척추가 찌릿해진 적이 있다.

편벽된 시적 인식이나 본령을 주장할 수 없는 지점에서 그의 시들은 한 개인의 특수한 서정의 힘으로 내 주위를 둘러싸거나 소멸하기를 반복해 온 셈이다. 가령 이런 식으로.

바람이 묻었나
불어 본다

물소리가 들었나
흔들어 본다

— 「돌」에서

손월언의 시들을 훑으면서 카메라를 멘 그가 떠올랐던 건 일종의 '조장된 필연'일 수 있다. 내가 처음 겪은 그의 최초 인상 때문만이 아니라, 그가 시종 견지하고 있는 시적 태도가 어떤 바라봄의 위치에서 발원하고 지탱되는 까닭이다. 시집을 통독하는 내내 나는 카메라를 들고 주변을 주의 깊게 바라보는 한 남자의 초상을 떠올렸다. 나이가 실제보다 많아 보이기도 젊어 보이기도 하는, 우렁찬 듯 촉촉한 눈빛을 가진 낯선 남자. 그가 십수 년 세월 동안 파리 근교와 마르세유를 오가며 응시했을 낯설지만 푸근하고, 아름답지만 쓸쓸한 어느 시간의 손때 묻은 풍경들. 이국의 지인이 보내온 염장 맞을 우편엽서 같다가도 이내 공간 경계를 넘어 똑같은 품격과 물성으로 인간 공통의 환부에서 어혈을 추스르는 물파스 같은 시선의 잔향들. 일상의 속됨과 고결함을 같은 페이지 무게로 뒤적이며 현재와 과거, 고향과 타향의 물리적 변이를 감싸려 드는 느긋하고 차분한 음성의 결들…… 손월언의 시들은 내게 그렇게 보이고 들리면서 때로 크고 따뜻한 손이 되어 순전히 자위적일 수밖에 없는 영혼의 체기를 달랜다. 그러니까 이 글은 독자의 호감과 선택을 꼬드기는 작위의 "재생이 아니고" 던져진 말의 속살에 이끌려 감춰진 말의 속살을 들켜 버리는 부득불한 "그리움"(「그리움의 정체」)의 상형문이 될 수밖에 없다. 그런데 그 '그리움'은 물리적 재회나 해후에 의해 갚아지는 게 아니다. '그리움'이란 대체로 발원 지점이 모호하고 해소 지점은 요원한 인간의 어떤 근원된 울림에 가깝다. 특정한 누가 그립다는 건 그가 불러일으키거나 투사시킨 영혼의 그림이 자꾸 현세에 개입된다는 얘기다. 그러면 그 특정인이 더 크고 유려하나 닿을 수 없기에 안타까워질 수밖에 없는 현세의 표상으로 돋을새김된다. 그때, 인간은 때로, 영원을 감지한다. 바다 초입에서 잔물결에 발목이 잠겨 버린 여행자처럼 삶 자체의 근원적인 고독 속에 우뚝 선 채 수평선을 바라보는 일. 그게 바로 모든 시의 원형이자 굴레가 된다.

> 오래전 가슴에 담겼던
> 밤바다의 앓는 소리가 몸을 되뉘며 깨어나
> 귓바퀴를 돌고 있다
>
> ──「Correspondance A」

'Correspondance'는 주지하다시피 프랑스 상징주의의 모토가 된 보들레르의 시 제목이다. 우리나라에선 주로 '교감'이나 '상응', '조응' 등의 애매한 단어로 번역되곤 하는데, 간단히 말해 모든 지각의 공감각적 전이 현상을 일컫는다. 랭보가 폴 드므니에게 보낸 편지에서 "모든 감각의 조직적이고 의도된 착란에 의해 시인은 비로소 견자가 된다."라고 했을 때에도 그가 적시했던 건 시공 복합의 진동으로 감응하는 영혼의 물리적 변형 사례들이었다. 견자(見者, voyant)는 사물의 보이는 측면과 들리는 반향, 만져지는 물성과 녹아드는 잔영, 감정의 일차적 반응과 이성적 인식의 요체들을 단 하나의 통일체로 투시하는 자이다. 그로 인해 소위 산술화되고 관념화된 인식의 틀이 무너지며 사물 자체의 무한한 본성을 체득할 수 있게 된다. 랭보는 그러한 '의도된 착란'을 통해 영원성의 파편에 의해 임의로 가설된 이 세계의 장막[4] 너머 자연의 비밀스러운 실체를 꿰뚫어 보는 게 시인의 사명이라 여겼다. 그건 비단, 불의 성정을 지녔던 소년 랭보만의 유별난 광증이 아니다. 시인이라면 대체로 하나의 자리, 하나의 사물, 하나의 사람에서 삶 이전과 이후까지의 큰 흐름을 음독해 내는 물리적 더듬이를 장착하고 있다. 그게 천분인지 천재인지 업보인지 병증인지는 여기에 내가 결론지을 바 아니다. 손월언은 다만 "재능은 재앙인 것이 분명하다."(「Correspondance B」)라고 단언하는데, 그게 어떤 오만이나 엄살로 느껴지진 않는다. 그저 그렇구나 끄덕이면 이상하게 마음이 그윽해질 뿐이다. '재앙'이란 단어에선 공연히 무슨 낙석이나 태풍 같은 걸 떠올리게 되기도 한다. 인재가 아닌 한, 돌이나 파도가 미쳐 날뛰는 걸 고요히 수긍할 수 있다면 그게 시인의 시인다움 아닐까 싶은, 까딱하면 돌 맞고 바람에 치일 소리나 부언해도 될는지는 모르겠으나, 이미 했으니 지우지는 않기로.

---

4 불교식으로 말해 현세는 늘 허상이다. 랭보는 중학생 시절 고향 샤를빌의 도서관에서 『우파니샤드』 등 동양 경전에 탐닉한 적 있다.

3

시인은 어쨌거나 바로 그 지점에서 "몸을 되뉘며 깨어나/ 귓바퀴를 돌고 있"는 소리의 여운을 따라간다. 그것은 처음 소리로 왔으나, 그 소리는 다시 눈과 뇌하수체를 건드려 그가 바라보는 모든 풍경에서 "착각과 왜곡의 두 평행을 선로 삼는 오래된 현재"(「다시 한번」)를 목도하게 한다. 그 '현재'는 그런데 지금 이 순간 물리적으로 겪고 있는 '현재'인 동시에 어떤 거대한 반복의 틀 속에서 이미 살다 간 누군가의 삶이 끝없이 '재생'되는, '다시 지나가는 현재'이기도 하다.

> 나는 이 극장에서 여러 편의 영화를 보았는데
> 혁명과 회한과 탄식, 생의 장엄한 끝자락들과
> 그리고, 무엇보다도 영화가 끝난 뒤에
> 쓸쓸한 한 물체로 변해 있는 나를 보았다
>
> (……)
>
> 스크린은 바람 속에 있고
> 객석은 몬테크리스토 백작 섬 너머로 수평선이 바라다 보이는
> 산정에 있으며
> 자연의 소리 그대로를 전하는 음향은 완벽하다
> 중요한 점은
> 열정이 담겨 있지 않은 필름은 개봉하지 않는다는 것
> 주의할 점은
> 겨울철이면 비가 내려

극장 문을 자주 닫는다는 것

예고가 없다는 것

극장에 오는 사람들과 구름들과 갈매기들은 외로워 보인다는 것

—「극장」에서

'극장'은 도처에 존재한다. 서울에도 그의 고향 여수에도. 파리에
도 마르세유에도. 그러나 그 모든 '극장'에서 상영되는 영화들은 제각
각이면서 닮았고 매번 반복 상영되면서도 약간씩 다른 디테일, 다른
점성, 다른 질감을 갖는다. 같은 인물이 등장하더라도 볼 때마다 생경
한 인물이고 같은 사건이 벌어지더라도 보여지는 영상들은 무시로 변
전하는 이야기를 숨기고 있다. 질러 말하자면, 그 '극장'은 관람권을
끊고 들어간 인공적 빛과 어둠의 전시장이라기보다는 삶의 한 순간
을 어느 특정한 시간대 속에 봉인한 "오래된 현재"의 재현처라 할 수
있다. "스크린은 바람 속에 있고/ 객석은 몬테크리스토 백작 섬 너머
로 수평선이 바라다 보이는 산정에 있"듯 한 세계를 경유해 지나가는
개인의 현존은 객석에 앉기도, 스크린 위 빛의 입자로 쪼개지기도 한
다. 더 큰 시간의 영역에서 보면 누군가의 삶은 스크린 위에 명멸하는
빛의 아주 작은 촉수에 불과하다. 스크린에 어둠이 드리워지면, 그리
하여 "빛이 사라지면/ 병든 노인의 턱 근처를 떠도는 검불수염 될 것
들이/ 하늘과 땅에 가득"(「노을 B」)해진다. 이것은 단순한 물아일체의
좌절이 아니다. 차라리 풍경(또는, 나 아닌 '다른 것')과 완전히 화합하지
못하는 삶 자체의 질박한 숙명이자, 그 자체로 삶의 핵심이 된다. 삶
은 결국 "검불수염" 가득한 죽음의 여파로 끊임없이 재상영되는 거
대한 환(幻)의 체계에 불과할 수 있다. 그리고 시란 "모두들 넋을 잃고
바라보는 절망을 견딘 흔적들/ 지옥과 한 몸이 된 아름다움들"(「깔랑

끄 해변」)을 겪고 나서야 뒤늦게 발설되는 이생의 후일담으로서나 촉기를 세울 뿐, 모든 시는 때늦거나 너무 이르거나 '여기'와 너무 멀다. 삶을 시연하는 스크린이 영원한 그리움의 장막으로 '저기'의 빛을 차단해 버린다. 그것을 어떻게든 뚫어 보려 갖은 방법으로 고뇌하고 방기하는 과정이 다름 아닌 삶의 내용이라면, 정말 "이 말도/ 저 말도/ 탐탁지 않"을 따름이다.

> 방법이라는 것이 동이 나면 좋겠어요, 모든 것을 시간에 맡길 수 있잖아요? 어떤 서두름도 없이 검은 머리가 흰머리로 변해 가는 모습을 카메라처럼 바라볼 수 있지 않겠어요! 그리하여, 검은 머리가 흰머리로 되고 마는 것만 남는 세상 속에 있게 되겠죠. 아무런 평가 없이 다음이 오고, 갈등 없는 현상이 존재가 되는 시간이 흐르는 세계가 있을 거예요. 자, 이제 그만두죠. 간단한 각종 방법들 그만 사용하죠. 여기가 거기라는 것을 알기가 깊은 바다 속을 들여다보는 것처럼 어려워지고 말았잖아요?

> ──「심연(深淵)」

"여기"[5]에서든 "거기"[6]에서든 삶은 대개 눈앞에 펼쳐진 갈등과 염원 등에 감정을 섞고 말을 주고받는 "간단한 각종 방법들"의 향연으로 구성되고 파기된다. 그러니 "어떤 서두름도 없이 검은 머리가 흰머리로 변해 가는 모습을 카메라"로 바라보기만 한다면, 그건 방관이나

---

5 심리적 처소일 수도, 공간적 배경일 수도, 이생일 수도 있다. 아울러 그 모든 것의 대척점일 수도 있다.

6 심리적 지향점일 수도, 감정을 고무하는 공간상의 피안일 수도, 죽음 너머일 수도 있다. 아울러 그 모든 것의 부재일 수도 있다.

체념이나 도피의 혐의를 띠기 십상이다. 여기에서 방관과 체념과 도피가 가지고 있는 여러 함의들에 대한 도덕적 판단이나 문학적 처신의 옳고 그름을 따지는 건 무모하고 무의미하다. 다만 방관은 상처에 대한 외면, 체념은 상처 이후의 회한, 도피는 상처를 향한 연약한 내성의 발로라며 애매한 진단만 내리고 말자. 그렇다 하더라도 여하의 해석과 부언은 결국 또 하나의 "각종 방법들"에 불과하다. 그 모든 언술 불가한 인간계의 허언들을 가여이 여기기라도 하는 듯 시집의 후반에서 손월언은 입적 직전 성철(性澈)이 남긴 다음과 같은 법어에 기대기까지 한다.

> 죽는 것보다는 그래도 살아 있는 것이 더 낫다라는 이 말은 소태 같고
> 이렇게 사느니 차라리 죽는 게 더 낫다라는 이 말은 들척지근하다
> 뭐가 더 낫다는 거냐
> 뭘 그리 맨날 빗대 봐야 직성이 풀리느냐 말이다
> 그저, 죽는 것은 죽는 것이고, 사는 것은 사는 것이지
> 뭐가 더 낫다는 거냐
> 나는 조미도 감미도 다 싫고
> 그저 좀 살아 보고 싶고
> 그저 좀 죽어 보고 싶다
>
> ──「산은 산, 물은 물」에서

삶이든 죽음이든, '여기'든 '저기'든, 행이든 불행이든, 희망이든 좌절이든 삶은 매 순간 보이고 감춰지고 사라지고 다시 만난다. 삶은 더욱 삶의 편에 서면서 죽음에 가까워지고, 죽음은 삶의 유일한 명목이

자 빌미로서 더더욱 분명하게 삶의 바닥을 무성히 데우고 있다. 그러니 무엇을 무엇에 빗대고 더 나은 걸 짱구 굴리며 좋고 싫음을 가리겠는가. 부러 경계를 긋고 편을 나누며 사는 게 당장의 이름과 명분을 구가하는 방식으로서 불가피한 삶의 방편이라 한들, 더 적극적으로 "살아 보고 싶고" 더 맹렬하게 "죽어 보고 싶"은 욕망의 순연한 구조 앞에선 한낱 미망에 불과하다. 미망과 싸우는 힘. 그리하여 스스로 미망이 되어 삶과 죽음의 모든 주석들을 떼어 내는 일. 어쩌면 그것은 시의 가장 요망한 희망일 수 있다. 세계는 그저 놓여 있고 흘러간다. "배가 움직이는 정지된 화면, 객선의 엔진 소리도 물 가르는 소리도, 갈매기 우는 소리도, 다 들리는데 무성인 영상"(「그리움의 정체」)인 채로 멎은 채로 멀어진다. 이 유동과 부동 사이에서 삶은 섬광과도 같이 내 것이었다가 다음 시대의 것이 된다. 나는 다시 극장에 앉는다. 스크린 위로 내가 흘러가고 스크린 바깥의 내가 "쓸쓸한 한 물체"가 되어 세계 밖의 전언들을 흘려 듣는다. 이곳에 오는 "사람들과 구름들과 갈매기들은 외로워 보인다".(「극장」) 과연 이곳은 어디인가. 그의 고향 여수인가 나의 고향 부산인가. 그가 거닐던 마르세유의 한 해변인가 오백년 전의 내가 잃어버린 기억 속의 바다인가. 여전히, "이 말도/ 저 말도", '여기'도 '저기'도 "탐탁지 않"다. 쓸쓸하고 먹먹하지만, 그게 현존이고, 함께 있어도 여전히 비어 있을 수밖에 없는, 영원한 '그리움'의 실체다. 잘 죽고 잘 살자. 그래 봤자 결국 '제기랄'과 '지화자' 사이의 싸움일 테지만.

뱀을 삼킨 몸

허은실 『나는 잠깐 설웁다』

1

> 그녀는 어느 누구보다도 가공된 것, 환상적인 것, 믿기 어
> 려운 것에 대해 잘 알고 있다. (……) 그녀는 가장 먼 곳에 있다.
> 그리고 수많은 칸막이들이 그 사이에 놓여 있다! 거울 저편으로
> 가는 것, 그것은 전혀 다른 일이다.[1]

해가 중천에 있을 때, 어느 작은 산책로를 걷다가 거미줄을 봤다.
작은 나뭇가지들 사이에 방사형으로 뻗친 그물 한가운데 엄지손가
락 한 마디만 한 거미가 도사리고 있었다. 꿈쩍도 않고 있는 듯 보였
지만, 왜 그랬을까. 육안으론 파악할 수 없는 커다란 움직임 속에 거미
가 갇혀 있다는 느낌을 받았다. 바람이 슬슬 그물을 흔들어 댈 뿐, 거

---

[1] 뤼스 이리가라이, 이은민 옮김, 『하나이지 않은 성』(동문선, 2000).

미는 발끝 하나 꿈쩍하지 않았다.

휴대 전화를 꺼내 사진을 몇 장 찍었다. 그냥 보면 알록알록한 무늬 일체가 또렷했지만, 액정에 붙들린 모습은 실제보다 불분명했다. 주변 풀잎과 꽃들에 섞여 잘 분간하기 어려웠던 것이었겠으나 왠지 셔터를 누르는 짧은 순간, 거미가 사라진 게 아닌가 싶기도 했다. 하지만 다시 바라보면 거미는 그 자리에 그대로, 여전히 꼼짝하지 않은 채 도사리고 있었다. 짐짓 섬뜩한 느낌이 들었다. 돌연한 정적 같은 게 거미의 몸에서 뿜어져 나오는 것 같았다. 내가 거미를 발견해서 바라본 게 아니라, 거미가 나를 끌어당겨 한동안 내 속을 들여다본 것인지도 모른다는 생각이 들었다. 문득, 외출 전에 읽었던 시의 한 구절이 떠올랐다. "거미줄에 빛나던 물방울들/ 물방울에 맺혔던 얼굴들은"[2] 모두 어디로 갔을까. 그리고, 그 "얼굴들"은 과연 누구의 잔영들일까.

저녁이 왔고, 다소 쌀쌀해진 11월의 바람을 맞으며 저녁 귀갓길에 다시 그 자리를 지나쳤다. 풀잎들 사이로 거미줄은 어둠에 지워져 보이지 않았고, 거미 또한 눈에 띄지 않았다. "목을 지나온 검처럼/ 꽃잎을 가르는 허공"(「윤삼월」)에 노을빛만 붉게 찬연했다. 그때, 어디선가 울음소리 같은 게 들려왔다고 말한다면, 나는 아마 무슨 "칼 가는 소리"(「그믐」) 비슷한 걸 허공에서 감지하고 있었던 건지도 모른다.

별을 낳기 위해
중력을 거부해야 하므로
소화되지 않는 말이

---

2   허은실, 「저녁의 호명」, 『나는 잠깐 설웁다』(문학동네, 2017). 이하 인용은 시 제목만 표기한다.

밑구녕이 거꾸로
치밀어 올라오고

들썩이는 치열
나는 나로부터 멀다
헝클어지는 지문
불화로부터 별의 머리카락은 자란다
습성은 문득 낯선 얼굴

이후는 다시 이전이 될 수 없다

쿵쿵, 이 냄새는 뭔가

—「입덧」에서

시 쓰는 일을 '산고(産苦)'에 비유하는 건 진부할 뿐 아니라 안일
해 보이기까지 한다. 더욱이 모종의 여성성과 연관해 그것을 '아이 낳
듯 몸을 뒤집어야만 가능한 일'이라 일컫는다면, '그럼, 남자들은 뭔
가를 질질 싸려는 충동 때문에 시를 쓰는 것인가'라는 일차원적이고
도 저열한 반문에 곧장 맞부딪치게 될 수도 있을 것이다. 어떤 경우든
시 쓰기 자체의 유별난 원리와 특성을 적확하게 설명하지 못할뿐더
러, 남성에 관해서든 여성에 관해서든 도식화된 오류와 편견 속에 시
를 가두게 될 소지도 있다. 그렇기에 일반적인 개념에서의 '산고'는 여
러모로 부적절하다.
    그럼에도 시 쓰기는 육체의 강렬한 진동과 통증을 동반한 내파
("나는 나로부터 멀다")를 겪어야 가능한 일이라는 점에서 '산고'와 닮은

면이 있다. 아파서 반응하고, 또 다른 아픔으로 응대하며, 그게 다시 쾌락과 해갈의 시발이 되어 "별의 머리카락"을 자라게 하는 일이란 하나의 삶이 또 다른 삶을 머리에 짊어지는 일('낳을 産' 자 참조)이 아니고 무엇이겠는가.

그런 의미에서 시는 전(全) 육체적인 울림인 동시에, 범우주적인 해찰의 잠정적 '소수(素數) 게임'이라 할 수 있다. 그 자신으로밖에 나누어지지 않는 걸 알면서도 "산 사람이/ 귀신이 된 사람에게/ 엎드리는 형식"(「소수 2」)에 골몰하는 일. "여기 잠든 짐승"을 계속 깨워 "나의 이승"(「처용 엘레지」)과 영원히 불화만 일으키게 될 홀수에 집착하는 일. 그렇게 영원한 짝수를 그리워하며 홀로 산란해지고 홀로 '지독'해지는 일. "별을 낳기 위해/ 중력을 거부해야 하"지만 그럴수록 더더욱 "소화되지 않는 말"들로 끝없이 속을 게워 내야 하는 일. 그렇게 자신의 속을 "쿵쿵" 냄새 맡고 그 냄새로 몸의 반란을 우주의 징표인 양 "별"로 띄워 올려야 하는 일. 하지만 그러기에는 "꽃들에게 뿌리란 얼마나 먼"(「이별하는 사람들의 가정식 백반」) 타자이고, "가지에서 바닥까지의 무한"(「윤삼월」)은 얼마나 무거운가. 그리고 그 '바닥의 무한' 때문에 지금 홀로 앓는 음문(陰門)은 얼마나 쓰리도록 "통통 부어 있"는가.

거울에 비춰 본 아랫도리는
통통 부어 있었다
부풀어 거대해진 입술이
천천히 숨을 고르고 있다
우주가 별을 낳던 날로부터
수십 억 광년을 달려와

아물지 않은 여린 잠지들을
보드랍게 핥아 주는 입술

— 「커다란 입술」에서

칡이파구루 싸서 가매에 찐다 말이래요. 그래 가주구 먹으문 이파
구 향이 배서 세빠닥에 싸아 해요 칡이란 거 그기 기래 아무리 먹을 거
읎는 땅이래두 뿌레기 내리고 디딜 대 읎어도 다른 낭그 감고 게올라
가주구 빛 쪽으루다 악착같이 얼굴 디미는 기라 그저 바락바락 하눌루
만 꽃 피우는 기 칡이라 칙,이라 하문 서운해요 뭐 이래 그 얼켜오는 맛
이 읎어 가주구 꼭 칡,이라고 발음으 해야 한대요 어머이라는 말처럼 너
무 찔겨 가주구

— 「칡」에서

앞서 말했듯, 시는 드러난 세계의 표면을 통해 세계가 드러내지
않는 부분, 그리하여 어떤 논리적 기획이나 과학적 성찰과는 또 다른
지점(또는, 그것들 모두를 한꺼번에 껴안은 지점)에서 한 개인과 세계가 충
돌하거나 은밀히 내접하는 방식으로 쓰인다. 이를테면 그것은 "내 어
두운 광 속에서/ 번쩍이곤 하던/ 한 자루의/ 그믐달"(「그믐」)을 꺼내는
일과도 같은바, "다시 이전이 될 수 없"는 "이후"의 기미를 냄새 맡으
며 "밑구녕이 거꾸로/ 치밀어 올라오"는 상태로 '입덧'하듯 작동한다.
하지만, 입덧 상태에서 느닷없이 찾게 되는 음식이 몸의 반란을 온전
하게 진정시켜 줄 수 없듯,(정말로 원했던 '바로 그것'인 줄 알았는데, 겨우
찾아 먹어 보니 진정코 바랐던 '바로 그것'은 또 아니었기에) "입안 가득 손톱
이 차올라"(「바람이 부네, 누가 이름을 부르네」) 뱉어 낸 말들은 그 무엇
도 정확하게 짚지 못한다. "소풍,이라 말하려 했는데/ 슬픔,이 와 있"고

(「저녁의 호명」), "언제나/ 일인분의 통증만이/ 최후까지 남아" 있을 뿐이다. 그럴 때, 몸 안이 몸 밖으로 튀어나와 평시엔 볼 수 없는 "우주(의 해부도)처럼 펼쳐"(「Re: 제목없음」, 괄호 안은 인용자)진다. 몸 안에 있을 땐 보이지 않던 생명체의 미세 지도가 뇌리에 떠오르는 것인데, 그건 흡사 "거울"을 통하지 않고선 볼 수 없는 여성의 "아랫도리"와도 닮아 있다. 이때 "거울"은 여성 스스로가 자신에 대해 인식하고 깨닫는 바를 남성적 논리 체계로 반사시키는 역상으로 작용할 뿐, 여성을 여성 그 자체로 정확하게 가리키지는 못한다. 여성의 언어는 거울이 감춘 그림자 뒤편에서 작용하는, "고요한 수면 아래/ 흰 발목을 잡아채는 푸른 손아귀"(「푸른 손아귀」)와도 같다. 그것은 끝이 안 보이는 수풀 속에서 발목을 휘감아 독을 쏘아 대는 뱀을 닮았다. "배를 깔고/ 몸을 밀어/ 가는 것들"은 "온몸이 혀"(「혀」)라지 않는가. 그 "혀"는 그런데 단지 목 밑뿌리뿐 아니라 몸 전체를 거슬러 항문까지 이어져 있다. 그걸 시 쓰기에 비유하자면, 발목을 타고 올라 "밑구녕"에 꽃을 박아 넣은 뱀이 온몸을 요동치게 하여 "버려진 문장들을 혓바늘로 깁"(「나의 아름다운 세탁소」)게 만드는 상황이라 이를 수 있다. "항문과 입술의 조직은 동일"하고 "잘린 가지 끝에 송곳니처럼 흰 뿌리"(「처용 엘레지」)가 돋아나듯 "우주가 별을 낳던 날"부터 여성(시인)은 몸속에 이미 커다란 뱀을 삼키고 있었다. 그러니 어찌 "아랫도리"가 퉁퉁 부어 있지 않을 수 있겠는가. 커다란 나무 아래서 "빛 쪽으루다 악착같이 얼굴 디미는" 칡덩굴처럼. "칙,이라 하문" 그 본래의 성질과 본성이 삭아 어설픈 남성적 표준화의 밭에서 한갓 쓸데없는 기생식물로 천대받을, "꼭 칡,이라고" 억세게 조여 발음해야만 그것 자체의 효능과 본질이 똑바로 서는, 바로 그 "칡"처럼.

2

뱀이 그가 가진 죄로 혼란이 생겼다고 들었어요.
안에 있는 자신을 찾기 위해 허물을 벗게 되었지요.
— 레너드 코언, 「Treaty」 가사 중

몸을 벗었으니 옷을 지어야지
—「바람이 부네, 누가 이름을 부르네」에서

남성의 경우, 자신의 사타구니를 언제든 힘들이지 않고 볼 수 있다. 그 모양과 색깔, 질감에 대한 분명한 자기 인식과 분석이 가능한 것이다. 그러나 여성은 그러기가 힘들다. 남성이 그 자신을 일차원적인 물리적 상태 그대로 직접 맞닥뜨리는 데 길들여져 있다면, 여성은 몸이 내적으로 작동하는 체계의 미세한 결에 따라 느끼고 판단하는 데 익숙하다. 그래서 똑같은 물리 작용에 이끌리더라도 그것을 받아들이는 배면과 표면이 피차 정반대로 작용하는 경우가 많다. (여기서 다시, "나는 나로부터 멀다.") 요컨대, 남자는 볼 수 있고, 여자는 볼 수 없다. 그런데, 이 정황을 약간 뒤집으면, '남자는 볼 수 있는 것만 보고, 여자는 볼 수 없는 것을 본다.'라는 풀이도 가능해진다. 남성의 시선이 외부 지향적이라면 여성의 시선은 보다 내면적이고 자기 충족적인 측면이 강한 것이다.

'볼 수 없는 것'을 보고, 그것을 말로 표현하자니 "배드민턴 흰 공이/ 하늘을 잡았다 놓는"(「윤삼월」) 것 같은 착종이 일어난다. 그런데, 그 착종은 비록 물리적으론 틀렸으나 심정적으론 확실하다. 그 작은 바구니처럼 생긴 공이 "잡았다 놓은" 하늘은 고개 쳐들어 올려다봐야 할 자연 대상이 아니라, 스스로 투영시킨 여성의 자아 자체일 수 있으니까. 그럼에도 하늘은 끝내 완전히 잡히지 않는다. '네가 잡았다 놓은 하늘을 보여 줘 봐.'라고 누가 캐물어도 손아귀에 움켜쥔 채로 보여 줄 수 있는 하늘은 이미 존재하지 않는다. 그렇게 해서 시는 "날 수 없어 춤추"(「목 없는 나날」)며 "어디로 들어왔는지" 모를 "흰 새들"이 "내 몸 속에서 잠이"(「Re: 제목없음」)든 걸 확인하는 일이 된다. 그 새들은 그러나 "방향을 알지만 지향을 모른다."(「데칼코마니」) "누군가 나를 뒤집어쓰고 있"기에 눈을 떠 깨어 보면 "벽지 꽃무늬 사이로/ 사라진 옷자락만"(「야릇」) 야릇하게 펄럭일 뿐이다.

> 남자가 줄기 쪽에 다시 젓가락을 찔러 넣는다 젓가락을 콤파스처럼 벌린다 김치 양념이 여자의 밥그릇에 튄다 여자가 쳐다보지 않는다 콩자반을 세 개 집어 먹는다 남자가 김치를 들어올린다 떨어지지 않은 쪽이 딸려 올라온다 여자가 콩자반을 네 개 집어먹지 않는다 딸려 올라가는 김치는 잡는다 남자와 여자가 밥 먹는 것을 중단하고 말없이 김치를 찢는다
> 김치를 전부 찢어 놓은 남자와 여자가 밥을 먹는다 말없이 계속 먹는다 여자는 찢어 놓은 김치를 먹지 않는다 깻잎장아찌를 집는다 두 장이 한꺼번에 집힌다 남자가 한 장을 뗀다 깻잎자루에서 남자의 젓가락 끝과 여자의 젓가락 끝이 부딪친다
>
> ──「소수3」에서

남성은 여성의 말을 지나치게 곧이곧대로 듣거나, 또는 영원히 곧이곧대로 듣지 못한다. 반면에 여성은 직접적으로 들리지도 보이지도 않는 것들로 남성(적 체계)을 체험하고 이해한다. 이 간극은 "너는 너

의 방에서 수음을 하고/ 나는 나의 방에서 울"(「너는 너의 방에서」) 수밖에 없는 상황을 곧잘 초래하는데, 그렇게 영원히 갈라지고 찢기면서 피차 영원한 소수(素數)로 고립된다. 나누고 나누어도 '데칼코마니'로 딱 들어맞는 '짝'이 없다. 남자가 찢어 놓은 김치를 여자는 먹지 않고, 대신 콩자반이나 깻잎장아찌를 집는다. 여자가 정녕 먹고 싶은 게 김치였다 하더라도, 남자가 정성스레 두 갈래 세 갈래로 찢어 놓은 김치는 이미 김치가 아니다. 그렇다고 콩자반이나 깻잎장아찌가 여자가 진짜 원하던 '그것'인 것도 아니다. 여자가 정말 원하는 김치는 상대를 위한 성의랍시고 남자가 찢어 놓은 이후, 이미 원하던 그 '김치'가 아닌 게 되어 버린 것이다. (다시, "이후는 다시 이전이 될 수 없다.") 그 어떤 것도 여자의 몸 안에 똬리 틀고 있는 뱀의 식탐을 만족시킬 수 없고, 산 사람이라면 더더욱 그렇다. 여자가 "사내 여럿 후"(「청벽산은 푸르다」)리게 될 수밖에 없는 연유도 거기에 있다. 여자는 "나팔꽃 씨를 심었는데/ 재가 되어 나"(「Re: 제목없음」)오는 자신만의 순리와 본성을 지니고 있다. 그렇게 스스로를 깨우쳐 몸속의 뱀이 제대로 길을 내어 저만의 식성을 충족해야 하건만, 저간의 사정이 그러하지 못하다.

당신은 이웃의 창문을 엿보고 당신이 보는 것을 나는 본다
당신을 오해하기 위해 I see you 내가 보는 것은 내가 보던
것 아이들은 시소를 타며 영원한 비대칭의 게임을 배운다 봤니?
봤지! See? Saw! 이렇게 마주 앉아도 당신은 당신의 풍경을
나는 나의 풍경을 I see, I see

우리의 동침은 돌아누운 등으로 이루는 데칼코마니
팔짱의 형식은 제 두 팔을 마주 끼는 일

삼투는 불가능하다

— 「너는 너의 방에서」에서

"나(여성)는 당신(남성)이 보는 것"을 본다. 그건 "보던 것", 즉 현재시제의 주체적 시선이 아닌, 타인이 먼저 '본 것'이라 규정지은 '다른 것'을 사후적으로 인지하는 게 된다. 그러니 똑같은 걸 같이 봤어도 "당신"과 "나" 사이엔 이미 균열이 있다. 그걸 문자로 쓰니 "See"와 "Saw"로 갈라진다. 하나는 올라가면서 보고, 하나는 내려오면서 봤다. 하나는 '보다'라는 동사로 작동하고 하나는 '톱'이라는, (굳이 첫 스펠을 대문자로 쓴 이유가 거기 있지 않을까.) 전혀 다른 의미의 명사를 끌어들이게 된다. 그리하여 "당신은 지금 위독"해지고 "배제된 자들은 위험"(같은 시)을 직감한다. 그렇다면, 각자의 방에서 '나'와 '너'가 따로 놀고 있을 때, "골방에서 얼어 죽"은 "그"는 누구인가. "잠이 들어서도/ 입술을 달싹"이게 하고, "자면서 입을 다시는 것들"의 쓰디쓴 "꿈"의 "그림자 밖에서 꼬르륵거리고"는 결국엔 "타인이라는 빈 곳을 더듬다가/ 지문이 다 닳"(「더듬다」)도록 되새기게 만드는 "그". 편지를 보냈으나 제목도 없이 "너무나 많은 사람들이 사라져" 간다며 "일인분의 통증만"을 "우주처럼 펼쳐"(「Re: 제목없음」) 놓은 "그", 혹은 "그녀". "죽은 뒤에도 자라는 손톱의 습관을 희망하겠다"(「목 없는 나날」)는 "그"는 아마도 "칼이 내 몸에 들어와// 찔린 옆구리"(「삼척」)로 내가 낳은 자기 자신의 죽음, 그리하여 세계의 모든 죽음들을 껴안은 단 하나의 몸일지도 모른다.

그렇다면, 그건 자기 홀로 스스로를 나누고 나누다가 결국엔 자기가 자신을 낳는 지경이라 할 수 있다. 어쩌다 이렇게 됐을까. 하지만, 답을 쉽게 조작해 내지는 말자. 다만, 그렇게 "몸을 벗어" 지어낸

옷들의 귀기 어린 나부낌에만 집중하자. 허은실의 시들은 바로 그 죽은 자들의 혼이 이승에 빨래처럼 나부끼는 걸 목격한 여성의 하복부에서 쓰였기에 현실을 구축하는 언어의 그물망 안에 그것 자체로 포획되지 못한다. 그녀는 누가 본 것을 다르게 봤고, 다른 누가 보지 못한 것을 그만의 몸으로 봤다. 그래서 계속 주체와 객체 사이의 "모순을 견디"는 방식으로 엉뚱하게도 쑥쑥 자라는 "무순"(「Re: 제목없음」)에 대해 얘기한다. 그렇게 자꾸 언어의 "옆구리"를 찔러 다른 말을 낳고, 그렇게 자꾸 지독해지며, 그렇게 자꾸 실체 없는 무언가의 소리에 끌려가는 것이다. 그런데, 그 '낳음'과 '진통'과 '끌림'의 주체는 시인 자신이기도, 시인을 둘러싼 세계이기도 하다. 그런 까닭에 "구르고 구르다가 모서리를 지우고/ 사람은 사랑이 된" 상태에서 "종내는 무덤의 둥긂으로/ (……) / 0이 된"(「둥긂은」) 자의 끝없는 공복의 진통 소리가 행간마다 주렴처럼 매달려 있다. 그 기나긴 진통 속에서 한번 태어난 "아가"에게 "다시는/ 태어나지 말"라며 "내 혀가 말을 꾸"(「바람이 부네, 누가 이름을 부르네」)며낸 적의와 사랑의 69 체위들. "죽여 버릴 거야" 다짐하며 "칠흑 하늘에/ 방금 숫돌에 간/ 낫" 같은 "그믐달"(「칠월 그믐」)을 품은 채 "만삭의 배를 감싸며 씨익, 웃어 주"(「청벽산은 푸르다」)는 여자의 요기(妖気), 혹은 결기. "햇빛 끓"는 "흰 마당에" 온몸을 뒤집어 토해 낸 한 덩어리의 선지"(「맨드라미」)는 그렇게 뱀이 사람의 "밑구녕"에 꽂아 놓은 꽃을 닮았다. 그녀가 힘주는 순간, 햇빛은 낯부끄러워하며 느닷없는 "그믐달"의 돌격에 제 빛을 잃을지도 모른다.

다시, 낮에 본 거미줄을 떠올려 본다. 많이 아름답고 독하고 섬뜩해 보였던 그 풀숲 사이의 끈적끈적한 방사형 그물을. 사진으로 담으려는 순간, 요상한 빛의 장난 속에서 모습을 감췄다가 맨눈으로 바라

보면 다시 돌올해지던 그 암갈색 얼룩무늬의 깊은 흑점을. 그러다가 어둠 속에서 자취를 감춰 슥슥 바람의 켜를 긁어 대는 듯한 소리로 긴 이명을 끌고 온 그것의 고요한 소리를. 나는 내가 그것을 봤다고 느꼈지만, 어쩌면 그가 미리 본(see) 나를, 나는 그를 통해서 봤던(saw) 것일 수도 있다. "징후도 없이/ 예후도 모르는 채// (……) // 걸음마다 꽃이 도져/ 앉지도 돌아눕지도 못하는"(「치질」) 통증처럼 시선의 정면이 아니라 몸의 제일 "밑구녕"에서부터 시간의 마디를 톱질하듯 몰아쳐오는 몸 안의 기별. 그것은 바깥의 사태에 의해서라기보다 뱀이 지나다니는 몸 안 깊숙한 통증이 우연히 마주친 우주의 측량 기사로부터 섬뜩하게 감지해 낸 태초의 상처인지도 모른다. 남녀로도, 나와 너로도, 삶과 죽음으로도 손쉽게 갈라놓을 수 없는, "허기의 무궁"(「지독(至毒)」)에서 솟구친 지난한 '입덧'. 그건 나의 것만도 그의 것만도 그녀의 것만도 아닐 것이다. "누가 부르는지 귓속이"(「이별하는 사람들의 가정식백반」) 오랫동안 간지럽다. 바람이 불고, 누가 자꾸 이름을 부른다. 몸 안에서 수백 마리 뱀이 요동쳐 나는 지금 혀가 수천 갈래다. 시인이여, 그 혀를 썰어 재로 만들라.

2

갸륵한 독기 혹은 거룩한 천박의 지저귐

성동혁의 시들에 대한 소고

1

> 슬픔은 직선으로 왔는데
> 그릴 때만 곡선이 되는 이유를 생각해 본다[1]

어떤 고요하고 순한 울림들은, 그 고요함과 순함에도 불구하고, 칼날이나 가시 같을 때가 있다. 그런데 그 칼날(또는 가시)은 자신을 찌르지도 타인을 찌르지도 못한다. 겁이 나거나 주저해서가 아니다. 애초에 뭔가를 해하려고 도드라진 흉기는 아닌 까닭이다. 그 뾰족한 울림은 이를테면, 오랜 부대낌 끝에 터져 나온 한숨이거나 부르지도 붙잡지도 못할 어떤 대상을 그리며 망연히 되새겨 본 내면의 적막을 뚫고 삐져나온 것이라 할 수 있다. 그것이 찢거나 찌를 수 있는 건 아

---

1 성동혁, 「독주회」, 『6』(민음사, 2014). 이하 인용은 시집과 시 제목을 표기한다.

무엇도 없다. 다만, 가만히 선 채로 부르르 떨거나 애꿎은 공기나 가르면서 몸 안에 누룩처럼 퍼져 있는 신음들을 달랠 수 있을 뿐이다. 그것의 돌올함과 날 섬은 일차적으로 자기 위무나 보호의 용도로 발현된다. 모든 보호막이 그러하듯, 그 역시 단호하고 수려한 외양을 가지고 있다. 어쩌면 그건 내면에서 오래 응결되어 그 자체로 빛을 내는 눈물이거나 곰삭은 상처에서 흘러나와 짐짓 무늬가 되어 버린 고름 같은 것일 수도 있다. 겉으론 단단하게 응축돼 보여도 만지면 물컹하고 맛보면 쓰다. 또는, 쓰기 때문에 약이 되기도 독이 되기도 한다. 그것은 "철창을 뜯고 거실까지 들어온 손님"(「풍향계」)처럼 그 자신과 그 아닌 것들을 위협하는 동시에, "내게 천국을 옮겨 주던 사람들"(「연희」)처럼 피가 말라 가는 몸 안에 오래도록 훈기를 증폭시키는 동력을 제공하기도 한다.

> 욕조에 앉아 깃털을 뽑고 있다
> 꽃을 쪼던 새를 도저히 가만둘 수 없다
>
> 채워지는 욕조 안에
> 검게 뒤엉킨 화원에
> 불을 놓을 것이다
>
> 갸륵해질 수 없다
>
> (……)
>
> 나무 위 부리를 다듬고 있는

이 검은 짐승의 무수한 혈육을

맨몸으로 기다리고 있다

꽃은 아비의 눈알이었다

발만 남은 아비를 안는다

까마귀들이 달을 가린다

—「거룩」에서[2]

성동혁은 어느 시에서 "나는 행갈이를 물려받아 연갈이로 승화시키기 위해 시인이 되"(「숲 2」, 『6』)었다고 고백한 바 있다. 시에서 행을 바꾸고 연을 나누는 것은 뭔가를 들려주기 위해 호흡을 고르는 일이다. 언어가 숨기고 있는 참뜻은 단어의 적확함이나 주술 구조의 정확도에 의해 우선적으로 분별되지만, 사실 그것만으로 모든 의미와 진심이 완전히 전달되는 건 아니다. 얼굴을 마주 보고 얘기하는 것과 글로 읽는 내용에는 그 밀도와 파형에서 차이가 있다. 마주 보고 얘기하는 일은 언어로 발설된 것 이전(또는, 이상)의 여러 상황적 육체적 요인 등의 영향을 받게 마련이다. 그 순간, 말 자체는 종종 부수적인 게 된다. 때로는 외려 방해가 되거나 오해의 소지를 낳기도 한다. 필요 이상 더 많은 걸 말해야 하거나 숫제 말을 죽여야만 하는 상황이 생기기도 한다. 그럴 때, 쓰이지 않은 언어의 행과 연을 조율해 주는 게 표정과 동작이다. 어떤 눈빛은 쉼표를 찍어 주기도 하고, 어떤 손짓은 움

---

2 성동혁, 『아네모네』(봄날의 책, 2019). 이하 인용은 시집과 시 제목을 표기한다.

직임 자체로 부연이 되기도 하며, 잠깐 고개를 돌리는 행위가 행간의 비밀스러운 암시를 풀어 주는 열쇠로 작용하기도 한다. 그런 의미에서 시의 행과 연은 언어가 숨 쉬는 양태, 언어가 감춘 말을 드러내는 미시적 리듬, 언어로 드러난 것들을 다른 질감으로 환기하는 숨결의 변주로 작용한다. 시가 육체의 언어이자 언어의 육체인 이유가 여기에 있다. 그것이 엄밀하고 막힘 없이 진행될 때, 시는 그 자체로 언어라는 한정된 새장을 열고 하늘을 향해 지저귀는 새의 속삭임이 된다. 그렇다면 그 새는 몸 안에 갇힌 말을 대신 속삭여 주는, 그리하여 마음의 울혈과 몸의 고통을 상쇄시켜 더 깊고 먼 곳의 울림을 전달하는 영혼의 대리자와도 같을 것이다. 그런데, 성동혁이 욕조에서 깃털을 뽑고 있는 새 역시 그런 새일까.

정황은 대략 명확한 편이다. "새"는 "꽃"을 쪼고 있었고 시인은 그 짓을 "도저히 가만둘 수 없다"고 분개한다. 그의 첫 시집을 꼼꼼하게 읽은 사람이라면 성동혁이 "꽃을 선물하기 위해 살고 있"(「리시안셔스」, 『6』)는 사람이라는 사실을 알 것이다. 그런 그에게 꽃을 훼손하는 일은 삶의 가장 중요한 명분을 위협함으로써 삶 자체를 훼손하는 일이 된다. 그래서 그는 더 이상 "갸륵해질 수 없다". 그는 "(깃털로) 검게 뒤엉킨 (물의) 화원에/ 불을 놓"기로 작정하며 새의 깃털을 뽑는다. 그에게 '검은색'은 꽃을 전해 줄 통로가 암흑 속에 잠겨 버리는 '죽음의 빛깔'이다[3]. 거기에 다시 "불"을 지른다는 건 죽음 쪽으로 기울어져 가는 삶의 빛깔을 다시금 핏기 넘치는 붉은빛으로 변화시키겠다는 의

---

3 성동혁의 색채 인식에 대해선 시인 김행숙이 『6』의 해설 「통각의 가능성」에서 선명하게 정리했다. "붉은 피가 검게 변하면 심장은 더 이상 뛰지 않겠지. 그것이 인간의 몸이겠지. (……) 차라리 그의 빨강은 하양을 빛나게 하고, 하양은 빨강을 빛나게 한다고 말해야 할 것 같다."

지로 읽힌다. 그럼에도, 이 모든 타당하고 분명한 정황에도 불구하고, 여전히 남는 의문이 있다. 투명한 유리 같고 예리한 칼날 같으면서도 툭 치면 부러질 것 같은 결기를 훼방하(는 동시에 자극하)는 새는 과연 어디에서 날아온 것일까. 그 새의 궤적은 "곡선"이었을까 "직선"이었을까.

2

나는 그런 친구가 많다
던진 칼을 온몸으로 받는

그래도 살아서 내게 나타나는 친구
—「서커스」에서, 『6』

장마는 철창을 뜯고 거실까지 들어온 손님이었다
죽음은 철창을 뜯고 침실까지 들어온 손님이었다
풍향계는 누구의 손으로 이리 세차게 흔들릴까
(……)
나는 덕분에 천박해지고 있다 다리를 올리고 천천히 사랑에 빠지고 있다
배 위에서 애인은 죽음과 한 방향으로 움직였다
그녀는 나를 파란 수국이라 불렀다 내가 만든 푸른 멍들을 해변의 묘지라 불렀다
옷을 벗고 하는 이야기는 자주 바뀐다며 산책을 하자고도 했다
—「풍향계」에서, 『아네모네』

동양에서든 서양에서든 '신'은 기후의 형태로 인간 세계에 틈입한다. 노아의 경우에서처럼 궁극의 심판이나 처벌의 방식으로 나타나기도 하고, 계절의 변화나 기온의 고저에 의해 사람의 심성을 참섭하기도 한다. 인간에게 신은 삶을 영위해 나갈 수 있게 하는 하나의 환경이자 여러 결정론적 조건들을 예시하는 궁극의 한계일 수도 있다. 물론, 이건 여러 동서양 종교에서 이야기하는 신관들의 거친 종합에 불과하다. 지금 나는 종교에 대해 말하려는 게 아니다. 다만, 한 사람의 감정과 생각, 의지와 변화를 조장하는, 인간 너머의 영역에서 인간을 규정하고 한정 짓는 모종의 '기류'에 대해서 점검해 보고자 할 뿐이다. 그랬을 때, '바람'은 그 실체 없음과 불가역성으로 인간의 조건을 실험하는 신의 잠정적 현신으로 볼 수 있다. '풍향계'는 보이지도 만져지지도 않는 그것의 흔적을 진단하는, 한정적이나마 분명한 인간의 판단 기제가 된다. 그것이 "세차게 흔들릴" 때 인간은 이전과는 다른 존재가 된다.

앞서 성동혁은 새의 깃털을 뽑으며 "갸륵해질 수 없다"고 토로했다. "갸륵해질 수 없"어진 그가 위의 시에선 심지어 "천박해지고 있다"고까지 말한다. 이 '갸륵'과 '천박'은 그러나 대칭적이지도 않고 불화하지도 않는다. 다시 말해, "갸륵해질 수 없"어서 "천박해지"는 게 아니라 천성의 "갸륵"이 차고 넘쳐서 "덕분에 천박해지"(강조는 인용자)는 것이다. 아마도 보다 일반적이고 합당한 문법 틀 안에서라면 "덕분에"는 "그 탓에" 정도로 교정되어야 옳겠지만, 그 어감의 미묘한 혼동처럼 성동혁의 "갸륵(또는, 갸륵할 수 없음)"은 영묘한 데가 있다. 그가 "갸륵해질 수 없다"고 말할 때, 그 말은 역설적으로 "갸륵"하게만 들린다. 그래서 그의 "천박"마저도 "갸륵"하게 여겨지는 이상야릇한 의미의 변전이 발생한다. 이건 어떤 사적 사연을 참고삼아 지레짐작해 보는 인성론이 아니다. 빌미는 당연하게도, 그가 그려 놓은 시적 정황 안에 고스란히 담겨 있다.

「거룩」의 후반부에서 성동혁은 "꽃은 아비의 눈알이었다"고 밝힌다. 다시 정리하면, 새가 쪼아 댄 꽃이 "아비의 눈알"이었다는 소리다. 이때, "아비"는 누구인가. 시집 『6』에서도 "아비"는 곧잘 등장한다. 그 단어가 환기시키는 여러 이미지나 관례들을 굳이 따져 보지 않더라도 "아비"는 '아버지'와는 다른 존재임이 분명하다.(성동혁은 여러 시에서 자신의 친부를 지칭할 땐 정확히 '아버지'라 부른다.) 우선 추정해 볼 수 있는 건 기독교적 의미에서 '하느님 아버지'다. 요컨대, 그에게 육체를 부여하고 그로 인한 여러 고통과 한계를 떠넘긴 바로 그 신이다. 그렇다면 그것의 눈알을 쪼아 먹는 새, 신의 눈빛이자 시인이 누군가에게 선물하고픈 꽃의 또 다른 현현을 훼손하는 자는 어쩌면 시인 자신에게서 부리를 뽑아 올린 그의 분신일 수도 있다는 가정이 가능해진다. "이 검은 짐승의 혈육을/ 맨몸으로 기다리고 있"는 이후의 정황이 이런 가정을 뒷받침한다. 이것은 반항인가 자해인가. 그게 아니라면 사랑과 찬양의 보다 어둡고 차가운 양상인가.

여러 추측이 가능하겠지만, 그의 "갸륵"이 "천박"에 닿아 가듯, "갸륵할 수 없다"고 고백하는 그의 신심은 "죽을 수 없어/ 용맹해지"면서 "죽음과 한 방향으로 움직"이는 "애인"을 좇아가려 한다. 산 사람이라면 누구나 삶 자체를 죽음으로 가는 길이라 인정하지 않을 수 없다. "내가 만든 푸른 멍들을 해변의 묘지라 불"러 주는 "애인"은 그런 점에서 자신의 탄생을 알현해 준 신의 사령이자, 자신의 죽음이나마 스스로 설득하고 선취하려는 자의 궁극의 "풍향계"일 수 있다. 그는 신의 바람 속에서 바람 때문에 스스로 눈을 찌르고 자신을 비틀거리게 하는 신의 눈알을 쪼며 그 모든 불경과 의지를 모아 신의 눈에서 꽃을 취하려 든다. 때로는 "달을 가"리는 "까마귀"의 부리로 스스로를 쪼고, 때로는 그 자신의 암흑과 독기를 스스로 징벌하며 "발만 남은 아비"를 끌어안는 방식으로. 이 모든 일차적 모순들은 삶이 죽음을 내포하고 있고, 고통이 희열과 쾌락의 강도를 높이듯 죽을 때까지 마주할 수밖에 없는, 어찌해도 합이 맞아떨어지지 않는 신의 양면이다. 고로 긍정과 부정의 지난한 진자 아래서 한때는 꽃이 되었다가 한때는 까마귀가 되었다 하면서 '천박한 갸륵'과 '거룩한 천박' 사이에서 "다리를 올"렸다 내리기를 반복할 수밖에 없다. 그래 "셈이 맞지 않는 건 자주 슬프다". 그럼에도, "기다리는 맘은 늘 지옥 같"지만, "그들이 오지 않는다고 천국이 사라지는 건 아니"(「연희」)다. "던진 칼을 온몸으로 받는// 그래도 살아서 내게 나타나는 친구"들이 계속 있는 한, "연희를 현미로 부르"든 홍대를 강정이라 부르든 그곳은 누구에게나 관대한 한 순간의 천국일 수 있으니까. 따라서 바람의 방향을 스스로 조율하고 그로 인한 삶의 내성을 굳건히 다지기 위해 이 지난한 "행갈이"와 "연갈이"는 지속되어야 한다. 비록 그가 풀어놓은 "행"이 그의 목줄을 죄고 그가 묶어 놓은 "연"이 그에게 칼날로 돌아온다 해도 그 희박한 숨결 안에 새겨지는 칼끝의 핏자국은 오로지 그 아니면 그릴 수 없는 '천국'의 무늬일 수 있으므로.

거룩한 식인의 저녁

정영 『화류』

1

　　정영의 시집 원고를 오래 두고 있었다. 그러는 사이, 여름이 지나고 가을이 지나고 겨울이 왔다. 책상 한 켠에 둔 채 치우지도 뒤적여 보지도 않고는 무슨 화분이나 새장 모시듯(아니, 방치하듯) 그렇게 내버려 두었더랬다. 혹시, 시가 종이에서 걸어 나와 스스로 말 걸어 주기라도 바랐던 것일까. 언감생심 불가능한 일일 테지만, 그 불가능이 가능이 되는 마법 같은 (아니, 만화 같은) 순간을 진짜 기다린 적도 있다. 딱히 그게 정영의 시여서 그랬던 것인지, 다른 시인의 시였어도 그랬을 것인지는 나로서는 확답 불능이다. 특별한 인연이나 호오나 취향의 문제는 아닌 것으로 안다. 그저 어떤 개인적 시간차와 상황 탓이었다고만 간주할 뿐이다. 수십 편의 시가 나날의 먼지를 덮어써 가며 가만히 놓여 있는 그 불안하기도 찬연하기도 무섭기도 한 순간을 나름 오래 끌고 싶은 충동이었음은 분명할 것이다. 감옥에서 출소하는 날을 끝끝내 유예시켜 보려는 삐딱한 범죄자의 심리 같은 걸 은근 유추해 본 적도 있다. 아울러, 죽음이 코앞에 닥쳤을 때 겪게 될 사람의 심정 같은 것에 유독 관심을 기울였더랬다. 공연히 비장해지자는 소리는 아니다. 다만 그런 생각을 화투 패 쪼듯 겨눠 보며 시의 물성[1]이 어떻게 변화하는지, 거기에 휘감긴 나는 또 얼마나 낯선 생물로 변해 이 세계를 발아래 떨구거나 눈 위로 침떠보게 될 것인지에 대한, 약간은 짓궂은 가정을 놀이 삼아 (아프게) 즐겼을 뿐이다. 그럴 때, 죽음은 가장 확실하고 선명한 무대가 된다. 또는, '무대'로 설정되었기에 진실로 살아 볼 수 있는, 진짜 삶의 태도를 모색케 한다. 정영의 시를 길고 느리게 관찰(?)하며 나는 짐짓 허공에 뜬 나의 진짜 표정을 살펴보려 했던 건지 모른다. 그러나 그것은 아직도, 흐릿하고 멀기만 하다.

그 아득한 실재감이 지독한 혼몽 같아서였을까. 시를 들여다보려 할 때마다 다시 원고를 내려놓고 이런저런 그림들을 뒤지게 되는 날이 많았다. 어딘가 아팠고 뭔가 먹먹했던 탓이다. 그래 조금은 피하고 싶었던 것이다. 그렇게 마주하게 된, 구도나 형상보다는 붓질의 질감과 그렇게 드러난 평면 위의 우둘투둘한 자국들. 더 가까이서 보면 그림이 아니라 어떤 반죽이거나 덩어리거나 마음속 가래처럼만 여겨

---

1   이 시는 인쇄된 채로 고정되어 있지만, 그리고 그 안에서 어떤 의미가 생성되고 순환하거나 변환되는 듯 여겨지지만, 나는 시가 딱히 그렇지만은 않다고 믿는다. 시는 무슨 피나 눈물 자국 같기도 하여서, 어제 흘린 눈물이 오늘 마주한 삶의 화석으로 작용하는 것 비슷하게 그것을 쓴 사람과 쓰인 글 사이의 격조함을 유발하며 스스로 변화하는 생물에 가깝다. 가끔 실제로 짐승처럼 움직여 사람의 목을 휘감거나 자애의 혓바닥을 내밀어 건조해진 입술을 축여 주기도 한다. 이는 시방, 얼마나 '위험한 짐승'인가.

지는 화학적 물리적 흔적들. 그것들은 모종의 시간 경계를 넘어 바라보는 그 순간의 둔탁하고도 끈적거리는 물질로서 마음속 이끼로 돋아 되새겨지곤 했다. 하릴없는 사람이 무슨 포장 비닐의 돌기를 톡톡 터뜨리는 것으로 시간을 죽이듯, 체념인지 몰두인지 유희인지 망각의 추임새인지 모를 그 허망한 쓰다듬음의 긴 나선을 거치고 나면 이상하게 그림이 본래와는 달리 보였다. 고흐의 것이든 루치안 프로이트의 것이든, 텍스처의 파문과 격렬을 닮고 닮도록 곱씹다 문득 시선을 떼고 보면 익히 입력돼 있던 풍경과 사람이 처음 보는 다른 것(곳)으로 변경되곤 하는 것이었다. 이것은 착각일까 착란일까, 하는 자기 점검이 이후 뒤따랐다. 처음의 잘못이었는지 차후의 오류인지에 대한 난분분한 검토가 이어지면서 급기야 내가 그림 속에 찍혀 있는 수다한 돌기 중 하나는 아닌가 싶은 망상을 실재화하는 단계까지 이르렀다. 그런데, 그 혼탁한 자기 분별이 싫지 않았다. 그건 아마도 이런 심정과 비슷할 것이다.

> 비밀이 생긴 건
> 말하고 싶은 게 생겼다는 것이어서
>
> 피를 바꾸고 싶은 짐승들은 밤마다
> 사막에서 몸을 앓는다
>
> 무얼 나눠 먹으면
> 우리는 서로를 바라보며 비참하지 않을까
>
> 헐은 망토를 둘러쓴 맨발의 당신이 나여서

누군가의 손을 훔치는 푸르스름한 당신이 나여서
나와 당신이 부여잡고 걷는 동안
우리의 내장을 끓여 파는 게 우리여서
그걸 먹고 잠드는 게 우리여서

입을 닫는다
서걱대는 열망을 가득 물고

서로의 몸을 무릎 위에 올리는 갸륵한 꿈을 헤매는 동안
바람이 심장을 만지작거리다가 체온을 묻혀 간다

그러면 나는 어느 사막의 어느 사구의 어느 모래 무덤의
어느 모래알의 어느 모퉁이에서 다시 태어날 수 있을까

그러면 나는 더 이상 나를 못 알아볼 수 있을까

어느 날 무릎을 숨긴 치맛단 같은
알을 품은 새들의 눈이 더는 슬프지 않을까

사는 내내 비밀이 생기는 건
버리고 싶은 몸이 하나씩 는다는 것이어서
숨을 참을수록 비참하다
──「피에타 ── 어떤 손이 있어 우릴 무릎에 앉혀 가엾이 여길까」[2]

---

2 정영, 『화류』(문학과지성사, 2014). 이하 인용은 시 제목만 표기한다.

"숨을 참을수록 비참"해지는, 아니 절로 숨이 멎으면서 비참인지 찬란인지 분간할 수 없어지는 시 속 정경을 무슨 액자처럼 걸어 놓고 들여다보길 오래. 마음속 말들이 어떤 형태와 질감으로 도드라지는지 한참을 만지작거렸으나 그 어떤 문장도 새겨지지 않았다. 그럼에도 응시는 지속되었다. 내가 보려 해서 보는 게 아닌, 그렇다고 그것이 나를 보고 있어 맞대응하는 것도 아닌, 무심하게 등 돌리고 있는 듯 하면서도 그 팽팽한 등 저림이 서로의 목덜미를 쥐었다 풀었다 하는 이상한 대치 속에서 말은 차라리 억지로 짓눌러 버린 숨결 속에서나 미미하게 진동할 뿐이었다. 그것을 쓰는 건 그러니까 흐려진 시야에 안경을 걸치는 것과도 같아서 어딘가 거짓스러운 엉터리 무마처럼만 여겨졌다. 시가 스스로 말 걸어 오기를 기다린 건 그래서였다. 그래서 여름이 가고 가을이 가도록 오래 입 닫고 있었다. 먼저 운을 떼려 하면 이상하게 시들이 조각조각 흩어지며 각각의 요란스러운 꿈의 편린들로만 분방하게 난반사했다. 그러다가 다시 위의 시에 눈이 멎곤 했다. 스테인드글라스 창문 사이로 비친 햇빛에 넋 나가 있다가 단상 중앙에 걸려 있는 십자가와 마주쳐 불현듯 정색하듯. 어느 순간, 나는 내가 시를 읽고 판단하기 전에 시가 그려 놓은 풍경 속에 이미 들어와 버렸다고 자각했다. 익숙했던 세계가 "더 이상 나를 못 알아"보는 상태로 뒤집어지는 탈각이 진행된 것이다. 오래도록 들여다본 시 속에 내가 갇혀 버렸다. 나는 내가 누구인지, 내가 읽고 있는 시가 무얼 말하는지 아무것도 알 수 없었다. 시의 안쪽에서 바깥으로 던져지는 말들은 이내 말의 껍질을 벗은 어떤 시늉이거나 떠도는 움직임 같은 게 되어 버렸다. 그런 연유로 다시, 자꾸 되새겨 본 시의 정경을 역전된 시선의 프리즘 바깥으로 끌어내 "피를 바꾸고 싶은 짐승"처럼 "몸을 앓는" 흔적으로 이 글을 채우려 든다. "우린 우리의 말을 영원히 짐작할 뿐"(「가련한 사전」) 진짜 하고픈 말은 이 글의 끝 어디에도 없으리. 시의 안쪽은 여전히 침묵 속이다.

2

주지하다시피 이 시집은 "어떤 고요를 말하는 책"(「가련한 사전」)에도 없는 말들을 더듬거리는 것으로 시작한다. 그렇다면, 시집을 다 읽으면 그 말의 연원과 뜻을 밝혀낼 수 있을까. 이미 시에게 먹혀 버린 내가 결론지을 수 있는 문제가 아니다. 어쩌면 그것은 애초에 말이 아니라 말로 적시하고 싶으나 잘 되지는 않는, 말로써 확정 또는 규정되는 순간 본래의 심정이나 심상과는 많이 어긋나 버리는 모종의 상태와 상황일 수 있기 때문이다. 나아가, 바로 그렇기에 더더욱 말을 가려 찾게 만드는 악무한의 고리일 수도 있다. 그건 흡사 "평생 문을 만들다가 제 굽은 등을 제 손으로 쓸며/ 결국 제가 문이 되기로 한 사람"(「문 만드는 사람」)의 무모하고 서글픈 더듬거림과도 같다. 그림을 계속 들여다보다가 전체 구도에서 좁혀져 하나의 형상으로, 형상에서 더 들어가 끝끝내 그림 속 작은 입자로 점멸해 버리는 삶의 미세하고도 벅찬 속도감도 그와 다를 바 없다. 그랬을 때, 해석은 불가능해진다. 시에서 던져진 올가미에 목을 붙들려 이내 시 속 풍경으로, 어쩌면 작디작은 잉크 얼룩의 한 점일지도 모를 다른 존재로 스며 버린 이에게 세계는 이미 피부와 격절되어 외재해 버린다. 그건 자기애와 자기 방기가 뒤섞인 일종의 분열 증세다. 시 속으로 빨려 들어온 나는 이제 더 낮은 곳에서 살아 있거나 더 높은 곳에서 죽어 있다. 그렇게 이 세상 짐승에겐 잘 자라나지 않는 수염을 덥수룩 기른 채 시의 바깥을 줌 인해 본다. 렌즈에 붙들린 이 짐승들은 과연 사람 이전인가 이후인가.

> 너도 나도 털이 자라는 몸
> 너도 나도 뼈가 퇴화 중인 몸
> 어쩌면 우린 모두 뿔을 가졌으니 완벽한 동체(同体)일지도 몰라!
> 우린 태어나면서부터 이렇게 공통점 찾기 놀이에 흠뻑 빠져 있지
>
> ──「꽃과 버들이 노닌다」에서

반복건대, 분분한 해석은 불가능하고 부질없다. 나는 다만 계속 보거나 듣기만 한다. 그렇다고 내가 지금 정영의 시와 "완벽한 동체"인 것은 아니다. 정영 역시 어떤 막막하고 먹먹한 삶의 거리('street'일 수도 'distance'일 수도 있다.)에서 암담하고 슬픈 "공통점 찾기 놀이"에 빠져 있을 뿐, 정말 어떤 대상이 자신과 '동체'인 것을 진심으로 원하지는 않을 것이다. '동체'란 '이체(異体)'보다 흉악하고 낯설고 전면적이어서 자신과 다른 동체³와 맞닥뜨리게 되면 삶의 뿌리가 가지로 곤두서 이물스러운 꽃들을 낳게 만들 테니까. 그럼에도 "태어나면서부터" 줄곧 이어져 온 이 "공통점 찾기 놀이"는 죽을 때까지, 그러니까 "완벽한 동체"를 만날 때까지 끊이지 않는다. 내가 시 속으로 빨려 들어온 것도 이를테면 탄생 때부터 지속된 '동체 찾기 놀이'의 잠정 결론인 셈이다. 그러나 아무리 "점점 뭉툭해지는 네 개의 발로 거리를 활보하며/ 괴물의 소리를 내"(같은 시) 보아도 나는 완벽히 시에 스미지 않고, 그 누구도 나의 동체로 딱 부러지게 내 몸을 대신하지 못한다. 나는 시 속에서 다시 시의 바깥이 된다. 그리하여 나 자신으로부터도 결절되어 다시 스스로에게 흉물스러운 '이체'로 변한다. "숨을 참을수록 비참"해지기만 하는, "말하고 싶은 게 생"겼기에 더더욱 알 수 없

어지는 이 "비밀"의 사슬은 누가 덮어씌운 올가미인가.

> 미친 듯이 피고 지는 나뭇잎을 타고 노는 개미들이
> 나를 사정없이 갉아먹을 때
> 그것은 능멸이 아니라 천변에 버려진 식은 몸이
> 나란 깨달음이라
> 매일 밤 서로의 심장을 냉장고에 넣어 주는
> 식구들의 관대가 좋다 서로의 목을 졸라 주지 않아도 되는
> 고요가 좋다 살덩이들이 뒤엉켜 키스하며 달콤한 젖을 빨며
>
> 한 씨앗의 죽음으로 생을 얻은 숲을 찬미하며
>
> ──「무주(無住)」에서

여기서 잠깐, 내가 알고 있는 정영에 대해 살짝 공개하기로 하자. 구구절절 사적인 인연 따위를 늘어놓을 생각은 없다. 다만, 시들의 발원처를 모색해 보는 차원에서 자그마한 참고로 받아들이시라. 정영은 여행광이자 사진가이기도 하다. 한때는 카메라를 들고 물속 풍경을 찍어 대는 스쿠버다이빙에 몰두하기도 했었다. 많은 시인들이 여행을 밝히고 사진 찍기를 즐기지만, 그런 행위가 시의 전체 기류를 좌우할 정도로 몸과 일체화된 시인은 그렇게 많은 편이 아니다. 세계 곳곳을 돌아다니며 낯선 풍경에 자신만의 프레임을 얹어 시간의 각을 뜨는 행위가 누구에겐 그저 한갓진 풍류나 도락일 수도 있을 것이나, 어

---

3 이 모순 어법은, 모든 모순이 그러하듯, 결국 이체의 다른 표현에 불과하다. 동체와의
   만남이란 즉, 죽음과의 화간(和姦)이다.

떤 이에겐 삶과 세계에 대한 기본 성찰을 도모케 하는 '추가된' 본능일 수도 있다는 걸 나는 정영을 통해 느끼곤 했다. 정영의 시에선 위의 시 제목마따나 정주하지 않는 자의 허랑하고 내밀한, 그래서 도처에서 외로워지고 도처에서 고양되는 심리의 파동들이 기나긴 보폭으로 이어진다. "낮에 팔을 떼어 햇볕에 널었다가/ 저녁 무렵 다시 끼웠고 바람이 불어/ 어깨를 뽑아 들판에 널고 성기를 빼서 거풍"(「거룩한 날」)시키는 일이란 낯선 곳에서 자신마저 낯설게 돌아보는 자의 자기 중립이 아니면 그리 녹록한 성찰이 아니다. 거기엔 스스로를 놓아 버리려는 여유와 스스로를 되찾아 삶을 다시 추스르려는 절박이 한데 섞여 있다. 그건 마치 빨아 마셔야 다시 내뱉을 수 있는 호흡의 기본 원리와도 같다. 호기와 흡기가 어느 일방으로만 작용할 때, 삶은 폭력이 되고 세계는 혹종의 격렬함으로만 사무치게 된다. 또는, 무미한 평화와 지리한 타협으로만 일관하게 되거나. 그럴 때 사지를 떼어 내 그게 마치 내 것이 아닌 세계의 기본 유산인 양 바라다보는 일은, 나를 나의 바깥에 세워 진정한 '동체'에 대한 그리움과 희망을 되새겨 보는 작용을 한다. 그러면서 동시에 '완벽한 동체'에 대한 희망을 파기함으로써 나 스스로 떼어 내 버린 "그것"들, 나의 것이기에 홀연히 세계로 돌려줘 버린 그 몸들이 "능멸이 아니라" "나란 깨달음"을 선취하게 만든다. 그 "천변에 버려진 식은 몸"을 어느 울울한 저녁 식탁에 고기로 다져 독기와 사랑으로 범벅된 가족의 입속에 떠 넣어 주려는 심사가 정영 시의 기본 정서이기도 하다. 덧붙여, 먹고 먹힘의 자연적 인과가 인간 감정의 미묘한 단애들을 유비하는 오브제로 자주 활용되는 점은 그만큼 정영이 '동체'에 대한 육체적 정신적 갈망을 놓지 않고 있다는 점을 동시에 시사한다. 요컨대, 그립기에 버리고 측은하기에 다시 주워 먹는 것이다. "제 몸에 독을 품어야만 하는 삶이 독이었으므로/

제 이빨로 제 혀를 물어 제 몸에 독을 퍼뜨리는/ 이 고결한 밤은 얼마나 평온"(「언 숲」)하거나 잔인한가. "내 살갗을 재단해 그들의 뜬잠을 가만히 덮어 주"(「거룩한 날」)는 이 밤은 또 얼마나 따뜻해서 마음이 이지러지는가. "한 씨앗의 죽음으로 생을 얻은 숲"은 그렇게 자기모순적으로 울창하고 거룩하다. 거기로 들어가면 그런데, 거기서도 나는 나일까. "잠시 생의 밖으로 나가 담배"(「연극」)나 한 대 피우고 오자.

3

어떤 정분은 웃어 주거나 울어 주는 자체가 '연극'이 되기도 한다. 그때의 연극은 삿된 기만이나 허식이 아니다. 정말 소중하면 속아 줄 수도 있는 게 사랑인 것처럼 인간의 모든 오욕 칠정들엔 그것들이 온전하게 전달되고 작용할 수 있도록 수련되는 특유의 격식과 기술이 있다. 어떨 땐 그 격식 자체가 진심이 되고 감정의 모든 실체로 나타나기도 한다. 연극은 그런 점에서 자신을 이화(異化)하고 타인을 동화(同化)시키는 인류의 오래된 격식에 속한다. 연극하는 자와 연극을 보는 자. 그 순간 양자의 '얼굴'은 무엇을 나타내고 있는가.

거울 속의 나는 안간힘으로
인간의 감정을 흉내 내려
입꼬리를 치켜든다
저것은 얼이 빠져나간 굴이다
산 송장의 굴

(……)

영원히 볼 수 없는

언제나 당신들만 보는

내 끔찍한 얼굴

—「얼의 굴」

얼굴의 일차적 문제는 "언제나 당신들만" 볼 수 있다는 데 있다. 그러니 당자 입장에서 그건 "얼(정신)"은 "빠져나"가고 속은 텅 비어 버린, 스스로에겐 정확하게 들통나지 않는 시커먼 "굴"에 불과하다. 세상에서 유일무이하게 "완벽한 동체"인 나를 나 자신이 볼 수 없다는 사실. 연극의 존재 이유는 바로 여기에 있다. 스스로 들여다볼 수 없는 자신의 "굴" 앞에서 타인이 그만의 얼굴을 달고 놀아나는 걸 목도하는 일은 자신에게서 탈각되어 버린 "얼"을 타인의 얼굴에서 발견하는 일이다. 그리고 이것은 어느 일방의 놀음이 아니라 상호적이다. 타인 역시 그 자신의 "얼"은 살필 수 없다. 그렇게 정리해 보면 "얼"이란 누구에게든 늘 타인의 것이라는 결론이 나온다. 누군가 내 앞에서 연극의 형식으로 표정을 갖지 않는다면 나는 나를 살필 수 없다. "얼이 빠져나간 굴" 속엔 온전한 내가 들어 있는 게 아니라 '그들'로 인해 생성된, 잃어버렸거나 애초에 존재하지 않았던 '동체'의 잔영만 남아 있다. 그러니 모든 여행과 부랑은 누군가 시선으로 파먹어 버린 자신의 "얼"을 찾아 헤매는 일이 된다. 낯선 풍경들을 자신만의 프레임에 가둬 누구와도 같지 않은 시간을 재구성하는 일 역시 텅 빈 "굴" 속에 빛을 주입하려는 행위일 수 있다. 그런데 그 욕망은 커지면 커질수록 자아는 사라지고 세계만 남게 된다. 의도는 사라지고 자연만 분명해지면서 그 자체가 하나의 거대한 감옥으로 옥죄여 오게 된다. 그곳이 감옥이라 인지한 상태일 경우, 사방이 트여 있는 감옥보다 더 무서운 감옥은 없다. 그래서였을 것이다. 수개월째 시를 앞에 두고 아무 말도 생각도 없이 그저 바라보기만 하려 했던 이유는. 밖으로 나오려 하기보다 자꾸만 안으로 삼켜지는 말들의 발원처를 애써 모른 척하며 무모하게 그림 속으로 뛰어드는 무지한 짐승의 시늉으로 침묵의 밀도만 높이려 했던 까닭은. 지금 살고 있는 이곳보다 더 큰 세계의 아가리이자, 시인 스스로도 가늠하지 못했을 엄청난 두께의 숲속에서 제 살 내버리는 것 외엔 견딜 방도가 없는 자연의 거대한 얼굴. 나는 아마 그 막막한 시공의 기미에 미리부터 질려 버렸던 것일 게다. 그래도 이제, "얼이 빠져나간" 시의 "굴" 속에서, 천천히 움직여 보자.

> 내가 버린 이 감정들을 누가 다시 주워 왔을까
> 그때에 우주의 침묵은 가혹하다
> ──「꿈이란 위로가 없었다면」에서

> 오래전에 던진 공이 있다
> 당신이 다시 던져 줄 거라 믿었던
> ──「오지 않는 공」에서

연극의 끝은 늘 허망하다. 그 허망은 그러나 마음을 무너뜨리기보다는 마음을 비워 버리는 허망이다. "얼이 빠져나간 굴"속에 서늘한 바람이 들면서 "얼" 따위 애초부터 없었다는 자각이 "우주의 침묵"처럼 진동하는 망아 상태. "당신이 다시 던져 줄 거라 믿었던" 그 공은 그러나 구(球)가 아니라 그 무엇으로도 채워질 수 없는 공(空)의 아스라한 허상이었을 뿐이다. 그렇기에 "내가 버린 (이) 감정들"만 낯선 짐승의 털 오라기처럼 몸을 간질이며 "잊었던 기억이 피처럼"(「천 개의 서랍」) 젖어 오는 순간과 마주치게 되는 것이다. 그것은 마치 자신의 시선을 출발점 삼아 먼 곳의 풍경을 카메라에 담았는데, 그 사진에 스스로도 몰랐던 자신의 모습이 찍혀 있는 걸 발견하게 되는 상황과도 흡사하다. 이것은 과연 어찌 된 일인가. 내가 "오래전에 던진 공"이 내 행위의 부분이 아니라 나의 실체 전부였다니. 나의 의지라 여겼던 것이 다만 자연의 비선형적 순환 체계 속 자그마한 파동에 불과한 일이었다니. 그런데 거기엔 기묘한 희열이 있다. 소위, 나를 내려놓는다고 할 때의 일탈감과 순식간에 세계의 '비밀'이 까발려지는 듯한 선득한 해갈이 동시에 느껴지기 때문이다. 믿기지 않을 수도 있지만, 어떤 사람에게 시란 그러한 '동체'에의 착각과 '이체'로의 분열을 실재로써 감득하는 순간의 이명으로 작용하기도 한다. 그것이 불러일으키는 이토록 황망하고 불가해한 자각의 이중나선. 논리적으로 믿기 힘들겠지만, 논리적으로 풀 수 없는 문제를 논리적으로 설명하는 건 더 믿을 수 없을 따름이다. 나는 오로지 내가 한동안 정영의 시 속으로 삼켜져 이 세계를 그 시의 프레임 속에서, 흡사 지구를 떠난 우주인이 지구를 내려다보듯, 다소 멀뚱하고 겁에 질린 얼굴로 바라보고 있었다 말할 수 있을 뿐이다. 그리고 지금, "굴"에서 빠져나간 "얼"이 내게로 돌아오는 순간의 이 이상한 식욕. 돌이켜 보니 정영과 나는 참 오랫동안 알고 지내며 자주 육식을 일삼았던 것 같다. 그때 먹었던 살들이 다 누구의 것이었는지, 그것이 살아 있는 동안엔 어떤 걸음걸이 어떤 분망한 헐떡임으로 생명의 자잘한 단애들을 넘어왔는지 썩 궁금해진다. 나는 과연 앞으로 누구의 밥상에 올라 그들만의 거룩함을 자축하는 살코기가 될 것인가,에 대해서도.

내가 실수했다. 타인의 시 속으로 들어가 "얼"이 빠져나간 나만의 "굴"속에 갇혀 버리다니. 그 "굴"속에 거룩한 육식의 식탁을 차린 당신들은 또 누구인가.

누구인지 알아도 말할 수 없다

리산 『메르시, 이대로 계속 머물러 주세요』

가령 헬기 안에서 카메라를 들고 먼 아래쪽을 내려다본다고 치자. 때는 일몰 무렵. 천천히 비행하면서 저 아래로 "그늘진 건물을 나와 그늘진 청계천변을 걸어가"는 한 사람에게 초점을 맞춘다. 그렇게 서서히 팬(pan). 늘어선 건물들과 달리는 자동차들, 걸어가는 사람들 모두 한 프레임 안에서 느릿느릿 움직이는 듯 보인다. 그 '느릿느릿'은 단순한 시간 인식보다는 공감각적 착각에 가깝다. 요컨대 "같은 리듬으로 하루하루"를 살아가는 사람에게 "석양의 바닷가"는 "달보다"(같은 시) 멀기만 할 따름이지만, 공중 카메라의 시점에선 외려 모든 게 너무 가깝고 비좁아 실재하는 것들이 허상으로 여겨지게 되는 것이다.

그러면서 시간이 응축 또는 파열한다. 빠르던 것이 느리게 느껴지고 확고하던 것이 물러 터져 보인다. 물론 이건 아주 특수한 경우다.

---

1 리산, 「정확한 페이지는 가늠하기 어렵다」, 『메르시, 이대로 계속 머물러 주세요』(창비, 2017). 이하 인용은 시 제목만 표기한다.

특정 직업 종사자가 아닌 이상, 헬기를 탈 수 있는 기회는 매우 적다. 때문에 서울에 있으면서 "김해에서 부산까지 경전철이 덜커덩 소리를 내며 실어 나르던 그림자"(「그것이 어떻게 빛나는지」)를 목격하는 일은 일상적으로 가능한 일이 아니다. 그럼에도 누군가는 그것을 직접 봤던 (또는 들었던) 것 마냥 쓴다. 과거의 경험이 소환됐을 확률이 높지만 어쨌거나, 사실 여부와는 무관하게, 그가 쓴 것을 계속 읽다 보니 흡사 나 자신이 헬기(또는 그와 유사한 비행 물체, 이를테면 열기구 같은 것)를 타고 '느릿느릿' 떠다니는 기분이 된다. 그렇게 "누가 허공을 건너 저편으로"(「종의 기원」) 이동하는 모습이 떠오른다. 그는 누구일까. 나는 왜 시집을 읽으면서 엉뚱하게도 헬기를 타고 있는 기분이 되었을까. 쥘 베른처럼 세상에 아직 존재하지 않는 비행 물체를 타고 '80일간의 세계 일주'라도 상상했던 것일까. 이곳이 갑자기 저곳이 된 느낌이다. 모든 실재하는(했던) 이름들이 허구였던 것만 같다. 그렇게 "간신히 다시 꿈을 꾸기 시작"한다.

간신히 다시 꿈을 꾸기 시작했다고 너는 말하는구나

아직도 옛집 화덕의 불씨는 꺼지지 않았다고 이야기해 주렴

붉은 매 한 마리가 산도화 가지 위에 앉아 있는 꿈을 꾸었지

우리의 새가 어둠 속에서 나를 바라보는 꿈

너는 곧 북서쪽에서 폭풍우가 온다고 말하는구나

나는 네가 사막과 초원을 지나온 눈과 바람의 이야기를 해 주었으
면 좋겠다

'나는 시베리아 황새들과 사다새의 노래를 들었어요'라고 이야기해
주렴

때때로 옛 정원 비가 내리면

산도화 가지 위 붉은 매 한 마리가 앉아 있는 꿈을 꾸었지

어둠 속에서 나를 바라보던 새
　　　　　　　　　　　　　　　　　—「건초 수레는 지나가고」

　사람과 사물, 공간과 시간 사이엔 늘 간격이 존재한다. 너와 나 사
이의 간격, 어제와 내일 사이의 간격, 이곳과 저곳 사이의 간격. 그런
데, '사이' 자체가 '간격'을 품고 있다는 점에서 '사이의 간격'이란 말은
동어반복일 수도 있다. 그럼에도 굳이 그렇게 쓴 까닭은 '사이' 안에도
'또 다른 사이'가 존재하는 듯 여겨지기 때문이다. 자잘한 간격과 간
극들이 촘촘히 엉켜 형성된 모든 것들의 '사이'. 그것은 물리적이거나
심정적인 여러 상극 요소와 이질 요소들의 총합으로 구성된다. '사이'
라는 단어 자체가 가지고 있는 거리감과 대립적 길항의 자력 안에 정
작 '사이'를 만들어 낸 두 개의 객체와는 무관한 요소들이 연극 속의
엑스트라처럼 들고나기를 반복하는 것이다. 위에 인용한 시는 그것의
한 사례다.
　이 시 본문에서 제목에 쓰인 "건초 수레"는 등장하지 않는다. 그

냥 어딘가(그곳이 어디인지도 드러나지 않는다.)를 "지나"갔을 뿐이다. 제목 아래 행간을 건너뛰자마자 "간신히 다시 꿈을 꾸기 시작했다"고 말하는 "너"가 등장한다. 그 "너"는 마지막 연에 가서야 "어둠 속에서 나를 바라보던 새"였을 것이라는 추측이 가능해지지만, 이런 방식의 시적 진술이 그다지 특수한 경우는 아니다. 외려 아주 일반적인 방식에 더 가까울 것이나, 본문을 전체적으로 살피고 나서 제목이 불쑥 돌올해지는 이 느낌은 사뭇 생경하기도 하다. 말인즉슨, 시를 다 읽고 났더니 정말 어디에서 나타났는지 모를 "건초 수레"가 뇌리를 자근자근 밟고 지나가는 것이다. 그러면서 불현듯 "북서쪽에서 폭풍우가 온다"는 "너"의 말이 얇은 시차를 두고 생동감을 가지게 된다. 정말 이 시가 전하고자 하는 바는 거기에 있다 여겨진다. 무언가를 듣고 무언가를 전하고자 하는 욕망. 그럼에도 그 욕망이 채워질 수 없다는 것을 선험적으로 알고 있다는 자각과 절망의 언사. 거기서 나오는 무심한 듯 절박한 어떤 마음의 요동.

'전하고자 하는 바'는 역설적이게도 스스로 듣고자 하는 바람의 소산이다. 누구에게 자신의 뜻을 알리려 하는 것보다 오로지 자신만을 위해서 듣고자 하는 이것은 결국 여러 겹의 '사이'를 부각게 하는 고립의 언어로 남는다. 거기엔 그 고립을 깨뜨리고자 하는 외적 실현의 원망이 동시에 담겨 있다. '사이'는 그렇게 더 두터워진다. 그러면서 문장과 문장 '사이의 간격'이 드넓어진다. 아울러, 지금 쓸 수 있는 언어 너머에서 지금 쓰고 싶은 언어의 장벽이 더 멀고 깊어진다. 그러다가 결국엔 다 쓸 수 없고 닿을 수 없다. 소위, '근사(近似)하다'라는 단어는 그래서 허구적이다. 그 단어가 어떤 멋이나 스타일을 뜻하는 경우엔 더욱 그렇다. 근사하다는 건 '지금 그렇지 않다', 또는 '그것과 나는 다르다'라는 뜻을 품고 있다. 근사가 실체가 되면 그것은 더 이상

추구해야 할 바가 아닌 게 된다. '근사'하기 때문에 더 다가가려는 노력을 멈출 수 없고, 그게 결국 삶의 동력이 된다. 일종의 불가능성과의 사투다. 그래서 "시 안에는 리산이 있"고 "매일 너를 생각"하면서 "조금 더 많이 끊임없이 너를 생각"(「숲을 뒤에 두고」)할 수밖에 없는 것이다.(이 엄청난 '너'와 '나'의 중첩이라니!)

시인의 이름은 리산이지만, 시를 쓰는 사람은 아직 리산이 아니거나 원래 리산과는 다른 사람이다. 또는 '리산'이라 느닷없이 규정되었기에 부르면 부를수록 실체가 더욱 묘연해지는 어떤 환각의 자동사로 변화하기도 한다. "리산"은 고유명사로 시작해서 어떤 공간적 함의가 되었다가 어떤 것을 형용하는 장식이 되었다가 다시, 알 수 없는 그대로 특정인의 명사로 기입된다. 그 정체불명의 이름 또는 상태는 "시 안"에 있으려 하지만, 종국엔 늘 시 밖에 있다. 여기에도 '사이'가 튼다. '리산'은 결코 완성될 수 없는 이름이다.[2] 그렇기에 "불러야 할 서로의 이름은 끝내 알" 수가 없어진다. 그래, 어떤 행위든 해 놓고 보면 "다 지난 일이다". 그럼에도 "사라진 왕조의 마지막 무녀처럼 먼 곳을 바라"볼 수밖에 없다. 과거와 미래가 그런 식으로 직통한다. 그 '사이'

---

2   이것은 그런데, 모든 시인의 궁극적 문제다. 시인은 할 수 없는 걸 쓸 뿐, 할 수 있거나 가질 수 있는 것에 대해선 아무것도 쓸 수도, 쓸 필요도 없다. 가지면 버려야 하고 잃어버리면 찾아야 하고 놓쳤으면 쫓아야 한다. 가지고 채우고 찾았으면 언어는 아무런 물적 가치도 없어진다. 그런 의미에서 시는 영원한 동사(動詞)이자 언어가 스스로 조장한, 언어의 극렬한 빈곤 그 자체다.

에 낀 현재란 "환영은 사라지고// 먼 곳에서 다가와 소리 없이 스미는 이끼 냄새"(「이왕직 양악대」)나 맡으며 "처음부터 가면은 없었"다고 자각하면서 "나 혼자 있"(「그리고 구텐베르크가 왔다」)음을 "나 혼자 깨어"(「고대 근동의 슬픔」) 있는 채로 느껴 삼킬 수밖에 없는 순간에 불과한 것이다. 그런데, 이게 과연 슬픈 일일까.

그러나 이 세상에 새로운 한 명의 시인이 태어났을 때 사람들은 뭐라고 불렀나

사람들이 헤이 걸, 하고 부를 때마다 너는 그들에게로 가서 걸이 되지 않았다

사람들이 부를 때마다 한 마리 황야의 수탉이 되었다

그리고 뾰족한 시의 입술로 물어 주었던 것이다
———「독자적인 피날레」에서

인식의 기본 확정은 일대일 대칭의 정확도가 아니라, 그렇게 판단된 것의 내밀한 오차에 의한 것일 때가 많다. 누가 나를 부르면, 그리고 내가 누구를 누구라 부르면 그것은 어떻게든 '그것'이 아니게 된다. "사람들이 헤이 걸, 하고 부를 때마다 너는 그들에게로 가서 걸"이 되지 않았다는 건 그 "걸"이 정말 "걸"이었다는 사실과 그 "걸"이 결코 "걸"이 될 수 없다는 사실을 동시에 짐작게 한다. "걸"이라 불리기 싫어서가 아니고, "걸"을 "걸"이라고 정확히 불러 주길 원해서도 아니다.('보이'나 '가이'여도 사정은 같다.) 그렇다고, 불리는 자와 부르는 자의

일차원적 동일시도 아니다. 여기에도 '사이'가 '발생'한다. 엄청나게 크고 넓고 확정할 수 없는, 이질·동질 융합 복합체로서의 또 다른 가상이 발현되는 것이다. 그 '사이'를 발견하거나 깨닫는 자, 그리하여 '사이'를 양손으로 붙들어 당기며 "이 세상에 새로운 한 명의 시인이 태어났을 때" 그 "시인"은 단순히 '시를 쓰는 사람'이 아니라 그저 "천사들의 회합에 불참하고 드디어 인간이 되기로 결심"(같은 시)한, 요컨대 "진창 깊숙이 몸뚱이가 빠진 지네 한 마리"(「벚꽃 이파리 자욱하게 날리는 곳으로 언제 나는 돌아갑니까」)에 불과할 수 있다. 그런 차원에서 시인이란 "대가리에서 휘휘 내저으며 몸뚱이를 뒤틀 때마다/ 터진 창자에서 새어 나오는 물"이자 "진창 위로 번지는 노란 피를 찍어 먹"는 "한 여자"의 다른 이름이다. 이른바 객체와 주체의 혼합이자, 그것들을 분별하고 가늠하는 더 먼 시점의 만화경을 자신의 몸으로 삼은 자인 것이다. 과연, 이것도 슬픈 '분열의 현상학'에 불과할까.

오래도록 자신의 이름이 잘못 발음된
그 남자는 끝내 화를 내고 떠났지
그의 이름이 무엇이었는지는 지금도 기억나지 않는데

어디선가 호박전 민어전 부치는 냄새
친밀한 친근한 히히덕거림
가슴을 할퀴고 파먹고 철철 피가 나고
마주앉아 닦아 줄 징글징글한 가슴은 어디 있나
치사하고 간질간질하고 눈물나는 친근함
거절할 수 없는 정부처럼

그러므로 그러니까 그래서 이런 문장은 극복되어야 할지도 모르네
—「탐닉」에서

소위 (하이데거적인 의미에서) '언어의 집'의 설계자이자 건축주인 시인들은 늘 어떤 이름들을 잘못 짚는다. 문학 행위에서도 그렇고, 무슨 지식 담론을 인용할 때에도 그렇고, 실생활에서도 종종 그런다. 이 불가해하게도 역사적인 오류의 첨단이 어디에서 기인하는지 나는 말할 수 없다. 알아도 안다고 까발릴 수 없고, 모른다고 모름을 설명할 근거도 없다. 그저 "그러므로 그러니까 그래서"만 반복할 수 있을 따름이다. 이것은 시간을 줄줄 늘이는 행위이자, 자신의 정체성을 짐짓 확정하지 못한 자의, 끝끝내 "극복되어야 할" 옹알이의 연속이다. "그러므로 그러니까 그래서" 모든 시는 "마지막 문장 따위는 주목"(「포도밭에 만개한 제비꽃」)할 필요가 없는 "무정한 생의 비밀들"이자 "은밀하게 남아 있는 부분이 있어 다 알려지지 않은 무엇이 여기 있다고"(「울창하고 아름다운」) 넘겨짚게만 만드는, '내 안의 너' 혹은 '시안의 나'의 요설에 불과할 뿐인 것이다. "거절할 수 없는 정부"를 늘 마음에 끼고 사는 사람이 어찌 그 마음을 다른 이에게 온전히 전할 수 있을 것인가. 다만 "줄이 바뀌는 알림음이 계속해서 울렸지만/ 같은 장이 반복"되고, 그래서 같이 울어 줄 "너희들의 눈물이 필요"하기에 "그래도 누가/ 오래된 타자기를 두드리며/ 이 모든 것을 기록"(「1816년의 살롱」)한 것을 다시 극복하려 무언가를 연신 써 내려갈 수밖에 없을 뿐이다. 이쯤 되면, 슬픔은 상태가 아니라 사물이 된다. 그 상태를 극명하게 드러내는 시가 한 편 있다. 그런데 그 시는 인용해도 부질없다. 너무 깊고 넓고 아득해 그저 한 페이지를 통으로 비워 둔 채 단 한마디만 인장 찍듯 종이 끝에 새겨 넣었기 때문이다. 긴 공백 뒤에 그저,

"멀다"(「눈 내리는 백무선」)라고. 이 아득함은 얼마나 서글퍼서 촘촘한 가.

—✴—

다시, 더 멀리, '촘촘'을 더 촘촘하게 보기 위해 헬기에 올라 보자.

높은 곳에서 내려다보면 지상의 것들은 생각보다 너무 정교하고 질서정연해서 어지럽기까지 하다. 모두에 말했듯, 그래서 모든 게 허상 같다. 그곳은 서울일 수도 베를린일 수도 평양일 수도 있지만, 시인이 그려 놓은 지도는 파리 메트로 노선을 따라 기분 내키는 대로 흘러간다. 가 보지 못한 이들에겐 여전히 낯설고 괜히 멋져 보이고 근사해 보일 수 있고, 가 봤던 사람에겐 괜히 빤해 보이거나 다시 가 보고 싶거나 가슴 서걱대게 하는 도면일 수도 있다. 어느 쪽이든 정확하지도 옳지도 않고, 그럴 필요도 없다. 다만, 시인이 한국어로 줄줄 이어 붙여 네모난 문단 박스에 새겨 놓은 지명들이 본래의 그것과는 다른 곳이면 좋겠다는 자그만 바람만 부언할 수 있을 뿐이다.

오늘은 생라자르 역에서 뱅센 숲까지 걸어가기로 한다 마들렌 광장과 콩코드 광장을 지나면 튈르리 공원이 나오고 노트르담 사원을 바라보며 센강을 따라 걷는다 강 건너 생제르맹데프레를 지나 뤽상부르 공원과 소르본 대학 쪽으로 걸을까 그냥 센강을 따라 리옹 역이나 오스테를리츠 역 쪽으로 갈까 생각하다 그냥 걷는다

강으로부터 불어오는 바람은 고독의 빛깔을 닮아 있지만 나는 고독

의 근원을 모르고 불로뉴 숲은 뱅센 숲과는 정반대 쪽에 있음을 떠올린다 비 내리는 몽마르트르 묘지에는 사랑하는 사람이 묻혀 있고 언젠가 나는 진 시버그 묘에서 작은 도자기로 된 향초꽂이를 가져온 적도 있었지

몽마르트르의 사크레쾨르 성당에서 바라보면 파리의 북역과 동역은 또 함께 보이겠지만 오늘의 시선은 샤를 드골 공항 쪽 혹은 정반대 편에 있는 오를리 공항 쪽을 향한다 오를리 공항 저 너머엔 영동 고속도로가 보이고 고속도로 아래엔 언제나 눈 속에 파묻힌 친구의 집도 있지 불로뉴 숲과 샤를 드골 공항과 뱅센 숲과 오를리 공항을 크게 선으로 주욱 연결하면 달팽이 모양의 파리 전도가 완성된다 오늘은 생라자르 역에서 달팽이의 뿔까지만 걷기로 한다

─「앙상블 사이 솔로」

이 시를 굳이 해석할 필요는 없을 듯하다. 제목만 새삼 곱씹을 수 있을 뿐이다. "앙상블 사이 솔로". 이국의 도시 지명들을 지도 떠내듯 옮겨 놓은 이 세 개의 문단이 불러일으키는 반향을 천천히 음미해 본다. "청계천변"에서 이륙한 헬기가 순식간에 파리를 현장 답사한 것 같지는 않다. 다만, 같은 책 안에 담긴 또 한 편의 시가 느닷없는 엑스트라, 그럼에도 주목할 수밖에 조연처럼 자꾸 겹쳐진다. "폭신한 옷으로 겹겹이 무장한 누가/ 프롬나드"(「가난하고 아름다운 사냥꾼 딸이 꿈을 헐어 전나무에게 물을 주고 큰 배를 만들 때까지」)[3]하면서, 전혀 맞닿지 않

---

3 이 시는 제목이 그대로 시고, 본문이 그림자 같다. 존재할 법하나 현실에선 만날 수 없는 누군가의 유언 또는 비문(碑文). 거기에 길게 늘여진 그림자. 시집을 읽는 내내

을 것 같은 이국의 어느 풍경 속으로 "우기의 바람 소리"(「사월 카자흐」)처럼 뒤섞이는, 조화와 간극 사이의 풍요로운 솔로. 주연은 없다. 보이지 않는 누군가의 길고 긴 연주만 있을 뿐이다. 들을 수 있되, 알려져선 안 될, 영원히 "나 혼자 깨어" 먼 곳을 호명하면서 "건초 수레"를 타고 사라진 그 자신의 그림자, "샬 운트 라우흐"(「그것이 어떻게 빛나는지」).

자꾸 이 제목이 뇌리에 소환되는 건 더 지속되어야 하나 지속될 수 없는 누군가의 목숨줄 같은 게 연상되어서인지도 모르겠다. 그가 누구인지는 알아도 말할 수 없다.

나무의 잔기침, 혹은 손금 흐르는 소리

정지우 『정원사를 바로 아세요』

밤은 낮을 '품고 있다.' 소나무 둥치 하나만 바라보아도 그 사실을 알 수 있다. 그것은 장중하고도 가벼운 시다. 바위들은 움직이고, 조약돌은 생각하고, 잎들은 과거의 기억을 지니고 있다.[1]

곧 매화가 핀다고 개구리가 튀어나온다고
옆집 목련이 담 너머로
헐렁한 옆구리를 긁적입니다.
소녀를 보고 있으면 소녀가 된 것 같던 눈빛
찾는 사람이 없다는 건 늙은 사람도 없다는 것입니다.

　　　　　　　　　　　　　　　　　── 「내일의 반경」에서[2]

1　필립 솔레르스, 김남주 옮김, 『모차르트 평전』(효형출판, 2002).

2　정지우, 『정원사를 바로 아세요』(민음사, 2018). 이하 인용은 시 제목만 표기한다.

식물은 움직이지 않는다. 적어도 외관상으론 그렇다. 그런데 일정한 시간을 두고 식물의 크기를 재 보면 분명 차이가 있다. 자세히 보면 잎의 모양이나 색깔도 변해 있다. 그런데도 움직임을 실제로 포착하긴 힘들다. 식물은 과연 한자리에 붙박여 있는 상태로 어떻게 크기와 모양을 변형시키는 것일까. 저속 촬영된 영상으로 식물이 변화하는 모습을 본 적 있지만, 내가 알고 싶은 건 육안으로 식물의 움직임을 어떻게 실제로 목격할 수 있는가다. 그래서 가끔 한참 동안 식물을 바라보곤 한다. 하지만 바람에 흔들리는 것 말고 별다른 움직임을 알아볼 수 없다. "사건의 모양"은 분명히 존재하는데 "목격의 입구"(「나선형 계단」)는 좀체 나타나지 않는다. 그렇게 "꽃병을 보"며 "병(甁) 안에 갇힌 기분"(「내일의 반경」)으로 존재의 밑뿌리를 향해 멀미를 앓는 일. 그 순간, "한쪽 눈동자에 잠그던 눈빛은 먼 곳이 절실하다"(「청어의 눈으로 싸리나무 꽃피고」).

지난해 봄 피었던 벚꽃나무에 올해도 꽃이 피었다 진다. 같은 나무, 같은 가지에서 핀 그 꽃은 과연 지난해 피었다 졌던 그것과 같은 것일까. 답이 요원하다. 그렇더라도 매정한 생물학적 재단으로 이 요원함을 지워 버리고 싶진 않다. 여전히 "눈빛은 먼 곳이 절실하"여 그저 좀 바보처럼 자꾸 바라보고 되묻고 싶을 뿐이다. 작곡가 존 케이지는 이렇게 말한 적이 있다.

가령, 나무를 관찰할 때, 우선 나뭇잎부터 보게 되고, 틀림없이 모든 잎은 똑같은 일반적 구조를 가졌다고 본다. 그러나 좀 더 자세히 관찰하면 어떤 잎도 똑같은 두 개의 잎은 없다는 것을 알게 된다. 그렇게 되면 나는 그 차이에 주목하면서 나무를 즐겁게 감상할 수 있다. 왜냐하면 내가 보는 모든 것에는 내가 기억하지 못하는 그 무엇이 있기 때문이다.

"겨울을 뚫고 나온 봄"(「불통을 어루만지다」)은 "낳았으면서 또 낳고 낳는 엄마들"(「mouthbreeder」)처럼 무수히 잎을 틔우고 꽃을 피운다. "어떤 잎도 똑같은 두 개의 잎은 없다"는 사실은 "낳았으면서도 또 낳고 낳"을 수밖에 없는 모종의 숙명과도 연관되어 있을 터이다. 나무가 백 년을 산다 해도 하나의 잎이 지상에 드러나는 건 잠시뿐이다. 그런데, 그 타고난 일회성을 두고 무상감만 느낄 필요는 없을 듯하다. "왜냐하면 내가 보는 모든 것에는 내가 기억하지 못하는 그 무엇"이 있을 수 있기 때문이다. 그렇다면 식물이 보이지 않게 움직이는 기본 원리엔 "내가 기억하지 못하는 그 무엇"이 작동할 거라는 가정도 타당하다. "내가 기억하지 못하는 그 무엇"은 다시, '먼 곳이 절실한 눈빛'을 떠올리게끔 한다.

> 몸은 보이는데 얼굴이 보이지 않을 때
> 문득 보이는 몸이 내 키였다는 사실 속에 갇힌다
>
> 영원히 기억되는 사람은 누구일까 보이는 사람 혹은 보이지 않는 사람 보이지 않지만 자꾸만 눈앞에 어른거리는 사람 눈을 비비면 눈동자로 굴러다니는 사람 끝내 눈물이 되는 사람
> ──「앞사람은 비키지 않는다」에서

"보이지 않지만 자꾸만 눈앞에 어른거리는 사람"은 "끝내 눈물"이 되어 버리고 만다. 보이지 않는 걸 보려고 자꾸 눈을 비비면 당연히 눈물이 고이게 되지 않겠는가. '먼 곳이 절실한 눈빛'은 그 순간 "의표(意表)의 피사체에서 그림자를 본(本)으로 택"(위의 시)하게 된다. 그럴 땐 "나를 작게 만들어 숨고 싶은 입술이 있고 나는 그 입속에 사는

주문이 되고 싶"(「걱정인형」)어진다. 말인즉슨, "먼 곳"이 "입속"에 스미는 것인데, 외부의 대상이 내부로 굴절되면 외부엔 그림자만 남고 내부엔 눈 똑바로 뜨고 바라봤을 땐 보이지 않던 것들이 가득 들어찬다. 대개 슬픔이나 고통의 성분을 가진 그것들은 슬픔과 고통으로 반죽된, 무척 생경한 풍경이 되어 외부의 상을 바꾼다. 그러면서 자꾸 쿨럭쿨럭 잔기침을 "주문"인 양 내뱉는다. "마음은 숨길 때 아"(「월식」)픈 고로, "한 번도 본 적이 없는 울음"(「howling」)이 속에서 터져 또 다른 외부가 되는 것이다. 그러면서 "보는 것과 보여지는 순간들/ 그게 전부가 아니라고/ 넘겨졌던 부분에서/ 눈동자에 허물이 벗겨지고 빛이 보이기 시작"(「무릎의 지평선」)한다. 매 순간의 잔기침, 매 순간의 주문으로. 그것은 한 사람의 몸에서 시가 개화하는 순간이자, 잘 알고 있다고 생각한 세상이 잘 알지 못했던 생명의 계통수를 드러내는 순간인 동시에, "북극의 뿔을 잡고 노래"(「0을 굴리면」)하게 만드는, 세계의 거대한 음화 속에서 이형 동질의 자아들과 분투하는 스스로를 햇빛 아래 탁본하는 순간이기도 하다. 한 사람의 뿌리 깊은 상처 안에서 식물의 본성은 그토록 다채롭게 움직이는 동물과도 같다.

> 내 가축의 목을 만지면 순한 숨결이 잡힌다
> 비명은 목구멍에 걸린 검은 잎
> 살려 주세요
> 사람에게 말을 걸었는데
> 대답이 없다

허공은 공허한 목덜미, 우리는 약속처럼 같은 공용어를 쓰는 이웃이다 허기가 깊은 목에는 긴 숨이 붙어 있어 연민을 느끼는 동시에 찌르

는 짓을 할 수 있을까

    동네 아저씨는 어린 염소의 숨통을 단숨에 끊었고 염소의 여린 혈
관이 풀잎처럼 솟구쳤다 등 뒤의 수풀을 헤치며 무엇인지도 모르는 세
계는 다가올 수 있다 목에 칼을 들이대었던 기억이 가끔 떠다닐 때면
가축의 발자국이 집 안에 찍혀 있곤 했다

                                           — 「등 뒤에서」에서

파고들수록 내가 내 발을 밟고 있다는 생각
인중으로 멀어진 계절엔 나만 거꾸로 보였다

(……)

너무 환해서 볼 수 없는
한번 내부로 들어온 바깥은
안에서 밖을 잃어 기억에 갇힌다.

(……)

그리움을 매단 한 그루 나무가 층층마다
손가락을 펴자 쪼개진 얼굴이
또르르 굴러가면서 벌어진 틈을
메우기 시작했다.

                                         — 「손금의 판화」에서

다시, '먼 곳이 절실한 눈빛'으로 돌아와 보자. 이미 '입속'으로 들어와 "목구멍에 걸린 검은 잎"이 되어 버린 그 눈빛. 자꾸만 기침을 뱉게 하면서 "한번 내부로 들어"와 이제는 "너무 환해서 볼 수 없"어진 저 "바깥"의 형태들. "기억에 갇"혀 버린 "바깥"은 그러나 완전히 사라진 게 아니다. 시선에서 가장 '먼 곳'은 지평선이나 수평선 너머도 아니고 지구 바깥을 가리키는 것도 아닐 수 있다. 기억에 갇힌 상태가되어 버린 '먼 곳'은 바로 자기 자신일 수 있다. 거울 같은 반사체를 통하지 않고서 자기 자신을 똑바로 바라보는 사람이 존재할 수 있을까. "등 뒤의 수풀을 헤치며 무엇인지도 모를 세계"가 닥쳐올지 명증하게 예측할 수 있는 사람이 과연 얼마나 될까. "등 뒤"라는 건 현재를 감싸고 있는 모든 시간, 그러니까 매 순간 과거가 되고 미래가 되는 시간의 본질 그 자체를 뜻하는 것인지 모른다. 통념과는 다르게, 시간은 사람의 앞으로 흐르지 않는다. 왜냐하면 "앞사람"은 절대 비키지 않기 때문이다. "앞사람"은 내가 갈 길을 선점했다는 점에서 미래의 사람이지만, 나보다 앞섰다는 점에서 과거의 사람이기도 하다. 그렇기에 절대 누구와도 똑같지 않은 사람이고, 자신 역시 마찬가지다. "앞사람"은 존재하지 않는 형태로 앞길을 막는 동시에 이미 지나온 시간들을 "등 뒤"에 불러 세워 기억의 그림자들을 사람의 앞에 드리운다. "파고들수록 내가 내 발을 밟고 있다는 생각"은 미래를 과거 속에서 발견해 낸 자가 자기와는 전혀 다른 존재에게서 자기 자신을 목격하곤 놀란 눈을 뜨게 만든다. 그림자는 사실, 눈의 착각이고, 빛의 장난이다. 그래서 그림자는 늘 불안을 조장한다. 그 불안의 그림자는 "빈손에 나를 안고 있다는 착각"을 유발하면서 "비집고 들어갈 몸이 없다는 기억은 몸속에서 꺼낸 주먹을 둘 데가 없다"(「벙어리장갑」)는 사실을 자각게 한다. 그 주먹 안엔 무엇이 들어 있는가. 누구에게나 있지만, 누구와도 똑같지 않은 것, 있으면서도 있는 것처럼 여겨지지 않는 그것, 바로 손금이 새겨져 있지 않겠는가.

사람의 운명을 암시하는 손금은 손아귀 안에 있지만, 완전히 예측하거나 판단할 수 없다는 점에서 사람 몸에서 가장 멀리 존재하는 무늬일 수 있다. 내 손 안에 있지만, 내 것인지 알 수 없고, 무시로 변하지만, 그 변화를 일일이 측정할 수도 없다. 내 멋대로 바꾸거나 꾸며낼 수도 없고, 다른 이의 것을 똑같이 모방할 수도 없다. 한강의 강폭과 지류를 센강의 그것으로 어찌 바꿔치기하겠는가.

아울러 그것은 무슨 나뭇가지의 형태를 연상케 한다. 그런데 거기에서 피어나는 열매나 꽃이 어떤 모양인지 그것을 평생 손에 쥐고 있는 자신조차 영원히 알 수 없다. 울분이나 분노에 차 있을 때 주먹을 쥐게 되는 까닭은 그 영원히 알 수 없는 영혼의 지형을 스스로 감추고자 하는 본능 때문인지 모른다. 다 알아 버리면 분노도 울분도 공허한 자연의 명령에 불과할 것이기에. 그래서 더 울지도 분노하지도 못하는 무생물로 퇴화해 스스로의 존재 명분을 잃게 될지도 모르기에. "감정은 그림자보다 한 박자 느리"고 "귀 기울여 속삭여"(「가까운 자매」) 줄 그 어떤 대상도 존재하지 않게 될 것이기에.

그렇다면 손금을 한번 유심히 들여다보자. 내 것이지만, 나와는 무관한 먼 나라의 지도 같은 그것. 손바닥에 먹물을 묻혀 백지에 찍어 내면 그것은 하얀 실선으로 드러난다. 그 모양은 무슨 뼈조직 같기도 하고, 어둠 곳곳에서 쪼개진 빛의 틈새 같기도 하다. 그렇게 그것은 우주를 드러내고, 사람의 현존을 암시하는, 영원히 변화하는 운명의 지도가 된다. 하지만 그것을 해석하는 일은 영원을 유한에 못 박아 이리 자르고 저리 늘리려 하는 "프로크루스테스"의 참형이나 진배

없다. 그런데, 시는 늘 그런 식으로 쓰인다. 그래서 비참하고 그래서 때로 "길어진 치맛자락을 잘라 모자와 가방을 만들"(「프로크루스테스의 침대」)어 내는 서글픈 놀이가 된다. "환생을 더듬는 일엔 혼동하는 이역(異域)이 있다"(「가까운 자매」) 하지 않는가. 그 "이역"은 이미 말했듯, "그리움을 매단 한 그루 나무"와도 같다. 그리고 그 나무는 외부의 객체가 아니라 스스로 꽉 쥐고 있어서 영원히 만날 수 없는 자기 자신의 이형이다. 그러니 이제 똑바로 알자. 자기 안의 나무를 가지치기하고 물을 주면서 스스로 손바닥 안의 "이역"을 살피게 하는, "아름다운 이복형제를 관리하는 정원사"에 대해서.

　　최초의 정원사는 육종을 개량하는 이가 아니었을까
　　나무에도 관상이 있고 지붕의 온순한 풍습을 물려받은 가위로부터
수형은 시작되고

　　(……)

　　동물을 흉내 내며 자꾸만 잘려 나간 나뭇가지에도 접붙인 방향이
있었던 것
　　뿌리를 벗어나려는 잎들 사이
　　정원사나 나무나 선택을 두고 미로를 겪기도 하지

　　높이를 단층에 맞추는 일은
　　흩어질 구름을 동일하게 씌워 주고 손이 흔드는 배경을 열 개로 만
드는 것
　　한 번은 떠나고 한 번은 돌아오는 것에서

객(客)의 수종이 완성되는지도 모르지
나뭇가지가 터무니없이 구부러지지 않은 것을 보면
오직 한 방향을 두 생각이 걸어가는 것이지요

새로운 꽃말은 두 그루에서 유래했을 거예요
피목엔 안목이
길을 잃고 정처 없이 떠돌다가 남풍을 품고 돌아올 때 비로소 나무
가 되지요
잘생긴 관상은
젊은 봄으로 되돌아가는 길을 알려 주고
고개를 끄덕이게 했기 때문이래요

한 씨앗에서 방들이 열리지요
아름다운 이복형제를 관리하는 정원사를 바로 아세요
　　　　　　　　　　　　　　　──「정원사를 바로 아세요」에서

　한 편의 시를 보고 놀라게 되는 계기는 다양할 것이다. 놀라는 방
식도 다양할 것이다. 감탄할 수도, 눈물을 흘릴 수도, 때론 화를 내면
서 놀랄 수도 있을 것이다. 또는 그 모든 감정이 동시에 북받쳐 스스
로 이화(異化)되는 기분에 사로잡힐 수도 있다. 아울러 '나'는 놀랐지
만 '너'는 꿈쩍하지 않는 경우도 있을 수 있다. 어차피 한 편의 시에 다
가가는 시선 또한 각자 자기만의 '먼 곳'을 바라보는 각도에 따라 전혀
다른 중심축을 갖게 되는 법이니까. 그러므로 누구든 모든 경우를 독
단적으로 다 뭉뚱그려 말할 수는 없다. 다만, 숱한 샛길과 낭떠러지와
습지를 거쳐 마주 보게 된 단 한 그루의 나무 덕에 그 모든 지난하고

지리멸렬했던 시간들이 환하게 빛을 내는 순간이 있다고만 말하겠다.

언제나 곁에 있었지만, 존재조차 의식하지 못했던 나무가 잎과 꽃들을 날개처럼 펼친 채 눈앞에 떡하니 생의 모든 형상들을 암시하는 것만 같은 순간. 그렇게 가만히 살펴보다 보니 그동안 헛발 짚고 잘못 보고 엉뚱하게 들었던 말들이 고스란히 원래 형태와 음조를 정비하면서 고요히 귓바퀴에 걸리는 듯한 순간. 오류라 믿었던 것이 정식이었고, 논리라 여겼던 게 성마른 감정의 우격다짐에 불과했다는 사실을 거울에 이마를 부딪치듯 깨닫게 되는 순간. 그 순간, 나무는 "잘생긴 관상"을 드러내면서 "젊은 봄에게 되돌아가는 길을 알려 주고" 매사 난분분했던 그림자들의 영묘한 윤곽들을 향해 "고개를 끄덕이게" 만들어 준다. 실상, 삶의 모든 상처와 환희 따위는 스스로 키울 수도 분지를 수도 없는 어느 큰 나무의 자그마한 가지였던바, 나를 힘들게 했다고 해서 내 것 아닌 게 아니고, 나를 기쁘게 했다고 해서 온전히 내 것만은 아니었던 것이다. "병에 물을 갈아 주듯 반경을 갈아"(「내일의 반경」) 주면 자신도 모르는 새, 어느덧 가지의 방향이 바뀌고 또 그만큼 손금의 굵기와 이음새도 달라진다. "오직 한 방향"을 걸어가는 "두 생각"은 그러므로 모든 방향으로 뻗쳐 가는 단 하나의 생각일 수 있다. "한 씨앗"에서 열린 "방"들이 동시에 열리듯, 한 뿌리에서 뻗어 나간 손 안의 금들이 각기 다른 방향의 삶으로 휘돌아 나갔다가 다시 뿌리로 모인다. 그러고 보니 두세 개의 가로줄로 나뉜 손목과 손의 결절 지점이 왠지 우주의 근원 같다. 그 수평의 단층 위에 장갑을 갈아 끼듯 보이지 않으나 여전히 자라고 있는 나무를 끼워 본다. 손아귀에 들리지 않으나 영원히 울리고 있는 무슨 교향악을 움켜쥔 느낌. 미래를 내다보건 과거를 돌이키건 절대 비키지 않을 "앞사람"이 잠깐 고개를 돌려 이편을 본다. 알고 보니 "아름다운 이복형제"고 다시 고개를 돌리고 보니 여전히 알 수 없는, "바닥을 뒤집어서 만든 허공"(「사랑스러운 피오르드」)에 불과하다. 나의 '안팎'이란 이토록 한통속이고 또 이토록 극명하게 피차 "보이지 않는 사람"이다. "닦아도 흐릿한 날들에/구름"(「공중극」)만 극명하거늘, 그 느릿한 운동성이 또 명백하게 생명의 시간이고 죽음의 울타리다. 교향악이 손목 부위에서 균열한다. 그걸 사계(四季)의 필연적 진동이라는 사실을 일깨우는 시집을 나는 방금 완독한 것이다.

각자의 씨방을 열어 구름과 강을 흘려보내고 종국엔 한 우람하고 부드러운 나무 앞에서 돌아온 길들을 다시 되짚게 하는 언어들. 어디서 수맥 흐르는 소리를 퍼다가 글로 옮겨 놓았나 보다. 그 안에서 나도 한 그루 나무가 된다. "먼 곳을 끌어당긴 근처에서 꽃이"(「내일의 반경」) 피누나.

구렁이는 과연 자기 꼬리를 찾을 수 있을까

신동옥『웃고 춤추고 여름하라』

1

시인의 말과 목차를 지나 첫 페이지를 열면 김두수의 노랫말이 나온다. "말하지 마라. 가슴으로 느낄 뿐".[1] 해설자의 본분을 지켜 김두수가 누구인지 알려야 할지 말아야 할지 잠깐 고민한다. 간단히 말해 그는 가수다. 그러나 예나 지금이나 티브이나 라디오에서는 노래를 듣기 힘든 '은둔 가수'다. 노랫말이나 음조에서 드러나는 그는 명상가의 성향을 지녔다. 나는 김두수의 노래를 고등학생 때 처음 듣고 좋아한 적이 있다. 레너드 코언이나 밥 딜런을 연상하면 그의 음악 스타일이 조금 파악될지 모른다. 거기에 라즈니쉬나 크리슈나무르티를 얹으면 대강의 오라(aura)가 떠오를 것이다.

---

1 신동옥, 『웃고 춤추고 여름하라』(문학동네, 2012), 11쪽. 이하 인용은 시 제목만 표기한다.

신동옥은 음악에 상당한 조예가 있다. 첫 시집에서 그는 '악공'이라 자처했다. 노래 실력도 제법 뛰어나다. 노래 부를 때 그는 안치환이나 유투의 보컬 보노를 연상케 하는, 목울대와 쇄골 사이를 걸레 짜듯 비틀어야만 소리의 음영이 생기는, 다소 먹먹한 느낌의 흉성을 주로 사용한다. 때론 너무 진지하거나 너무 절절해서 공연히 마음이 이지러지는 탓에 작은 체구로 악을 써 대는 그를 가만히 들어 쓰레기통에 고이 담아 잠재우고 싶은 충동을 느낀 적이 몇 번 있다. 왜 하필 쓰레기통이냐고? 시인에게는 미안한 얘기지만, 그 순간 그가 편하게 쉴수 있는 곳이 쓰레기통밖에 없겠다는 생각이 들었던 탓이다. 그 어떤 번변하고 깔끔하고 정돈된 자리에서라면 그의 격렬한 통증과 깊이 모를 슬픔이 그를 더더욱 외롭고 처연한 상태로 내몰 것 같았기 때문이다. 쓰레기통이란 아시다시피 쓸모없어진 것들을 한데 모아 놓은 크거나 작은 박스를 말한다. 그것은 세상 어디에나 존재하지만, 누구도 공들여 살피거나 예쁘게 꾸미지 않는다. 그래서 가끔 골똘히 들여다보면, 잊고 있던 슬픔 같은 게 치밀고 올라와 견디기 힘든 영혼의 구취를 몰고 올 때가 있다. 신동옥을 쓰레기통에 눕힌다면 나도 아마 그 비슷한 자리에 드러누워 깊은 숨을 내쉴지 모른다. 좀 심한가. 어쩌면 더 심한 말이 나올지도 모르겠다.

어떤 류의 진지함은 극단을 뒤집어 보이며 스스로를 대상화한다. 시인의 자아엔 서로의 등과 얼굴을 번갈아 교차시키며 영혼의 나선을 빙글빙글 회전케 하는, 무미한 반복 놀이에 빠진 네 살배기의 잔혹이 있다. 이 시집은 그 천둥벌거숭이가 스스로의 모태에 손을 집어넣어 끄집어 올린 "땅속으로 뻗어 가는/ 질긴 핏줄"(「브론테의 계절」)의 향연이다. 그러니 들여다보기 전에 "말하지 마라, 가슴으로 느낄 뿐"이라는 경구는 적절한 경고다. 자의든 타의든, 그리고 실재든 픽션이든, 상처와 미망으로 범벅된 타인의 가계(家系)를 엿본다는 건 그 자체로 치명적인 고통이 될 수도 있으니까. 그럼에도 고통은 늘 매혹과 미혹에서 발현하고 조장된다. 기꺼이 미혹의 미로에서 길을 잃고 싶은 자, 누군가의 상처에 키스를 퍼붓는 악마의 심정으로 입 다물고 가슴을 열고 심장을 단단하게 조인 채 춤출 준비. 시작은 왈츠.

> 어느 죽은 자의 머리카락이 너를 친친
> 어느 죽은 자의 머리카락이 너를 하늘 너머로 실어 갔다
>
> (……)
>
> 증오, 내게로
>
> 몸부림마다 묻어 둔 내밀한 문법이여
> 여태 우릴 이력한 눈먼 믿음의 무릎이여
>
> 곡은 무용곡 ── 모든 음악은 무용곡이다
>
> ──「왈츠」에서

왈츠는 남녀 파트너가 비밀스러운 대화를 나누거나 유혹의 첫 단추를 푸는 데에 적절한 춤곡이다. 그러면서 동시에 이별과 상실의 슬픔을 감읍하고 위무하는 데에도 맞춤한 음조를 지녔다. (신데렐라가 구두를 잃어버리기 전에 추었던 춤도 왈츠였을 것이다.) 그 풍만하고 부드러운 회전은, 그러나 모든 회전이 그러하듯, 깊어지고 길어질수록 최초와는 다른 방향으로 전개된다. 처음에 춤은 다른 이들에겐 결코 전달되

지 않을 그들만의 비밀스러운 교감의 띠를 두르고 한 박자 두 박자 스텝을 밟으며 시작된다. 하지만 지나친 친밀과 탐색은 응당 긴장이 유지되어야 마땅할 유혹과 신비의 가교 아래를 내려다보게 만든다. 이를테면 아름다운 꽃[2]의 뿌리를 찾다가 불현듯 봐 버린 땅속의 깊은 어둠 같은 것. 그것은 "비밀한 삶을 식재(植栽)"(「이복」)한 영혼의 원형적 구렁이[3]다. 거기에 발 디디는 순간 창졸간에 조명이 꺼지고 "몸부림마다 묻어 둔 내밀한 문법"으로 서로를 들춰내면서 "눈먼 믿음의 무릎"에 통증이 사무치게 된다. "머뭇머뭇 다가서며 스멀스멀 서로를 말미암는 악다구니"(「왈츠」)의 지옥도. 교합을 도모하며 시작되었던 춤은 이제 "죽은 자의 머리카락"이 서로를 "친친"[4] 감고 "하늘 너머"로 실어가는 "증오" 또는 원한의 양식이 된다. 그런데 기가 막힌 건 그러한 반전과 전락의 과정에 모종의 예외 변수나 착종이 드러나지 않는다는 사실이다. 요컨대 만남 자체가 이미 파국을 내정한 상태에서 파

---

2 왈츠 퍼레이드를 높은 데서 조망하면 꽃들의 개화가 연상된다. 개인적으로 왈츠가 슬프게 들리는 이유는 바로 그 탓이다. 생명의 약동을 보면서 망연히 눈물 흘리는 봄 처녀의 심정. 신동옥의 시는 바로 그러한 눈물의 근액(筋液)이자 근액(根液)으로 번지고, 얼룩진다.

3 이 글에서 '구덩이'를 뜻하는 '구렁'과 뱀의 일족인 구렁이는 종종 음운적으로나 의미적으로 겹치게 될 것이다. 그건 자의라기보다 우연에 가깝지만, 말이 파 놓은 구덩이엔 곧잘 말의 홀씨들이 제멋대로 슬어 놓는 혼몽의 알들이 뒤섞이기 마련 아니던가.

4 '든든하게 바투 감거나 동여매는 모양'을 뜻하는 이 부사는 시 제목으로도 쓰였다. 그런데 「친친」이라는 제목은 어쩌면 '친할 친(親)' 자의 음운 병렬에서 나온 발상일 수도 있다. 친밀함의 과잉은 때로 사람을 속곳까지 옭아매는 지옥으로 이끈다. "이 무지와 이 호기심과 이 미명 앞에 당신과 친친과 친친이 가진 유일한 비참 속에서 당신만의 그 모든 진창 속에서 나를 식별하"려는 그에게 "꾹꾹 눌러 재워도 샘솟는 (이) 근친상간의 친밀감"(「친친」)을 도발하는 건 다름 아닌 떼어 내 버리고 싶은 근친 그 자체다. 이 시집에서 도저한 근친에의 탐닉은 뿌리를 잘라 내려는 욕망이 스스로를 잡아먹는 형국으로 전개된다.

국의 인과는 순간의 공황을 겪고 난 연후 당연한 법칙인 양 뒤늦게, 끔찍할 정도로 질서정연하게 명료해진다는 것이다. 그렇다면, 어차피 "모든 음악"이 "무용곡"이라면, "내게로"부터 촉발되어 다시 "내게로" 휘감아 도는 이 "증오"의 원리는 음악이, 그리고 춤이 가지고 있는 고유한 형식의 발현 양상 아니겠는가. 음악은 애초부터 "이불을 머리끝까지 뒤집어쓰고 빛의 내장을 관람"하며 "세포 속에서부터 자라 온 악몽"(「동복」)을 현실에서 탄주하는 양식인지도 모른다. 그래서였을까. 신동옥이 노래 부르는 모습을 보면서 혹종의 망실감이 느껴졌던 까닭은?

다시 김두수의 노랫말로 돌아가 보자. 대개 책 서두의 에피그램으로 쓰이는 경구는 독자에게 전하는 암시로 읽히기도 하지만, 글쓴이 스스로 자신의 생각이나 말의 항로에 빛을 던지는 자그마한 지시등 기능을 할 때가 많다. 도저히 방향을 알 수 없는 길 앞에서 어떠한 확신 없이 머뭇거리며 손바닥에 침을 튀겨 임의로 첫걸음을 정하는 경우일 수도 있는 것이다. 그랬을 때 신동옥은 "가슴으로 느"끼지 못하는 자신의 상태에 대한 모종의 갑갑증을 토로한 것일 수도 있다. 적어도 나는 그렇게 읽었다. 시인은 읽는 이에게 "제발 가슴으로 느껴라"라고 호소함으로써 자신의 언어가 발원하는 지점에 도사리고 있는 지극한 언어도단의 상태에 대해 스스로 입 닫고 달아나려 한다. 그렇게 "찢긴 나의 윤무에 끼어들어 너 자신을 발명"(「친친」)하지 않으면 이 모든 허망한 언어의 수작들이 스스로를 옭아매는 썩은 나뭇등걸로 자라 숨통을 죄어 오기라도 하는 듯. 그러니 어쩌겠는가. "가죽도 이빨도 뿔도 꼬리도 없는 몸으로 기는 법을 배"(「간빙기」)워야 하는 이 태초와 묵시의 외경(外景)' 속에서 머릿속 상념들을 비운 채 가슴에서부터 끓어오르는 시뻘겋고 시커먼 정념을 일단 내뱉고 보는 수밖에. 그러고 나면 때로 마음의 뿌리가 뽑혀 나와 텅 빈 가슴으로 바람이 드나드는 걸 느낄 수도 있다. 그 바람 속에서 침묵이 더 많은 말을 하기 시작한다. 마음속 울혈과 불행한 침묵은 윗방 아랫방 동서지간에 가깝다. 그들이 합방해 피와 땀을 섞을 때, 지하에 숨어 원한을 똬리 틀던 구렁이의 이동 궤적이 허방에 뜬다. 시인은 그 무늬에 자신의 이력을 덧대어 재생, 또는 재구성한다. 이 시집은 동족의 머리를 제 꼬리인 양 잘못 삼킨 우로보로스의 일탈기다. 뱀은 과연 자신의 원환(圓環)을 완성할 수 있을까.

2

다시 왈츠의 파국 원리를 빗대 말해 보자. 최초 어떤 염원이나 토로의 방식으로 뱉어진 말의 포자는 어느 순간 겉으로 드러난 생각과 감정 이전을 들춰내 자신만의 (또는 자신조차 몰랐던) 비밀스러운 욕구들을 외통수로 막힌 세상의 담벼락에 노골적으로 새겨 버린다. 그렇게 쓰인 시들은 이 세계와 한시적으로 결별한 상태로 끊임없이, 바닥부터 내통한다. 허공의 보이지 않는 다리에서 상하체가 나뉜 채 오랫동안 떠 있는 사람의 형상. 그리고 바닥에서 증폭되는 그 사람의 그림자. 그 위에 뒤섞이는, 경계를 흐물흐물 지우고 지상으로 번져 오르는 땅 밑 어둠의 눅눅하고 불길한 홀씨들. 그것을 쳐다봐야 하는 건 고통스러운 일이다. 그렇게 읽히는 시는 무섭고 괴로운 신음이자, 늘 배후를 떠돌지만 눈 마주쳐 바라보기 저어되던 괴이한 이승의 축도('縮圖')도 맞고 '축생들의 삶'을 뜻하는 '畜道'도 틀리지 않다.)로 펼쳐진다. 고백건대 나는 여러 번 이 원고를 찢고 싶었다. 힘들어 작파하겠단 뜻이 아니라 어떤 파괴적인 제스처에의 충동에 몸이 뜨거워졌다는 소리다. 도저한 강렬도로 공명하는 시들이 대개 그렇듯, 그리고 저주와 자멸의 괴성으로 울림통을 적시는 소리가 또 그렇듯, 현실의 표면까지 물들이는 혼몽의 흔적들은 사람을 미치게 하는 속성을 지녔다. 거기엔 "한몸이 되어 고운 가루가 되어 서로의 땀구멍에 스미는 것"(「간빙기」) 같은 농밀한 뒤엉킴이 있다. 무시로 "친친" 감기면서 "내밀해서 점점 달콤해져만 가는"(「도감에 없는 벌레」) 뜨겁고 축축한 한기의 사방 연속무늬. 이 지난한 습생(濕生)의 원시림에서 어떻게 빠져나갈까, 또는 어떻게 더 참혹하게 뒤엉킬까 고민하는 것만으로도 내 몸은 대서(大暑)의 수은주 눈금 이상으로 후끈한 땀을 흘려야 했다. 그럼에도 도망은 불가능한 일이었다. "가슴으로 느"끼는 건 오래오래 헐벗는 일이다. 그러면서 그 헐벗음으로 진정한 자기 자신이 되는 일이다. 흠뻑 젖은 채로 해를 두려워하는 양치식물처럼 꾸물꾸물 이 세계에서 벗어나기 힘들다는 자각이 느껴질 때, 유일한 탈출구는 온몸으로 그 안에 젖어드는 것이다. 젖어들어 스스로 더 짙은 그늘이 되어 육즙으로 녹아내린 몸을 누이는 것이다. 그러기 위해선 마지막을 처음인 양 뒤를, 전체를 돌아봐야 한다. 그리하여 "깨지 않아도 좋을 꿈속에 오랜 안부를 묻어" 둔 채 모든 것을 잊어버려야 한다. "건너도/ 울지 마라/ 너는, 울지 마라"(「이슬점」)라고 되뇌면서 더 큰 울음 속으로 뛰어들어야 하는 것이다.

깨지 않아도 좋을 꿈속에 오랜 안부를 묻어 둘 수도 있지. 몰일에는 뱀들이 겨울 밤밭에 독(毒)을 묻어 두고 긴 잠에 들겠지. 창문을 온통 열고 대문을 나서 돌계단 끝 참에 앉아 무릎을 번갈아 대롱거리다 보면 닳고 시린 아리디아린 시선 속으로 숨어들 수도 있지. 끝없는 안부와 익숙한 실없는 인사들, 몰일에는 다디단 설태(舌苔)와 같은 눈밭에 수다한 죄를 묻고 서로의 몸을 뒤져 어딘가 있을 지우개를 꺼내 들고, 의지 없는 열정으로 지우고픈 악(惡) 하나 찾지 못하고

(⋯⋯)

식물은 묻자 눈은 내려 쌓여 식물은 얼고
식물은 죽고 얼음 속에 잎사귀는 뼈가 되도록

——「몰일」에서

우리가 아무리 거대한 무언가를 세울지라도 지상에 커다란 구덩이부터 만들어야 한다는 것. 뿌리를 박고 기둥을 세우고 지반을 다지는 것도 아닌 구덩이, 그곳엔 우리의 피와 잡념이 묻히고 언젠가 광장이 된다는 것

——「위경」에서

삶이란 어쩌면 "깨지 않아도 좋을 꿈속에 오랜 안부를 묻"고 "의지 없는 열정으로 지우고픈 악 하나" 발견해 내는 일일 수도 있다. 가령, "우리의 피와 잡념이 묻히"는 "커다란 구덩이" 속에 스스로를 파묻은 채 지상으로 피어오르지 못한 끝없는 환몽의 뿌리를 더듬거리는 것이 삶의 진짜 내용이라 믿는 자들에겐. 그들에게 "이 삶은 가설"(「발라드 — 박용하에게」)에 불과하다. 그렇다 해서 삶의 필연적 무게와 양감이 옅어지는 건 아니다. 땅 밑을 들여다본 자에게 태양은 더 따갑고 뜨겁게 벌거벗은 현세의 능욕이 된다. 더욱이 지하에서 올려다본 지상의 그늘은 뚜렷한 음영으로 분간되지도 않는다. 그늘 아래에선 빛도 어둠도 순전한 착각이자 오류일 뿐이다. 그곳엔 오로지 "추악하

고 처연하기에 처연한 (네) 극단"(「엉겅퀴」)이 저세상의 요령(搖鈴)인 듯이 세상의 뿌리를 오지게 움켜쥔 채 뒤흔들고 있을 뿐이다. 그곳에서 "나는 죽었고 죽었음에도 죽음은 계속"(「혁명 전야를 향해 달리는 사마르칸트 기병대의 밀지 — 박정대에게」)된다.

그런데 그 "죽음"은 삶을 망실한 자의 종착지가 아니다. 그 "죽음"은 어떤 고착된 물리 상태라기보다 삶의 본원적 원리와 불구성을 끝없이 되뇌는 자가 "가설의 폐자재 더미 위"(「발라드 — 박용하에게」)에서 스스로에게 부리는 집착과 미망의 주술이자 삶이 필연적으로 매달고 다니는 저승의 그림자에 가깝다. "죽음"은 끝없이 이동한다. 시인은 말한다. "죽는다는 건 호소(湖沼)와 한몸이 되는 것이거나, 한몸이 되어 고운 가루가 되어 서로의 땀구멍에 스미는 것. 가죽도 이빨도 뿔도 꼬리도 없는 몸으로 기는 법을 배우는 것"(「간빙기」)이라고. "죽음"은 그리하여 살아 있는 육신이 매 순간 우주의 리듬을 붙안으려고 "태반을 뚝뚝 들으며 뛰"(「에밀」)노는 지난한 "무용"이 된다. 울음이 터지려는 걸 온몸으로 거두어 "이 삶은 저지르자"(「포역의 무리여, 번개의 섭리를 알고 있다」)고 미혹하는 "커다란 구덩이" 속 제 꼬리를 잃어버린 '커다란 구렁이'의 속삭임. 어찌된 영문일까. 이 시집을 읽으며 나는 자꾸 침대맡의 미망으로 이승을 이간질하는 뱀에게 이끌렸고, 그러는 스스로에게 진저리 칠 수밖에 없었다. 나의 꼬리가 정말 그(는 누구?)의 머리가 된 걸까. 그의 머리를 물고 다시 들어갈 수 없는 원시의 "정지 문 대청"(「에밀」) 앞에서 몰매라도 맞아 죽으려고? "내 사랑은 아무것도 저지르지 않았다"(「포역의 무리여, 번개의 섭리를 알고 있다」) 뇌까리며 삶의 또 다른 '가설' 속에서 애초에 없었던 '죽음'의 수액을 빨아 마시려고? 아무튼, 모든 시는 어쨌거나 읽는 자의 몫이다. 동시에, 모든 시는 쓴 자의 기밀이자 묵비권이다. 그렇기 때문에 모든 시는 허방에서 영원하고 지상에서 무모하다. 영혼에서 풍성하고 물리에서 허망하다. 그리하여 영육을 통째로 아울러 죽음의 밀령(密令)으로 작동한다. 이 세계는 인간의 밀담으로 해소되지 않는 부당한 명령들의, 영원히 쓰여지지 않는 묵시 체계인지 모른다. 그것은 다만 어떤 생물 또는 미생물의 존속 양태로 암시되고 실천되면서 인간의 교묘한 이성을 유린한다. 언어는 파탄 나고 윤리와 도덕은 그 자체가 허물이 되어 "뱀들이 겨울 밤밭에 독(毒)을 묻"(「몰일」)는 걸 방임한다. 그러니 어쩌겠는가. 어미의 죽음 앞에서도 천방지축으로 뛰놀아야 하는 망나니의 심정으로 뱀의 목을 치며, 다시 왈츠. 뱀의 잘린 목에서 수천 배 증식하는 다른 뱀의 모가지들을 따라 다시, 빠바빰 빠바빰.

3

> 인간은 죽음 이후에서야 이생을 억겁 반추한다
> ──「위경」에서

춤은 늘 제자리로 돌아온다. 교합은 시작되는 순간, 분리에의 동작으로 이전된다. 이후, 모든 동작은 서로를 떼어 놓기 위한 악랄한(그리하여 치밀하고 원색적인) '해방에의 자기 순교'가 된다. 포옹은 머나먼 다리의 시발이 되어 결별하고, 상대의 혀를 깨물지 못한 키스는 제 심장을 짓씹으며 칼이 된다. '친친'의 노역은 족쇄의 사슬로 음경을 쥐어뜯으며 그 처절한 피흘림으로 다시 '동복'의 사타구니를 찾아 핏줄의 감도(感度)를 높인다. 그렇게 '동복'은 '이복'이 되고 이역만리 생면부지의 '이복'이 어느 날 문득 내 핏줄을 배태한다. 이것은 누구의 유별난 가계(家系)도 어느 괴이한 별종의 편벽스러운 난봉 행각도 아니다. 우주의 모든 원리란 원리를 다 들춰 보면 파악되기 마련인 생물과 미생물의 순연한 얼개일 뿐이다. 그런 의미에서 인간 욕망에 대한 모든 서술들은 그 자체가 자의적 첨삭으로 가공된 '외경(外經)'이라 해도 과언이 아니다. 그것을 일러 '친친의 감옥'이라 일컫는다면, 또는 불가(佛家)식으로 '허망한 인연의 숲'이라 이른다면, 당신은 그 숲에서 길을 잃겠는가 눈이 멀 텐가 아니면, 스스로 길이 되어 궁극의 나무로 자랄 텐가.

나의 마당에 자라는 수피 여자야, 솟구치는 몸뚱이를 감싸고 떨어지는 물줄기는 무례해서 서글프고 수피 여기저기에 색색이 생장점은 실눈을 뜨고 실눈을 뜬 물관 속에 나는 마치 수은에 잠긴 것만 같아서 너를 안으면 숨이 멎는다 그래 입술을 마주 대면 깊은 물속에서도 숨 쉴 수 있을 것만 같아서, 여자야 너와 오래도록 도사리며 식물이 되어 가는 내 자취를 좇아 네 남은 수피의 연혁을 버릴 수 있겠니? 천둥과 우레 속에 꺾여 넘어지는 비명으로 나의 마당에 엎디는 나의 길을 가로막아 줄 수 있겠니? 숨죽이며, 나를 앗아 다오 그래 내가 사라지면 내 앗김은 고롱고롱 물이 되어 네게 흐르고 비로소 우리는 울울창창할 테다

——「수피 여자」에서

식물의 시작은 씨 한 알이다. 거칠게 소급하면 이 세계 전부가 '한 알의 밀알'에서 시작되었다. 하나의 삶은 최초 한 알의 끝없는 복제와 반복으로 증식과 궤멸의 원환을 확장한다. "꾹꾹 눌러 재워도 샘솟는 이 근친상간의 친밀감"은 그러므로 "누구"의 특별한 "피"(「몰일」)가 아닌, 출세간의 경계를 넘본 자만이 처절하고 악랄하게 탐닉할 수밖

에 없는 끈끈한 본능의 발로일 수 있다. 그런 자에게 삶은 스스로 금기가 된다. 목을 옥죌수록 해서는 안 될 말이 터져 나오려 하고, 출구가 막힌 울분이 갉아먹는 인간의 심장은 해를 피해 땅 밑을 탐침하는, 거세당한 이의 하혈이 된다. 그래서일까. 여름내 동옥(東沃)의 시들과 시름하며 이상한 동복(同腹) 증세로 배앓이를 했던 까닭은? 끝끝내 회피하며 다른 꽃으로 눈을 돌려 한여름의 눅눅한 왈츠 행렬에서 발을 떼려 했던 나는 비겁한 파문자인가, 겁쟁이 구경자인가. "내 앗김은 고롱고롱 물이 되어" 여전히 여름의 물때가 가시지 않은 지하 어두운 방에서 수년 동안 차오른 습기와 혼몽의 춤을 사방 벽마다 새기고 있다. 어디에서도 꽃은 자라지 않고 머리 없이 성기만 내민 또 다른 '가설'의 삶들이 천계의 누각 위에서 제멋대로 춤춘다. 달을 지우고 해를 그려 보이면서 "땀과 체액으로 뒤범벅이 된 매끈한 몸을 거울에 비"("너는 네가 먹는 그것이며 네가 먹을 그것이며 다시는 먹지 않을 그것이다")춘다. 나는 정말 그 누군가에게 "네가 먹는 그것이며 네가 먹을 그것이며 다시는 먹지 않을 그것"인가. 현재를 비추기보다 어느 비밀한 일족의 숨은 오욕을 가리기 위해 걸려 있는 저 거울 뒤는 얼마나 침울하고 거대한 모반의 사슬들로 "울울창창"할 것인가. 문득, 누가 칼을 들고 등 뒤에 서 있다. 나는 시를 다 읽었다. 그러나 나는 아무것도 시를 위해 말하지 않았다. 뱀들은 여전히 여느 타락의 성곽 안에서처럼 "울울창창" 난교 중이다. 쓰인 것들은 모두 '가설'이고 '가상'이다. 쓰이게끔 살아지는 삶도 더 먼 억겁의 밑알들을 흉내 내는, 더 극한의 '환몽'이고 의도된 '미망'이다. 그래서 삶은 더 기구하고 척박한 허구의 실재가 된다. 칼을 들고 내 뒤를 염탐하는 자, 나는 그를 잘 안다. 그는 나의 오래된 '동복'이다. 거울 속에서는 나타나지 않는, 그러나 여전히 벽 뒤의 어둠을 잘게 썰어 백지로 들이미는 자. 옥아, 나는 그에게 당했다. 너는 너의 잃어버린 머리를 찾아 더 섧게 "울울창창" 할 거니, 더 따뜻하게 적막할 거니? 조만간 달이 짙고 커진다. 인간은 누군가에게 평생 추수당하며 자신의 이름을 되뇌기 마련. 언제 널 영이나 같이 듣자. 새벽녘 노래방에서 쏟아 낸 분기(憤氣)의 찌끼마저 쓸어 담는, 어느 쓰레기통 앞에서.

불굴을 향한 마음의 불구,
또는 영혼의 빈 공간

김경주『나는 이 세상에 없는 계절이다』

갈증은, 이미지가 육체로
무시무시하게 넘어오는 거다[1]

지극히 개인적인 인상을 늘어놓으면서 시작하는 것에 대해 양해부터 구해야겠다. 당사자에겐 실례가 되겠지만, 시인 김경주를 만나면 어딘가 치명적으로 결락된 불구자가 떠오른다. 그래서 염치 불구하고 그의 면면을 꼼꼼히 살펴보게 된다. 그러나 보면 볼수록 섬세한 장인의 손끝으로 잘 세공된 듯한 이목구비만 도드라질 뿐, 별다른 불구성이 발견되지는 않는다. 나는 더 집요하고 심술궂어진다. 그럴 때 내 시선은 그의 정면을 향하지 않는다. 햇빛이 서늘하게 비껴가는 그의 하늘하늘한 실루엣과 서늘한 리듬이 느껴지는 전라도 사투리 억양에만 촉각을 곤두세울 뿐이다. 그 순간의 느낌을 범박하게 설명하자면 압구정동과 여수 앞바다가 한 화면에 오버랩되는 것과 비슷하다. 또 한 번의 실례를 무릅쓰고 고백건대 나는 그에게서 느껴지는 이

---

1   김경주, 「취한 말들을 위한 시간」, 『나는 이 세상에 없는 계절이다』(문학과지성사, 2012). 이하 인용은 시 제목만 표기한다.

런 상극적인 부조화가 재미있다. 그렇지만 애초에 캐내려 했던 불구성은 여전히 오리무중이다. 그래서 다시 그의 눈을 마주 본다. 태생적인 겸양과 쑥스러움, 일말의 도전적인 호기심이 혼성 교배된 그의 눈은 샤프하게 감겨 올라간 눈썹 아래에서 미세하게 흔들린다. 정체 모를 불안과 스스로 잘 다스려지지 않는 어떤 정념 사이에서 빛을 퉁겨 내는 듯한 모종의 소요가 담겨 있다.

그래서일까? 그의 빈약한 체중을 온몸으로 받아 안아야만 할 것 같은 어처구니없는 심사에 굴복하면서 기어이 그가 불편해지고야 만다. 그가 원하지도 않겠지만, 나는 그를 안을 수도 업을 수도 없다. 그럼에도 한 가지 사소하면서도 분명하게 발견되는 마음이 있다. 그는 말한다. "기미란 얼마나 육체의 슬픈 메아리던가"(「취한 말들을 위한 시간」)라고. 나는 아마도 그의 육체가 퍼뜨리는 메아리에서 "혀가 가슴으로 헤엄쳐 가는 언어 하나"(「고등어 울음소리를 듣다」)를 목격했던 듯하다. 그런데 그 언어는 엄밀히 말해 말이 아니다. 그저 하나의 소리에 불과하다. 내용보다는 진동과 떨림만으로 타인의 육체를 훑으며 세계의 숨겨진 지평을 넘보게 하는 그것은 내가 아는 한, 시의 감춰진 본령과도 통한다. 요컨대 김경주가 "옥상에 널어 놓은 희뿌연 팬티들을 하나씩 가슴에 품고 내려가는 순간마다 우리들의 설탕은 어디로 날아가는 거지"(「설탕공장 소녀들의 문자메시지가 출렁출렁 건너가는 밤」)라고 장난스레 중얼거릴 때처럼 오감을 통각게 하면서 한없이 사라지는 어떤 것. 김경주는 보기 드물게 언어의 청각적 자극에 기민하게 반응하는 시인이다. 그의 시집은 귀로 읽어야 한다. 달팽이관에 모인 언어들이 눈처럼 바스락거리면서 가슴까지 추락하는 소리를 들어야 한다. 한없이 추락한 이후에 다시 봄날의 눈처럼 사라지는 소리, 그 메아리의 끝에 돌 위에 남은 엷은 습기처럼 비로소 부조되는 수줍

지만 공명이 큰 문자들. 그게 김경주의 시다. 아래 인용하는 구절은
김경주의 시적 풍경을 전적으로 포괄하는 일종의 펼쳐진 얼개와도
같다. 구구절절 해석은 하지 않을 터이니 그저 한번 곱씹어나 보자.

　　해저에서 백년에 한 번쯤 눈을 치켜뜨고 물을 떠나 날아가는 새를
바라보는 물고기나 물 밖에서 백년은 새의 눈을 따라 항해하는 어부들
은 고요의 바닥에서 눈을 감는 일이 적요로운 것임을 안다 그들의 몸이
점점 가늘어지는 것은 자신의 눈들이 조금씩 인생(人性)의 밖으로 퇴
화하고 있다는 것을 알기 때문이다 나에겐 돌에게 잠시 번진 물고기의
무릎도 없고 물고기의 보일 듯 말 듯한 슬픈 귀들도 없지만 조금씩 가늘
어지는 몸이 있으니 아무도 모르게 말라 가는 것이 점점 너에게 가까워
지는 것인지 모르겠다 몇 달가량 집을 비우고 돌아와 보니 욕조에 말 한
마리가 배를 깔고 앉아 있다 그 말은 또 다리를 다 어디에 둔 것일까 이
것은 기형(畸形)에 관한 또 다른 얘기다

　　　　　　　　　　　　　　　　　　　　　　　──「파이돈」에서

우주에서 날아오는 기미들

　　내 생각에 시집 뒤를 채우는 일은 시에 주석을 다는 것이 아니라
시의 발생 지점을 밝히는 일이다. 다시 말해, 시 속으로 독자를 데리
고 들어가는 것이 아니라 독자의 바깥으로 시가 빠져나오는 걸 도와
주는 일이라는 소리다. 그럼으로써 독자로 하여금 시집의 처음으로
되돌아가게끔 만들어야 한다. 이때 시집의 처음이란 굳이 시집의 첫
머리가 아니어도 상관없다. 시집은 읽는 이에 따라 발화 지점이 천차

만별이다. 때문에 시집의 처음은 보란 듯이 열어젖힌 대문에 있지 않고 사방으로 열려 있거나 닫혀 있는 창들 중에 있을 공산이 더 크다. 아울러 몇 분 만에 독자의 마음에서 사라지는 시가 있고 몇 년 동안 되짚어 다시 읽게 되는 시편들도 있다. 시에 대한 각주는 그렇게 길거나 짧은 시간 동안 읽는 이 각자의 마음에서 끊임없이 재생성되고 소멸한다. 그런데 그 짧거나 긴 시간들을 지구의 시계로 계측하는 건 불가능하다. 김경주가 어느 시에서 "노을이 물을 건너가는 것이 아니라 노을 속으로 물이 건너가는 것"(「저녁의 염전」)이라 읊었듯, '시가 독자에게로 스미는 것이 아니라 독자가 시 속으로 스며드는 것'이기에 좋은 시집은 늘 행간마다 엄청난 분량의 빈 공간이 놓여 있다. 그 빈 공간은 "불보다 더 짙은 바람의 수분"(「백야(白夜)」)을 머금은 채 무시로 독자의 마음을 건드리고 감각을 자극하며 보다 큰 육체의 파동 속에 독자 혼자 가만히 놓여 있게 한다. 시는 바로 그러한 적요 속에서 발효된 육체의 환영이자 영혼의 얼룩이다. 그 얼룩 속에 고개를 박은 채 "바닥에 누워 두 눈의 음(音)을 듣"(「우주로 날아가는 방 1」)게 될 때, 당신은 이제 한 시집의 완전한 소유주, 둘도 없으면서 모든 것들을 향해 눈과 귀를 연 진정한 독자가 된다.

> 꽃은 나무의 환영이다
> 나무가 그 환영을 보기 위해선
> 꽃이 자신의 환영인 나무를 문득 알아볼 때까지이다
> 서로의 환영을 바라보며 둘은 예감으로 말라 간다
> ──「봉인된 선험」에서

황혼에 대한 안목은 내 눈의 무늬로 이야기하겠다 당신이 가진 사

이와 당신을 가진 사이의 무늬라고 이야기하겠다

──「기미(幾微)」에서

위에 인용한 구절들은 시집을 통독한 이후에 최종적으로 내게 각
인된 몇 개의 '기미'들이다. 내 경우, 이 '기미'들은 독서의 마지막 지점
에서 마치 원인을 알 수 없는 상흔이 돌출하듯, 홀연히 묻어 나온다.
그러니까 이것들은 은근슬쩍 지나치고 난 이후의 뒷모습이 더 인상
에 남는 어떤 사람들과 닮았다. 정면으로 봤을 땐 무미했지만, "갈대
가 쏟는 그늘들이 바람에 붙어 사방이 어두워져"(「아우라지」) 가듯 무
심한 척 뒷덜미에 붙어 "그늘의 거룩"(「우물론(論)」)을 돈을새김하며
기어이 "고요의 바닥에서 눈을 감"(「파이돈」)게 만드는 그것들은 살풋
살풋한 움직임만으로 대기의 흐름과 정조를 환유하는 나뭇가지의 존
재감처럼 사소하면서 광대하다. 그것을 시인은 '환영'이라 일컫는다.
그런데 그 '환영'에 대한 시인 스스로의 개념 풀이는 "당신이 가진 사
이와 당신을 가진 사이의 무늬"다. 요컨대 "당신이 가진 사이"와 "당
신을 가진 사이"에 '꽃'이란 '환영'이 피어나고 "꽃이 자신의 환영인 나
무를 알아볼 때까지" 시인은 "허공에서 조금씩 몸이 사라져"(「우주로
날아가는 방 5」) 가는 흔적들을 기민하게 좇는다. 그러나 "언어란 시간
이 몸에 오는 인간의 물리(物理)"(「그러나 어느 날 우연히」)에 지나지 않
으므로 시인의 두 눈이 더 웅숭깊어지고 마음의 그늘이 진해져 갈수
록 쓰인 말들은 "예감으로 말라" 가기만 할 뿐, "나를 조금씩 인용하
고 있는 이 침묵"(「취한 말들을 위한 시간」)은 도무지 입을 열지 않는다.
시인은 그저 그 입 앙다문 환영들의 출렁거리는 소요들만 옮겨 적을
뿐이다. 그건 이를테면 "방을 밀고 (나는) 우주로"(「우주로 날아가는 방
1」) 날아가는 일이다. 방을 밀고 보면 벽 뒤에 숨은 이 세상의 또 다른

차원이 펼쳐진다. 그곳은 별로 화려하지도 웅대하지도 않지만, 그곳을 바라본 자에게 벽 안쪽의 세상은 더 이상 이전에 알던 세상이 아니다. 방을 밀고 우주로 날아가는 자에게 이 세상은 온통 저세상에 대한 기미들이 넘쳐 나는 한 편의 거대한 환영과도 같아진다. 시인은 그 환영들의 파노라마를 세세히 좇으며 '언어라는 물리'를 통해 스스로를 물질화한다. 정확히 말해, 잘 들리지도 보이지도 않는 기미와 환영들의 소소한 움직임들에 반응하며 점점 우주 한가운데 작지도 크지도 않은 분자가 되어 "조용히 떠 있"게 되는 것이다.

> 이쪽에서 보면 못은
> 그냥 벽에 박혀 있는 것이지만
> 벽 뒤 어둠의 한가운데서 보면
> 내가 몇 세기가 지나도
> 만질 수 없는 시간 속에서 못은
> 허공에 조용히 떠 있는 것이리라
> ──「못은 밤에 조금씩 깊어진다」에서

우주는 실재의 영역임에도 불구하고 상상이 아니면 투사가 불가능한 모종의 환영으로만 감지된다. 이 말을 좀 거칠게 뒤집으면 아무리 사소한 것이더라도 환영을 본다는 건 우주의 잠정적 실체를 목격했다는 것을 반증한다. 사실 인간으로 하여금 우주의 실체를 느끼게 하거나 신과 독대하는 듯한 감흥을 갖게 하는 건 어떤 종류의 극단 체험들과 맞닿아 있다. 히말라야를 오르는 알피니스트들의 경우를 생각해 보면 이 점은 명확해진다. 알피니스트들은 지구의 극지에서 우주의 중심, 즉 신을 경험한다고 증언한다. 소위 삶과 죽음의 경계에서 엄연한 물리적 현존체로서의 신과 직면하게 된다는 것인데, 이때 삶과 죽음은 각각의 환영으로 작용한다. 신은 바로 합일되지 않는 두 환영들이 동시에 꾸는 꿈 같은 것이다. 꿈이되, 두 환영이 합일하는 순간 그것은 빼도 박도 못하는 현실이 되어 실물로서의 육체를 장악한다. 시를 쓰는 행위는 그 불가능한 합일과 불가능한 죽음에 대한 불연속적인 시연(試演)과도 같다. 비록 눈보라 휘날리는 8천 미터 고도의 히말라야는 아닐지언정 눅눅한 골방에서 마음의 심지를 한없이 낮게 조이며 육체의 배면을 우주에 접붙이는 것. 그럼으로써 "모든 음악의 출생지"(「취한 말들을 위한 시간」)를 향해 날아가 보는 것. 그건 현재의 자신을 경계가 지워진 광활한 시간 속에 풀어놓는 일이자 수세기 전에 죽어 간 누군가의 영혼을 대필하는 일이기도 하다. "썩은 육신에 꿈이 붐비"(「생가」)듯 생동하는 꿈엔 늘 죽음이 붐비고 있기 때문이다.

　　　이를테면 빙하는 제 속에 바람을 얼리고 수세기를 도도히 흐른다
　　　극점에 도달한 등반가들이 설산의 눈을 주워 먹으며 할 말을 한다
　　　몇 백 년 동안 녹지 않았던 눈들을 우리는 지금 먹고 있는 거야 얼음의
　　　세계에 갇힌 수세기 전 바람을 먹는 것이지
　　　　　　　　　　　　　　　——「바람의 연대기는 누가 다 기록하나」에서

김경주의 우주는 눈 속에 있다. 눈[雪]도 맞고 눈[眼]은 더더욱 맞다. 아니, 김경주에게 눈[雪]은 곧 눈[眼], 즉 우주의 순수한 결정체를 뜻하는 것으로서 "당신이 가진 사이와 당신을 가진 사이의 무늬"를 대표한다고 할 수 있다. 눈[雪]은 가장 작고, 가늘고, 마른 형상을 통해 우주 만물의 형체를 전경화하는 사물이다. 그러면서 하나의 부분

부분들이 전체 속에 온전하게 녹아 있다. 아울러 그것은 물이 만들어 낼 수 있는 가장 미시적이면서 정교한 형상이기도 하다. 가장 낮은 온도에서 가장 세밀하게 응결된 불의 형상. 그런 점에서 김경주는 눈[雪]에서 우주의 눈[眼]을 목도한 것인지 모른다. 그 눈[眼]은 "내가 어떤 열을 안고/ 들어갔다가 허물어졌던 자리"(「먼 생」)를 밝히는 동시에 "몇 억 년이 지나도 암호로 남아 버릴 이 시간"(「맨홀」)이 탄생시킨 또 다른 별을 닮았다. 그러나 눈[雪]이 손에 잡히는 순간 사라지고 마는 것처럼 별을 닮은 눈[眼]은 최후로 반짝이는 그 순간, 이미 먼 과거의 흔적에 지나지 않는다. 빛을 잃은 별이 운석 덩어리에 지나지 않듯 뜨거운 순간이 지나 버린 존재는 가늘게 말라 간다. 말라(여위어) 가면서 마른(건조해진)다. 그 위를 다시 "얼음의 세계에 갇힌 수세기 전 바람"이 덮친다. 빛과 열을 상실한 신체 속의 동토를 바라보는 시인의 눈엔 "가늘게 떨고 있는 한 점 열"(「내 워크맨 속 갠지스」)이 급속히 냉각되어 또 다른 눈[雪]을 꿈꾼다. 여기서 유추 가능한 지리학적 망상이 하나 있다. 예컨대 "죽은 자들이 강물 속에서 꾸고 있는 꿈 냄새"(위의 시)가 중앙아시아 일대로 번져 히말라야의 만년설을 생성케 했을지도 모른다는, 순전히 문학적이고도 신화적인 망상 말이다. 그게 설령 어림 반 푼어치 없는 망발에 불과하더라도 상상으로 상식을 깨고 잊혀진 상식을 도굴해 상상을 살찌우는 게 시인의 소임이라 했을 때 "자기 안의 빙하를 녹"(「비정성시」)여 또 다른 바다를 흘려보내고 대륙을 만든다 한들 조물주가 뭐라 따질 계제도 아닐 성싶다.

어쨌거나 그렇게 녹은 빙하가 눈에 가득 고여 시인의 동공은 먼 하늘의 저기압대처럼 축축하게 젖어 있다. 그 젖은 눈으로 시인은 우주를 바라본다. 자꾸만 말라 가는 몸을 바람 속에 나풀거리며 지구가 깎아 먹은 자신의 살점을 찾아 우주를 서성인다. "울다가 썩어 버

린 사람을 바람으로"(「생가」) 보는 그에게 우주는 여전히 "몇 세기가
지나도/ 만질 수 없는 시간"일 뿐이지만, "자신이라는 시차(時差)를
견디고 사는"(「우주로 날아가는 방 3」) 게 그의 운명이라면 '만질 수 없
는 시간'은 영원히 채워지지도 소멸하지도 않는 기쁜 열망이지 않겠
는가. 그의 시차는 삶이 도저히 가닿을 수 없는 곳에서라야 비로소
쓰일 수 있는 시의 시차(詩差)이기도 한 것이다. 그 시차 속에서 그의
시선은 또 다른 시차(視差)를 낳는다. "지구에서는 시인의 별이 보이
지 않는다 허나 시인의 별에서는 지구가 보인다."(「비정성시」) 그렇다면
그 시차는 인간의 한계를 뛰어넘고자 하는 '종(鍾)의 반란'이 아니고
무엇이겠는가. 김경주는 어쩌면 "이승에 영원히 없는 공간"(「부재중(不
在中)」)을 찾아 절룩이며 걸어가는 "캄브리아기 시대 생물"(「파이돈」)의
유일한 생존자인지도 모른다. 모두 멸종했으나 영원히 사라지지는 않
은 이 원생대의 생물은 우주의 기미에 온몸으로 화답할 줄 아는 "절
대음감"(같은 시)을 가지고 있다. 그 고도로 발달된 청각으로 "기형에
관한 또 다른 얘기"(같은 시)를 인간의 언어를 빌려 술술 써 내려 간다.
그의 리드미컬한 사투리는 대한민국 남도의 것이 아닌, 우주를 유목
하는 어느 기형 생물의 부족 언어였던 셈이다.

기형에 대한 또 다른 얘기들

　　그것은 내가 아직 이 세상에 나오기 전, 부모가 줄곧 나를 상상하
며 하던 일이라고 말해 주었어야 했다 어둠 속에서 서로의 검은 얼굴을
더듬으시며 그려 보곤 했을, 나의 눈은 아직 태어나지 않았다 아가 우리
는 없는 너의 눈을 오래 들여다보았단다 그리고 우리가 언젠가 네 속으

로 돌아가고 나면 너는 우리 눈을 그보다 더 오래 바라봐야 한단다 죽은 아이를 안고 놀고 있는 부부의 야위어 가는 목젖은 음악 속에서 걸어 나오는 행인들을 닮는다 당신들은 이미 귀신이라는 사실을 그때 말해 주었어야 했다[2]

　　그렇다면 다시, 그의 잘 빠진 얼굴, 그러나 뭔가 치명적인 불구성이 담겨져 있는 듯한 기형의 아름다움을 매만져 보자. 벽 뒤의 세상에서 보건대 얼굴이란 하나의 작은 기미에 불과하지만, 그래서 사람을 치명적으로 홀리게 만드는 환영에 불과하지만, 모든 예술이 삶의 미지근한 표면을 미끄덩하게 치장하는 환각술에 다를 바 없다는 점에서 시인의 외연은 시의 내연과 비교적 근접해 있는 경우가 많다. 모든 사람의 생김생김은 내부의 에너지를 가늠케 하는 모종의 도해와도 같기 때문이다. 아울러 시라는 것이 어차피 "어둠 속에서 서로의 검은 얼굴을 더듬"으며 써 내려가는 존재의 퍼즐 게임이라면 면전에 시인을 두고서 시의 발원 지점을 멋대로 탐사해 보는 게 불경한 처사만은 아니라고 본다.

　　그래서 다시 "가늘게 떨고 있는 한 점 열"(「내 워크맨 속 갠지스」)을 종소리의 파문처럼 매달고 있는 그의 눈을 떠올려 본다. 그런데 그의 눈을 떠올리면 말을 할 때마다 섬세하게 흔들리는 그의 '목젖'과 야무진 입매만 어느덧 도드라진다. 그러면서 "음악 속에서 걸어 나오는 행인"들인 양 횔덜린이니 헤겔이니 야나체크니 쇤베르크니 베베른이니 하는 생면부지의 인물들이 주위를 시커멓게 둘러싼다. 그 가운데에서 시인 김경주는 벽에 박힌 못처럼 자꾸만 벽 뒤로 사라져 간다.

2　김경주, 『내가 가장 아름다울 때 내 곁엔 사랑하는 사람이 없었다』(열림원, 2015).

남아 있는 건 "타인의 눈에서 잠시 빌렸던 체온이나/ 주머니처럼 자꾸 뒤집어 보곤 하였던/ 시간 따위도 모두 내 것이 아니라는 생각"(「먼 생」)이나 "이 생을 지니는 동안/ 잠시 내 몸의 열을 입히는"(같은 시) 그 아닌 다른 것들의 잔영뿐이다. 김경주는 "이미 귀신"이 된 자들을 잔뜩 불러 모은 채 그 스스로는 음악이 되어 사라진다. 그 소란스러운 귀신들의 침묵을 어떻게 "제정신"(「우주로 날아가는 방 1」)으로 듣겠는가. "이 세상 것이 아닌 것들이, 이 세상을 희롱하는 방법은, 외로워해 주는 것"(같은 시)이라는 매정한 한마디를 흘리며 김경주는 텅 빈 벽에 찍힌 못 자국이 되어 간다. 그 못 자국은 매우 작지만, 못 자국이 환기시키는 방 안은 이미 우주의 넓이와 비할 정도다. 그래서 배 터지도록 외로워해도 외로움이 마르지 않는다. 그런데 그 우주를 곰곰 뜯어보면 이미 뜯길 대로 뜯기고 낡을 대로 낡고 썩을 대로 썩은, 익히 잘 알고 있는 그 누군가의 마음속이다. 그 속에서 못 자국은 여전히 "가늘게 떨고 있는 한 점 열"로 반짝인다. 갈증이 난다. 무시무시하게 육체로 넘어오는 이 이미지들이 결국 알려 주고자 했던 건 점점 퇴화하고 있는 내 마음의 불구성이 아니었던가. 좋은 시란 이렇듯 내 마음의 병증을 독으로 일깨우고 내 육체의 굳은살을 약으로 말랑말랑하게 한다. 못이 녹슬어 우주가 병들기 전에 젊은 시인아, 새 못을 갈아 망치질을 계속하시라. 너의 "절대음감"을 질투하는 또 한 명의 불구자는 이렇듯 "내가 아직 이 세상에 나오기 전, 부모가 줄곧 나를 상상하며 하던 일"이나 거듭 반복하며 "기형에 대한 또 다른 얘기"를 두서없이 늘어놓을 수 있을 뿐이다. 그 기형은 어쩌면 우리가 최후에 낳을 지구의 마지막 종족일지도 모른다. 아니, 꼭 그래야 한단다.

많이 젖었어, 나를 부르지 마

김이듬의 시들

김이듬의 시들을 두서없이 훑다가 짐짓 오묘한 장면을 목격했다. 사랑하고자, 그리고 사랑받고자 하는 마음의 기저가 배면에 깔려 있으되, 바로 똑같은 이유로 "사랑스런 당신의 음성이 내 귀에 들리면/ 한숨을 쉬며"[1] 달아나려고 하는 마음의 요상한 변덕, 또는 더 적나라한 진심 같은 것. 그리고, 그렇게 드리워진 "느리고 평안하게/ 차가"운 평균율과 균열음 사이의 "투명한 막"(「간주곡」), 아마도 미지근할 습성(濕性)의.

> 파도가 파고드는 검은 모래 위에서
> 아름다운 눈발은 전조였죠
> 폭우 속에서

---

1   김이듬, 「호명」, 『표류하는 흑발』(민음사, 2017). 이하 인용은 시 제목만 표기한다.

우선 가슴을 옮깁니다 마음이 아니라 말캉하고 뾰족한
바로 그 젖가슴 말입니다
사람들은 항상 너무 일찍 감정을 가지죠 다음으로
들린 발을 뒤로 보내는 겁니다

　　　　　　　　　　　　　　　　　　　──「나는 춤춘다」에서

　　때로 살아 있는 이편, 또는 사랑하는 이편에서 사랑받고 싶은 저
편이거나 죽어 있는 저편으로 스스로 옮기려 하는 게 있다. 그럴 때
우린 그걸 대개 "마음"이라 일컫는다. 보이지도 만져지지도 않으나 절
박하고 애잔한 어떤 것. 도저히 완전하게 옮겨지거나 합일할 수 없기
에 더더욱 간절하고 발작적으로 전념하게 되는 것. 그 '옮김'은 그것이
늘 본의와 진심과는 다르게 왜곡되거나 온전히 닿을 수 없다는 점에
서 일종의 파탄의 징후와도 같다. 그러나, 그렇기에 역설적으로 그것
은 더 "아름다운 눈발" 같은 "전조"(같은 시)가 되기도 한다. 그래서 옮
기기 시작한다. "우선 가슴"부터. "마음이 아니라 말캉하고 뾰족한 바
로 그 "젖가슴"부터. 그런데 그 젖가슴이 익히 알고 있는 것과는 사뭇
다른 느낌이다. 본디 여자의 젖가슴은 남자로 하여금 물컹하고 부드
러운 물성으로 다가와 야릇한 흥분의 매개로 작용하지만, "들린 발을
뒤로 보내"며 들이미는 시인의 젖가슴은 물러서는 걸음의 보폭만큼
이나 더 "말캉하고 뾰족"해진다. 자성('自性'도 '自省'도 '磁性'도 '雌性'도
다 해당된다.)을 지닌, 모든 것의 물리적 기본 속성이라고나 일단 해 두
자. 그게 상대의 '가슴'에 닿으면 기분이 어떨까. 아마도 따끔하고 먹
먹하고 저릿저릿하지 않을까. 그렇다면 상대는 젖가슴이 '찔러 대는'
만큼 뒤로 물러나려 할 것이다. 그건 찌르는 쪽도 마찬가지. 그러면서
거리는 더 벌어질 테지만, 그 벌어짐은 외려 더 큰 반동력을 일으켜

서로 닿을 듯 말 듯한 두 가슴 사이의 긴장을 부추기게 될 것이다. 하지만, 찌르는 쪽이나 찔리는 쪽이나 공히 "내 몸은 내가 지탱해야"(같은 시)한다. 거기에 입각해, 여자는 젖으로 찌르고 남자는 좆으로 막거나 후려치려 한다. 그러면서 긴장이 가일층 팽창한다. 요컨대 이것은 자신을 '놓아 두기'와 자신을 '옹립하기' 사이의 투쟁과도 같다. 상대를 통해 자신을 확인하는 동시에 상대로 하여금 자신의 내막을 은밀히 들여다보게끔 스스로를 펼쳐 놓는 일. 감춤과 드러냄. 도발과 외면. 이 이중의 투쟁에서 스스로를 지탱하려고 상대를 밀쳐 버리는 행위는 더 큰 공허와 고독 속으로 자진 추락하는 것이나 진배없다. 그렇기에 한번 물면 놓지 않는 개들처럼 쌍방은 장딴지에 힘을 주어 물러서는 방식으로 '찌름'과 '찔림'의 밀도를 드높이게 된다. 서로 더 붙지도 떨어지지도 않으면서 "뒷걸음질"로 나누는 정념. "당신이 오른쪽으로 움직일 때/ 나는 왼쪽으로"(같은 시) 움직이는 사시(斜視)의 균형. 피차 "날 이해하는 사람은 나를 묶어 버"린다는 걸 알기에 "서로 밀치고 당기"며 "이리 와 이리 와/ 느릿한 톤 불확실한 리듬"(「호명」)으로 유혹하고 버티다가 급기야 서로를 잡아먹으려 한다. 그렇다. 어떤 의미에서 사랑은 서로를 뜯어먹는 일이다. 뜯어먹음으로써 스스로 포식자가 되고 뜯어먹힘으로써 서로의 상처를 공유하는 위무의 춤판이 되기도 하는 것이다. 그 사실을 깨우치고 난 다음에야 비로소 아래와 같은 자각에 도달하게 된다.

> 체질이 바뀌었다 사랑하는 엔트로피 과다한
> 바닥과 수평이 되면 두려움이 주는 매력에 사로잡힌다 사색은 예
> 쁜 색
> ──「표류하는 흑발」에서

밀고 당기는 정념의 균형, 뜯어먹고 먹히는 투쟁과 환멸 끝에 시인은 "사색"이 되어 드러눕는다. 몸이 "바닥과 수평이 되면" 일단 평온해진다. 그런데, 마음의 '수직'을 지키기 위해 안간힘 쓰던, "신음이 노래인 줄 모르고"(「간주곡」) 끙끙대며 오금을 빳빳하게 세우던 긴장이 헐거워진 직후엔 대체로 어떠하던가. 오랫동안 뒷걸음질로 춤추던 쌍방이 지쳐 갈라진 채 쓰러지거나 때로는 같은 침대에 엉기어 눕게 되지 않던가. 결과가 어느 쪽이든, 그리하여 허망과 상실을 느꼈든 충족과 환희를 느꼈든, 결론은 어쨌거나 애매하고 난망하던 직립이 일순간 무너진 "수평" 상태다. 그러면서 뭔가 붕 뜬 느낌, 마치 물 위에 떠 자신의 방향과 실체가 지워진 것 같은 느낌에 사로잡히게 된다. 그 느낌은 공허하기도 황망하기도 하다. 흡사 거울 속으로 들어와 거울 바깥의 자신을 바라다보는 것처럼 민망하게 우습고 애잔하게 처연하다. 이전의 나(거울 바깥의 나)는 죽었고 현재의 나는 거울 속에서 거울 바깥을 내다보며 "체질"을 바꾼다. 그렇게 잠시 탈각한 시인이 누군가 보내온, 안에 "터널"이 있는 "뼈"를 보며 "배 잡고 웃"어 대다가 짐짓 "장대한 망각"(같은 시) 속으로 빠져드는 듯한 부유감을 "두려움이 주는 매력"이라 쓴 까닭은 아마 그 때문일 것이다. 그 '뼛속 터널'을 들여다보면 시인이 지나오며 소스라치거나 열광했던 한 시절이 만화경처럼 펼쳐질지 모른다. 그 각성의 뒷맛은 과연 쓰디쓸까 다디달까. 아니면, 무미거나 구역?

　　물에 뜬 책상 앞에서 물에 뜬 의자에 앉아 나는 장화에 담긴 물을 마시며
　　편지를 쓴다 묶어 놓은 편지 다발이 젖었다 너의 고양이가 젖은 책의 젖가슴

위에서 잠을 잔다고 쓴다 암청색 달빛이 젖은 책의 아홉 개 문으로
스며든다

　　　　　　　　　　　　　　　　　　　　　——「젖은 책」에서

왜 젖었을까. 부질없지만, 곰곰 따져 본다. 춤과 '호명'의 잔향과 여
진이 정념의 애액으로 녹아내려 사후에 범람한 탓일까. 아니면, 상실
과 회한으로 '젖가슴'뿐 아니라 '마음'이 짓눌려 내장의 "엔트로피"가
눈물로 흘러내린 까닭일까. 답은 없지만, 아니 어느 특정한 이유를 명
확하게 짚는 건 불가능하지만, 어쨌거나 자연의 변이이든 인간 만사
든 어떤 경계의 끝엔 늘 물이 넘치기 마련이다. 아울러, 모든 탄생과
변형 또한 물을 기원으로 삼는다. "사색(死色)"은 그래서 "색"이 예쁘
다. 또는, (상황 이월과 상태 종료라는 의미에서) 모든 죽음은 빛이 곱
다. 죽음, 혹은 죽음과도 같은 상태란 그 자체로 끝이 아닌, 땅과 하늘, 물
과 불, 남자와 여자 등 모든 경계와 분리를 넘어선 지점에서 발생하기
때문이다. 죽음이 발생한다니, 말이 좀 이상한가. 만약 이상하다고 여
긴다면, 그 자체가 바로 죽음의 의미이자 물성일 수 있다. 그건 종(種)
의 혼합에 의한 결과물이나 쌍둥이들이 유별나게 수려한 외양을 띠
게 되는 것과 비슷한 이치다. 어떤 종합과 갈라짐, 섞임과 나뉨의 경계
에서 대립 항의 죽음과 변형을 자신의 삶으로 이월시키는 물리가 상
호 보완 및 상호 견제의 작용으로 서로 영향을 끼치는 까닭이다. 그렇
게 해서 동류(同類)와 같으면서도 다른, 이편이 넘어갈 수 있는 지점
과 넘어갈 수 없는 지점의 경계에서 스스로 특출한 형태와 빛을 갖게
된다. 시인이 프랑스에서 만난 입양아 가엘 역시 그런 존재일 수 있다.
한국에서 태어났으나 한국을 모르는 존재. 한국인의 몸에 서양인의
사고와 먹성을 지닌 존재. 자의식이 굳기 전, 대륙을 건너 피의 원류

를 이방의 혈통으로 자각하게 된 존재. 어떤 사태의 종결인지 시발인지 모를 지점에서 "물에 뜬 책상 앞에서 물에 뜬 의자에 앉아" 먹먹하게 "장화에 담긴 물을 마시며 편지를" 쓰던 시인은 그런 가엘을 만나 이렇게 노닥거린다.

> 지나가던 이가 우리를 향해 손을 흔들었다 웃으며 우리는 서양 남자들의
> 체취와 엉덩이에 관해 말하다가 담배를 꺼냈다
>
> 성냥은 젖어 있었다
> 행복한 사람은 없었다 부자이거나 잠시 기분 좋거나 웃을 뿐
>
> (……)
>
> 우리는 웃지 않고 한국에 관해 한국어가 아닌 말로 말했다 태어났으나 가 보지 못한 그곳의 기후와 쌀, 막걸리 등 끝없이 우리가 증오하지 않는 것들에 관해
>
> 나의 벗 나의 누이 가엘에게 보여 줄 것은 젖은 종이와 젖은 외투 속 성냥
> 꺼지지 않는 불꽃은 없다
> 부모도 벗들처럼 바뀌지만 아임 낫 띵 그 사실은 변하지 않아
> ──「행복한 음악」에서

다시, "장화에 담긴 물"이란 과연 어떤 속성일까 되짚어 본다. 그것

에 발을 꿰어 서 있게 되는 곳은 지상일까 물속일까. 뭐라 명확하게 나눌 수 없는 이 지점은 물과 물 아닌 것이 뒤섞인, 그리하여 완전히 젖지도 마르지도 않은 상태에서 물의 "느릿한 톤"과 지상의 "불확실한 리듬"을 동시에 체감하게 만드는, 폐와 아가미가 한몸 안에 공존케 하는 지점인지 모른다. 그러니 아무리 몸을 데우고 축 늘어진 마음을 빳빳하게 건조시키려 해도 "꺼지지 않는 불꽃은 없"고, 아무리 "체질"이 변했어도 여전히 젖어 있기에 "이 세상" 모든 "음악"이 물속의 음압을 견뎌 내 "행복"을 탄주할 수 없다는 "사실은 변하지 않"는다. 그런 식으로 '나'는 물 반 공기 반의 협착한 점이지대에서 "낫땡"이 된다. 누가 "자꾸 말을 시"켜도 나는 이미 "낫땡"이므로 들을 수 없고, "내 혀는 말랐"기에 대답할 수도 없다. 그런데 이 '마름'은 '축축함'과 '아득함'에 반한 자연적 역반응이기에 역설적으로 당연하다. 그건 마치 어느 습기 차고 흐린 날, 다 마른 줄 알고 입고 나왔던 옷의 안감이 아직 젖어 있어 몸이 싸늘하게 눅눅해지는 상태, 그래서 외려 체온과 부딪쳐 안감이 뾰족하게 곤두서는 상태와도 흡사하다. 그렇지만, 이미 입고 나왔기에 다시 벗을 수도, 계속 입고 다니기도 곤란하다. 그렇게 온몸이 아슬아슬하게 젖은 채로 어떤 하루, 어떤 정념 속을 허우적거리고 난 이후, 집으로 돌아와 옷을 벗어 걸고 나니 이런 광경이 눈에 띈다.

저기 내 치마가 걸려 있다 유목민의 천막처럼 초가집 위 무지개보다 복잡하게

(⋯⋯)

나는 벌거벗은 얼개로 있다 인공관절인지 뼈에 사무치지 않는다 가랑이를 벌리고 가부좌한 후손 같다 내 목을 꼬아 머리로 퀘스천 마크를 만든다 더듬더듬 문을 두드리는 손 같다 갈고리인지

　　치렁치렁한 밤의 치마 아래 숲에서 내가 잠든 관으로 죽은 할머니가 힘찬 숨결을 불어넣는다
　　아 뜨거, 누가 우리 가랑이를 찢어 걸어 놓았나 벌건 노을의 쇠막대기에

―「옷걸이」에서

　　"벌거벗은 얼개"로 지상보다 살짝 높은 지점에 걸려 있는, "죽은 할머니가 힘찬 숨결을 불어넣어" 마치 이 물기 가득한 지상에서 바다 한끝에 정액을 흩뿌리듯 강렬하게 스스로를 현시하는 태양으로부터 등을 돌리는, '내'가 벗어 놓은 옷. 시인은 아마도 그 옷을 바라보며 "젖은 책의 젖가슴 위에서" 이렇게 쓰고 싶어 하는지도 모른다. "내 뾰족한 젖을 옮겨 받으려는 당신들, 젖을 느끼되 다 시든 '노을의 쇠막대기' 같은 좆으로 나를 찌르려 하지 마시오. 만약 그러신다면 내 벌거벗은 얼개의 차가운 뼈를 꺼내 심장에 못을 박아 드리지요."라고. 만약, 그러하다면, 남자는 분명 더 젖는다. 무서워 오줌을 지리거나, 오감이 자극돼 넋 놓고 방사하거나 할 테니. 이 역시 자성('自性'도 '自省'도 '磁性'도 '雌性'도 다 해당된다.)을 지닌, 만물의 빼도 박도 못할 습성과 건성의 오묘한 정리(定理)일 것이다. "너무 일찍 감정을 갖지" 말고, 아직 부르지 마라. 젖에 찔리고 싶지도, 좆으로 찌르고 싶지도 않으니까. 성급히 싸(까)고 나서 피차 울리지도, 울고 싶지도 않으니까.

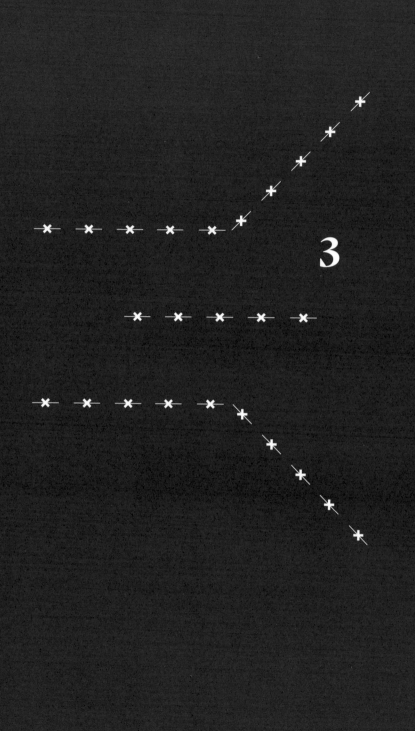

3

그럼에도 불구하고, 체 게바라 만세

박정대 『삶이라는 직업』

> 시집 제목을 체 게바라 만세로 하자고 했더니 사람들이 웃었다.
>
> 그래서 나도 웃었다.[1]

　박정대의 시집을 통독하고 나서 어떤 인물 하나를 떠올려 보자. 그는 시인일 수도, 시인이 아닐 수도 있다. 손가락 사이엔 늘 담배가 걸려 있고 표정을 짐작할 수 없을 정도로 눈빛은 모호하다. 색약이거나 색맹일 수도 있고, 그만이 바라보거나 꿈꾸는 세계를 이 세계의 판에 박은 질서 안쪽에서 유린당하지 않기 위해 선글라스를 끼고 있을 수도 있다. 그는 어떤 공간에서든 그 자신만으로 혼자 충만하다. 세계의 흐름과는 또 다른 시간 패턴 위에서 그는 세계의 통상적 명명법으로는 규정되지 않는 그 자신만의 '다른 이름'들을 적시한다. 그가 담배 연기를 길게 내뿜을 때, 그것은 때로 음악이 되거나 빳빳하게 격

1　박정대, 「언제나 무엇이 남아 있다」, 『삶이라는 직업』(문학과지성사, 2011). 이하 인용은 시 제목만 표기한다.

절되어 있는 시간과 공간 사이의 틈을 벌려 누군가의 삶과 죽음과 사랑을 상연하기도 한다. 그러면서 다시 뽀얀 먼지들이 허공에 들어찬다. 한 올 한 올의 먼지들이 점착력 강한 문자로 몸에 각인된다. 그것은 시일 수도, 시가 아닐 수도 있다. 문학이라는 유구한 통념 자체를 희롱하며 문자들은 저 자신만의 유장한 호흡으로 심장을 쪼고 동맥경화로 마비된 근육의 탄력을 되살린다. 문득, 정신을 차리니 이 뻔한 세상이 한 번도 겪어 보지 않은 신천지다. "나는 이제 신발을 벗고 또 다른 나의 고독 속에 들어가 눕는다."(「언제나 무엇인가 남아 있다」) 전 세계가 내 고독의 무늬로 휘황찬란하게 떠오르다가 사멸한다. 이것은 시의 독성(毒性)이기도, 존재의 오연한 독성(獨醒)이기도 하다.

———✕———

무릇 좋은 시집이란 읽는 사람(시인이든 아니든)으로 하여금 시를 쓰게 만든다. 시인 고유의 발성법이 읽는 이의 숨결 속에 삼투해 몸 안에 오래 봉쇄되어 있던 영혼의 유로(流路)를 밝히기 때문이다. 혈관이 문득 투명해지면서 갑갑하게 더께져 있던 세계의 풍광이 그 자신이 아니면 결코 우려낼 수 없는 고유의 빛깔로 투사·변형된다. 황막하게 흩뿌려지는 담배 연기의 장막 너머에서 시는 지금 만나고 있는 연인처럼 모호하고 다시 만나고 싶은 연인처럼 또렷하다. 그 모두를 동시에 사랑하고 동시에 떠나가는 것. 그리하여 그 누구의 연인도 아닌 고독 속에서 모든 이의 연인이 되는 것. 혼자 당도한 마음의 오지에서 스스로를 배신하는 "혁명적 인간"으로 다시 태어나는 것. 눈빛을 가둔 선글라스 안쪽에서 시는 폐를 상하게 하고 영혼의 화기(火気)를 헹굼질한다. 그리고 나는 이 이상한 모순 앞에서 단 한마디도 온전하게 내뱉을 수 없다. 숨이 턱턱 막힌다. 배수구가 없는 탁류의 뒤끝을 한참 서성이다가 기어이 청명하게 닦인 빛에 취한다. 시인은 중후하고 엉큼한 난봉꾼. 화장기로 감춘 눈빛 속에서 스리슬쩍 진심만을 취하고는 벌거벗은 이 몸의 털끝 하나 건드리지 않는다. 그 앞에서 나는 수줍게 고개 돌려 술잔을 꺾는다. 마음의 속곳까지 이미 다 들켰으면서도 끝끝내 모든 걸 숨기고 있는 척해야 하는 주력(酒歷) 10년 차 베테랑 기생처럼.

───✕───

참 오랜 시간이 흘렀다. 그리고 이상하다. 뭐가 이상한지도 모르는 채 모든 게 낯설고 친근하다. 어떤 일들이 벌어졌는지도 가물가물한 가운데 정처 없이 혼자 머나먼 곳에 내팽개쳐진 기분이다. 이 서늘한 격절과 소외는 그런데, 참 따뜻하고 비릿하다. 고독이 이토록 풍성한 것인 줄 예전엔 미처 몰랐다. 그랬더니 일상에서 만나는 사람들이 하나같이 유령 같다. 그 어떤 감정의 격동이나 생각의 모서리를 가다듬는 사유의 분투 따위 모두 허깨비들의 아우성인 듯싶다. 고독은 인간의 감각을 초능력화시키는 물질의 연금술이다. "삶은 실제적인 것"(「미셸 우엘르베끄」)이라는 자성엔 영혼의 지포라이터에서 자기 자신만의 불꽃을 끌어올려 본 자의 매캐한 기름 냄새가 배어 있다. 그건 심장과 간, 그리고 폐의 적절한 부식과, 그로 인한 혈당 및 호르몬의 급격한 수치 변화와 그에 따른 심리적 내상과 육체적 마모의 오실로그래프가 몇 번의 고비를 고쳐 적당한 자정 수준에서 큰 동요 없이 자리매김했을 때 흘러나오는 영혼의 유액이다. 화력도 좋고 불꽃의 빛깔도 명징하며 휘발성도 뛰어나다. 거기에 오래 삭힌 생각의 건초 더미를 갖다 대 보라. 영혼은 금세 파란 연기로 산화하여 음악으로 흐르고 오래전에 죽은 여인의 얼굴을 허공에 점묘하다가 이 팍팍한 천민자본주의의 어느 술집에 지구 만방의 아름다운 고유명사들이 한데 모이게 한다. 가만히 앉아 자신만의 호흡으로 부풀리는 '인터내셔널 포에트리 급진 오랑캐들'. 그 도당들은 참혹한 신의 문책 문서 안에 실명으로 존재한다. 박정대는 그들을 천사라 칭한다.

> 가스통 바슐라르, 갓산 카나파니, 닉 케이브, 라시드 누그마노프, 마르셀 뒤샹, 미셸 우엘르베끄, 밥 딜런, 밥 말리, 백석, 블라디미르 마야콥스키, 빅또르 쪼이, 삐에르 르베르디, 아네스 자우이, 악탄 압디칼리코프, 앤디 워홀, 에밀 쿠스트리차, 장 뤽 고다르, 조르주 페렉, 지아 장 커, 짐 자무시, 체 게바라, 칼 마르크스, 톰 웨이츠, 트리스탕 차라, 파스칼 키냐르, 페르난두 페소아, 프랑수아즈 아르디, 프랑수아 트뤼포
>
> ──「천사가 지나간다」

──✕──

그런데 참 난감하다. 다시 긴 시간이 흐른다. 마음의 실타래를 아무렇게나 풀어놓듯 허공에 또르르 굴려 놓은 박정대의 시집 초안을 나는 최소 열 번 이상 통독했다. 그럼에도 도통 '이 책 사용법'에 대한 어떤 매뉴얼이나 풀이를 감행할 수 없다. 지난겨울 어느 날, 그는 내게 손수 제본한 시집 원고를 툭 건네며 "너 쓰고 싶은 대로 가볍게 써

줘."라고 말했다. 그와 내가 음습한 마음의 그늘을 지중해산 차양인 양 눈빛 아래 두르고 '급진 오랑캐들'과 접선하는 술집 '코카인'에서 였다. 원고를 건넨 다음 그는 표표히 자리를 떴고, 나는 바에 앉아 혼자 보드카를 홀짝이며 원고를 처음 읽었다. 240쪽에 육박하는 연기 같은 영혼의 축도(縮圖)를 완독하는 데 걸린 체감 시간은 대략 1시간 30분. 많은 말이 부풀고 많은 말이 사라졌으며 온갖 음악들의 소용돌이 끝에 뇌리에 남은 건 테이블 위의 작은 촛불처럼 시간의 풍파를 견뎌 낸 침묵뿐이었다. 입을 열려 할수록 입천장 뒤쪽의 진동판이 빳빳하게 굳고 뭔가 느끼려, 생각하려 할수록 말단의 감각과 뇌수의 파장이 따로 노는 이상한 패닉이 느껴졌다. 그리고 또 많은 시간이 흘렀다. 봄이 오고, 바다 건너 열도의 지축이 요동치고, 동아시아의 성층권이 천연과 인공의 재해를 뒤섞어 뉴스거리를 만들어 내는 동안, 그의 시는 내 곁에 너무 가까이 있음에도 감히 말 걸기 저어되는 영혼의 순사처럼 저 혼자만의 담배 연기에 취해 뿌연 그림자로 오래 배회했다. 몸 둘 데도, 알량한 심정적 보상도 없이 자기 자신을 좀먹으면서 스스로 아름다워지고 스스로 파탄 나는 영혼의 절경. 그 위에서 악마의 능변, 또는 천사의 재치로 현세를 희롱하는 떠돌이의 말놀이. 밀반입한 고급 양주를 마시고 홀로 대지와 격돌하는 듯한 착각 속에서 나는 혼자만의 '정부'를 생각했다. 그리고 그게 이 시집에 대한 유일한 독후감이다.

———✳———

유랑 악극단에서 공중곡예사는 꼭 필요한 극단적 존재, 마치 코끼

리가 동물을 대표하듯 극단적 차원에서 허공을 대표하는 공중곡예사
는 꼭 필요한 존재

공중곡예사의 상징은 날개, 날개는 천사의 상징이기도 하지

천사가 날개를 떼어 버리고 지상으로 하강할 때 천사였던 그녀 혹
은 그에게 필요한 것은 무엇일까?

사랑, 빌어먹을 사랑 이야기가 판을 치는 이 지상에서 전직 천사들
은 어떤 사랑을 하는가?

극단적인 통증이 음악을 선택한다
———「형태는 감정을 따른다」에서

뜬금없이 말하건대 나는 나의 감정이 내뱉는 진술을 믿지 않는다.
말은 휘발성 강한 소음에 불과하다. 나는 텍스트의 행간에 어지간해
서 반응하지 않으려 한다. 줄타기 곡예사를 아는가. 줄 위에 선 그가
아래를 내려다 볼때 그는 실패한다. 그럼에도 그는 줄곧 아래를 내려
다보려는 충동에 휩싸인다. 그는 더 잘 실패하기 위해 끝끝내 앞만 보
고 줄을 탄다. 더 잘 죽기 위해 죽음을 경원하고 두려움과 싸우는 일.
그리하여 문득 삶이 황홀하고 첨예해진다. 삶의 행간은 도굴꾼의 시
선으로 들여다볼 게 아니라 그저 한때 줄을 흔들고 지나가는 바람처
럼 무심하고 무결하게 지나쳐 가야 할 함정과도 같다. 그럼에도 함정
은 자꾸 시선을 긴장시키고 몸놀림을 조심하게 만든다. 그리고 그 긴
장이 삶을 역겹고 버거운 것으로 변질시킨다. 그냥 확 뛰어내려 버릴

까? 그러면 미추(美醜)의 극단에서 아이의 웃음을 되찾을 수 있을까? 선택의 순간은 요원하면서 그 찰나를 지나면 한없이 공허하고 유치해진다. 그 어떤 것도 완전하거나 분명해지지 않는다. 그럼에도 이 모순을 견뎌 내야 하는 게 진짜 삶이다. 고통으로 찢어진 입귀 탓에 평생을 희극으로 연출할 수밖에 없는 사람들의 일생 따위가 평생 맛도 본 적 없는 사람고기처럼 삶의 입맛을 돋운다. "사랑을 한 후에 피우는 당신의 담배가 사랑과 부딪혀 다 타 버렸"(「남쪽 항구」)다. "극단적인 통증" 이후에 선택된 음악들이 다시, 미증유의 통증을 개발한다. "아무도 보지 않는 필름"(「착색판화」) 속엔 그러나 "끝내 너에게 보낼/ 단 한마디의 말도"(「통영」) 떠오르지 않는다. 나의 붓이 나를 버리고 술에 취한 영혼의 독기가 녹슨 칼을 움켜쥔다. 비 오는 밤에 마구 휘둘러 대는 이 자발적 문맹의 언어는 그래, 빗맞아도 파상풍이다. 결국, 나의 함정에 스스로 빠져 오랫동안 꿈꾸던 나만의 '정부'가 궤멸한다. 그래도 여전히 "꼭 필요한 극단적 존재"에 대한 로망은 멈추지 않는다. 파문만이 영원한 이상향이다.

나는 그 어떤 텍스트 앞에서도 그저 변화무쌍하게 오관을 자극하는 표면들의 물리학에만 철봉처럼 매달릴 거라, 마음먹는다. 턱걸이를 하든 텀블링을 연습하든 철봉은 거기에 매달린 인간의 의지와 믿음 따위엔 별 관심도 없다. 텍스트의 속살에 특정 개인이 체득한 삶의 오의(奧義)와 신실한 감정이 숨어 있다고 믿다가 코 깨진 인간들이 내 주위엔 수두룩하다.(나 역시 그 중 한명일 수 있다.) 삶의 실질적 가치

와 본질적 가치는 언제나 불일치를 지향한다. 그러나 아이러니하게도 '실질'과 '본질'의 간극은 1밀리미터도 안 된다. 삶의 모든 모순과 부조리는 거기서 발생한다. '나는 죽고 싶다.'라고 A가 말한다. '그 생각 때문에 너는 결코 죽지 못할 거다.'라고 B가 말한다. 단순한 영혼들에게 늘 있을 법한 이렇듯 공허한 대화의 패턴을 떠올릴 때마다 나는 암담해진다. 그럴 땐, 모든 부조리한 문답을 폐기하고 총이나 칼을 들고 싶어진다. 그러나 총을 쏘고 칼을 찔러야 할 대상은 늘 부재한다. 어쩌면 그 커다란 부재 자체가 진정한 적인지도 모른다. 보이지 않는 적을 향해 혼신을 다해 총질 칼질에 몰두하는 것. 나는 그게 삶의 궁극이라 떠벌린다. 붓은 칼보다 강하다고 믿는 문학의 맹아들을 나는 경멸한다. 언어는 삶의 에너지를 절반도 채 담아 내지 못한다. 그것은 단지 특정 언어의 체계에 의해 반자동적으로 구축된 기호의 조합에 불과하다. 그 이면에 담긴 심층 구조를 연구하면서 일생을 보낸 사람들의 이야기는 참으로 암울한 영광의 파노라마 그 자체다. 나는 보다 잘 미치고 싶을 따름이다. 그래서 허구한 날 술을 마시고 말을 벼리다가 결국 존재를 버린다. 그러나 그 어떤 수작과 행패에도 불구하고 "내 영혼과 육체의 모든 세포가 그대를 향해 나부끼는 밤"(「한 달이 67일인 짐 자무시 달력」)은 좀체 끝나지 않는다. 그 밤의 속곳 깊은 곳에선 인간의 모든 정념과 욕망과 불운과 그리움을 모두 겪은 영혼의 맹인이 출몰한다. 그는 오로지 어둠만을 바라보기에 모든 영혼의 기저를 명쾌하게 꿰뚫을 줄 안다. 나는 매번 그에게 당하고, 그에게 매달린다. 참 더러운 순정이다.

＊

　　술에 취하면 어느 순간 세계의 전부가 자신의 몸속에 꽉 찬 듯한 충일감과 자신을 제외한 모든 것이 세계 바깥으로 떠밀려 가는 듯한 소외와 고독이 동시에 몰아치곤 한다. 박정대의 시는 딱 그 두 개의 분리점 내지는 접합 지대에서 은근하면서도 묵직하게 몸을 식히는 바람처럼 다가오곤 한다. 그래서 '느릿느릿 빨리'(이 모순 형용의 진짜 속도는 몽골 초원과 서울의 시차(視差) 정도만큼 확연하고도 불가해하다.) 읽히고 기나긴 줄담배의 여운처럼 매캐하게 잔향을 남긴다. 그래서일까. 박정대의 시를 읽다 보면 술이나 한잔 사 달라며 엉기고 싶은 충동에 줄곧 휴대폰을 만지작거리게 된다. 한동안 박정대의 원고를 머리맡 책장에 고이 모셔 놓고만 있었다. 더 진하게 숙성되기를 기다리며 서랍장에 처박아 둔 칠레산 적포도주처럼. 그러고 보니 시인이 직접 제본한 원고의 표지가 와인빛이다. 슬픔이나 고뇌 따위도 술상 앞의 말장난으로 휘발시켜 고통을 중화시키려는 시인들은 화날 때도 슬플 때도 매양 실없이 웃는다. 좋은 시는 그냥 눈으로 읽고 가슴으로 문지르다가 언제 그런 걸 봤었나 싶은 표정으로 한순간 잊어버리는 게 가장 좋은 독법이다. 부러 떠올리거나 작위로 암기하지 않더라도 명시된 문장 바깥의 처연한 바람 소리가 육체적인 감각으로 되살아날 때, 그리하여 돌연 이 세계가 오랜 각질을 벗고 기어이 제 속살을 선연하게 밝혀 오는 듯 여겨질 때, 시는 비로소 시인과 독자를 하나로 묶는다. 시집은 독서 이후에도 살아남는 자정 또는 자구 능력에 의해 판단되는 게 옳다. 책장에 오래 숨겨져 있다가도 불현듯 저절로 냄새를 피우며 걸어 나와 말을 걸고 눈물 콧물 웃음까지 짜낸 다음 입 싹 닦고 조용히 잊히는 것. 그 무심하고 덧없는 반복의 무한 팽창과 무한 침잠 속에서 수시로 변화하는 자신을 거울에 비쳐 보게 만드는 초연한 자성의 매질.

　좋은 시집은 시간이 한참 지난 후에, 실제 존재 여부와는 무관하게, 어느 한 독자의 영혼 속에서 영원히 재발간된다. 누대로, 은밀히 계승되어 온 영혼의 헌책방에서 시는 스스로 먼지를 키우고 스스로 몸을 일신해 어느 미래의 시간대에 마치 세계에서 처음 쓰인 말인 양 천연덕스럽게 자신만의 보금자리를 펼친다. 처음 나왔을 때와 똑같은 언어로 처음 나왔을 때와는 또 다른 세계를 스스로 펼쳐 보이면서. 그것을 느끼고 깨닫는 데에 백 명의 동의 또는 백 명의 공증 따위 불필요하다. '전문가'의 고언을 참조할 필요도 없다. 시는 다만 각기 다른 백 개의 영혼을 상대하며 스스로 분열할 뿐, 어떤 확정된 의미와 논리 체계 안에서 강요된 전언을 복제하라 추궁당한다면, 그저 혀를 깨물고 각혈하는 게 훨씬 순연하다. "오직 시인의 부족 구성원들만이 그 언어의 음악을 음미할 수 있으니까."(「한 달이 67일인 짐 자무시 달력」) 시가 만인의 언어가 되고 낙이 되고 고통이 되는 세상은 생지옥이거나 낙원에 가깝다. 내 입장을 말하자면, 생지옥에서 살라 하면 아예 태어나는 걸 거부할 거고 낙원에서 살라 하면 무슨 짓을 해서라도 그곳을 생지옥으로 바꾸려 노력할 테다. 이 말도 안 되는 모순과 분열이 아니라면 내겐 더 이상 시를 써야 할 이유도 명분도 없다. "시는 무력하지만 너무나 무력해서 무력 무력 혁명의 불꽃을 피워 올리기도"(「언제나 무엇인가 남아 있다」) 하니까. "농담인데 하나도 우습지 않다"(「리스본 27 체 담배 사용법」)면 내 마음이 여전히 "바야흐로 (또!) 겨울밤"(같은 시, 괄호 속은 인용자)인 탓일 거다. 겨울밤엔 아무튼, 박정대의 시가 딱이다. 그러나, 지금은 현해탄 건너 원전 방사능이 빗물에 섞여 건너온다고 위협당하는 어처구니없는 봄밤. 그래도, 박정대의 시는 메마른 고독의 우듬지를 가다듬는 데에 폼나게 적절하다. 웃음도 씽, 눈물도 씽, 그저 담배 한 대 피워 물고 만사가 씽씽.

✕

여기까지가 침묵의 음악이고 그 이후는 침묵을 또 다른 형태로 표현하는 것이다

——「세상 모든 원소들의 백색소음」에서

다시, 한 남자를 떠올린다. 그는 시인일 수도 혁명가일 수도 건달일 수도 맹인일 수도 공중곡예사일 수도 맹추일 수도 있다. 천사의 가면을 쓴 채 악마의 술수를 부릴 수도 있고 아름다운 음악에 취해 "삶이라는 직업" 자체를 직무 유기하기도 한다. 아무도 그를 만나 보지 못했다 하더라도 누군가 이 세계를 자신의 밀실 안에 포섭한 채 우주의 전체 기압을 부풀리려 하는 자가 있다면 스스로 그 남자가 될 수 있다. "무장 혁명 봉기"(「언제나 무엇인가 남아 있다」)를 꿈꾸며 총칼로 세계를 소유하려 하다가 자신을 파괴시킬 수도 있고, 한 줄 시의 호흡으로 영혼의 뿌리를 연단하려다가 언어의 역류에 휘말려 심장을 송두리째 내줄 수도 있다. 그러나 어떤 경우든 그의 눈빛은 흔들리지 않는다. 그는 "하나의 성냥불이 켜지고 세계가 잠시 밝아질 때, 그 희미한 밝음의 힘으로 지구가 조금 자전했을 때, 몇 마리의 새가 안간힘으로 지구의 자전을 거슬러 오르고 있을 때"(「봉쇄수도원」) 이 삶이 어떤 "실제적인" 에너지에 의해 각기 미세 원소들의 자생적 힘을 돋우면서 영원히 공전할 뿐이라는 사실을 깨우치고 있기 때문이다. 그러

니 삶은 결국, 개별 존재들의 자족적인 폐쇄 순환과 그 모두를 수렴하는 우주라는 광대한 먹이 사슬 안에서 그 자신만의 변성(變性)과 일탈을 종용하는 자들에 의해 찰나적으로 갱신된다. 이를테면 "태양의 반대편으로 (우리는) 밤새 걸어가"면서 끝끝내 그 스스로 "태양이 되는 것이다".(「슬라브식 연애」) 그는 또 담배를 피워 문다. 그러고는 "시선을 차단하고 세상의 저녁을 꺼" 버린 채 아무도 들여다보지 않아도 그 자신만의 숨결 속에 우주가 꽉 들어차 있는 "고독 속에 들어가 눕는다".(「언제나 무엇인가 남아 있다」) 다시, 시간이 한참 흐른다. 그의 모습은 보이지 않고 그가 있던 자리만이 사위의 모든 사물들 사이에서 뚜렷한 양감으로 나뉜 채 저 홀로 연기를 피운다. 적포도줏빛이 감도는 색안경 하나가 연기 사이로 흐릿하게 떠오른다. 저 자극적인 어둠의 투망 너머로 그가 느릿느릿 걸어가는 게 보인다. "체 게바라 만세"라고 그가 낮게 읊조린다. 왜 그 말을 시집 제목으로 쓰는 게 우스운 일인지 나는 도통, 아직도 모르겠다. 웃음거리가 되는 걸 두려워하는 자들로 득실대는 세상에서 「개그콘서트」 따위가 장수 프로그램이 되는 이유도 "통, 영"(「통영」) 알 수가 없다. 이 역시 싱겁게 웃자고 하는 소리다. 아무튼, "체 게바라 만세"다. 그런데 그 "게바라"가 남들 다 아는 그 "게바라"가 아닐 수도 있다. 나에겐 나만의 "게바라"가 따로 있다. 확언할 순 없지만 아마, 박정대에게도 그렇지 않을까. 모든 이름은 '다른 이름'이다.

"여기까지가" 박정대의 시집을 읽고 내가 풀어낼 수 있는 "침묵의 음악"이다. 어떤 오해나 손상 자체도 "침묵"의 의지에 불과하다. 나는 그저 머나먼 곳으로 실려 가려다가 눈앞에서 사라지고 마는 담배 연기의 "또 다른 형태"에 천착할 따름이다. 지금 나는 "멍청한 년처럼 외롭다".(「한 달이 67일인 짐 자무시 달력」) "풍경처럼 울리며/ 풍경처럼 살아/ 풍경"(「풍경한계선」) 자체가 되는 게 유일한 소원일 뿐. 짐 자무시 감독, 이제 조명을 꺼 주시오.

당신을 내려놓고 울어요, 다른 삶으로 가요

박정대 『체 게바라 만세』

> 시인은, 그 존재만으로도 이미 충분하다
>
> (······)
>
> 시인의 이름은 모두 다르며 모든 시인의 이름은 결국 하나다[1]

　박정대는 아마도 언제나 잘 그러하듯, 일몰 풍광이 그럴싸한 서울의 한 서녘을 걸었나 보다. 대략 2013년 5월 이전 어느 날로 추정된다, 그가 동생 시인들의 이름을 부르는 것으로 새로운 낯선 저녁을 맞이한 때는.

　　돌아오는 길
　　오랑캐 집들 헤아려 보니
　　지상의 별자리처럼 흩어져 있다

1　박정대, 「파르동, 파르동 박정대」, 『체 게바라 만세』(실천문학사, 2014). 이하 이 시집에서의 인용은 시 제목만 표기한다.

정이네 집으로 갈까

옥이네 집은 멀고

준규 집은 강 건너, 피안이다

　　　　　　　　　　　—「드니 라방의 산책로」에서

2013년도 마지막 분기로 접어든 현재, "정이네 집"은 사라졌고, "옥이"는 결혼과 함께 더 먼 곳으로 이사했으며, "준규 집은 강 건너, 피안"에서 강 이편으로 옮겨 왔다. 그래도 여전히 "정이네 집"과 "옥이네 집"과 "준규 집"은 이 세상 어디에 존재할 것이다. 그곳들은 어느 개인의 실제 거처인 동시에 "별자리처럼 흩어져 있"는, 그리하여 고독을 사발면 삼아 끓여 먹은 박정대가 담배 연기를 깃발처럼 휘날려 호출하는 영혼의 이동 건축물들일 테니. 바로 그곳, 그 누구도 '이곳이 그곳이다' 정확히 점찍을 수 없는 "목책 저 너머"의 "속수무책"인 "밤하늘"(같은 시) 아래에서 나는 이 글을 쓴다. 날은 추워졌고 좁은 방 한구석에 팽개쳐진 낡은 가구들은 새벽 인력 시장에 모인 가난한 남정네들처럼 풀죽은 낯빛이다. 그것들과 긴 밤을 보내야 하는 나는 "거대한 고독이 출렁거리는 슬픔에 닿"(「애도 일기」)아 사물들에 투과된 보잘것없는 연민을 하늘로 띄워 보내기 위해 창을 살짝 열어 둔 상태. 어두운 나무들 사이로 활강하는 바람이 차다. 멀찍이 별이 보인다. 무언가를 잊으려, 잊었던 것의 물리를 단 한 줄의 바람 속에 유일무이한 형상으로 감득했다가 끝끝내 지우려, 울울해진 심정을 담배 연기로 흘려 내보낸다. "망각의 모든 형태는 그렇게 밤하늘로 흩어"(「녹색 순환선」)진다.

박정대의 시에 관한, 아니 박정대에 관한 글을 나는 두어 번 공개한 적이 있다. 시집 뒤에 붙는 민망하고도 우매한 글들이었다. 모두 박정대의 결곡한 부탁에 의한 것이었다. 첫 번째는 안면을 튼 지 얼마 안 된 무렵. 그는 새로운 시집을 준비 중이었다. 그는 시집의 제목을 '체 게바라 만세'로 하려고 했다. 그 말을 했더니 사람들이 웃더란다. 그래서 그도 웃었더란다. 결국 그 제목은 채택되지 못했고, 『사랑과 열병의 화학적 근원』(뿔)이라는, 별로 안 웃긴 듯하나, 어딘가 석간수처럼 웃음이 맺히는 제목의 시집이 출간됐다. 나는 그 책의 뒤에 그의 어법을 '흉내 낸', (내겐 천성적으로 가여운 원숭이의 섬약한 모사 본능이 있다.) 발문이라고도 해설이라고도 할 수 없는 생뚱맞은 글을 실은 적 있다. 몇 년 후 그는 다시 '체 게바라 만세'라는 제목의 시집을 준비했다. 그러나 그때도 실패했다. 대신, 그는 이런 구절을 시집에 실었다.

시집 제목을 체 게바라 만세로 하자고 했더니 사람들이 웃었다. 그래서 나도 웃었다.

—「언제나 무엇인가 남아 있다」에서[2]

그러한 사연을 알고 있던 나는 그 시집의 뒤에 「그럼에도 불구하고…… 체 게바라 만세」라는, 역시 발문이라고도 해설이라고도 할 수 없는 '막글'(?)을 첨언했다. 첫 번째의 서먹함과 달리 기꺼움의 발로였다는 게 다른 점이라고나 할까. 어쨌든, '체 게바라 만세'라는 제목이

---

2 박정대, 『삶이라는 직업』(문학과지성사, 2011).

왜 우스운지 여전히 이해가 안 가는 상황에서 그와 나는 무시로 만났고, 술을 마셨고, 남들은 잘 웃지 않는 '심원'한 개그를 장이야 멍이야 나누었으며, 지천명을 앞두고도 건강 관리엔 무지한 서로의 철없음을 낄낄거리며 타박했다. 그러던 차에 그가 다시 시집 뒤의 글을 부탁했다. 몇 차례 대뜸 사양했다. 쓰기 싫어서는 아니라고 둘러쳤지만, 그게 아니면 왜 싫은데,라는 말에는 딱히 대답할 말이 없었다. 소위 문단 관행과 관련한 사람들의 시선과 수군거림이 싫어서라는 변명은 나 자신도 하기 싫었다. 엄마 아버지한테 안부 전화도 잘 안 넣는 주제에 '문단? 그까짓 게 뭔데?'라는 건 그와 내가 늘 공감하는 사항이다. 그러니 속수무책이었다. 책 중에 가장 많은 게 쓰여져 있는 책이 속수무책이라는 따위의 말수작이 이어졌다. 그러면서 계속 뺐다. 누구에겐지도 모를 공연한 실례를 저지르는 기분 탓이었다. 허나 그는 완강했다. 술이 오르면 차양 아래 숨은 빛처럼 다른 세계를 원망이라도 하는 양 그윽해지는 그의 갈색 눈동자를 한참 들여다보다가 어두운 물속에 잠기듯 수락했다. 그때 불쑥 떠오른 생각이 나는 가난하니까, 였다. 불혹을 넘기고도 푼돈과 하룻밤 잠자리 때문에 영혼의 분란을 겪는 나를 아껴 주는 건 결국 나 자신을 비롯, 그 언저리에서 여전히 날 지켜봐 주는 몇몇 비슷하게 가난한 떠돌이들뿐이니까. 그리하여 가난한 자는 또 다른 가난한 자의 선의와 부탁을 고스란히 받아안을 책무가 있으니까. 뭐 그런 생각을 하며 연유를 알 수 없는 나의 고집과 타협했다. 어떤 점에서 나는 나 아닌 다른 시인의 영혼을 먼저 훔쳐보고 그것에 대해 멋대로 누설하는 권리를 오만하게 누리고 싶었던 건지 모른다. 이것은 부끄러운 자만인가. 그렇더라도 나는 그 부끄러움을 사랑하겠다. "죽음과 가까이 있었지만 죽음과 손잡지 않(「녹색 순환선」)은 한 시절을 이렇게 보상받는다고 끝끝내 믿어 의심치 않으면서. 어쨌거나 이번엔 진짜 시집 제목이 '체 게바라 만세'다. 박정대의 무연한 끈기에게도 만세.

———✕———

자신을 3인칭으로 지칭할 수 있게 되었을 때 진짜 문학을 할 수 있다,라고 말한 건 카프카였던 것 같다. 내가 직접 카프카를 읽다가 메모한 구절은 아니고 정확한 워딩도 아닐 것이다. 어쩌다 우연히 주위 읽은 구절일 뿐이다. 온라인인지 오프라인인지, 어쿠스틱인지 일렉트로닉인지도 분명하지 않다. 카프카를 마지막으로 읽은 건 20년도 다 되어 가니 그사이 대뇌를 일별하고 지나간 수많은 문장들 중 일부인지는 나도 장담 못할 일이다. 여하간, 문학이 나를 통해 나의 바깥을 말하거나 나의 바깥을 통해 나를 '그'로 지칭하는 일이라는 건 오래전부터 공감하던 바다. 단순한 공감 정도가 아니라, 어쩌면 문학의 숙명이 거기에 있다고도 생각한다. 참회와 변신 욕구, 끊이지 않는 (안으로든 밖으로든) 여행 충동과 낯선 모험에의 갈망도 크게 보아 그러한 궁극의 인칭 변전으로 나아가기 마련이다. 내가 나라는 것을 고스란히 인정하거나 용서할 때, 과연 문학은 필요할까. 자신에 대한 환멸이나 불만족을 얘기하는 게 아니다. 이곳 아닌 어딘가, 지금의 삶 아닌 다른 삶, 심지어 내가 살아 보지 않은 시절의 나를 현세에 발견하고 끊임없이 좇아가는 자의 미망과 정열이 아니라면 문학은 그저 순간을 모면하거나 위무받기 위한 언어적 기만에 불과할 것이다. '다른 나', 그리고 '나라고 불리는 그'는 삶의 일차적 동기에 의해 조장되는 허상이 아니다. 그것들은 마치 저물녘의 그림자와도 같아 현재의 발걸음이 문득 앞이 아니라 뒤, 바깥이 아니라 안으로 휘말려 들어올 때 무시로 발견되는 현재의 또 다른 잠상들이다. 문학은 그 숨어 있는 잠상을 언어를 통해 인화해 내는 영혼의 물리학과도 같다. 그 잠상들은 한 인간의 현재를 거슬러 과거의 인물, 그리고 미래의 현상들을 현재의 어느 축도(縮圖) 속으로 두껍게 덧칠하여 세계의 실제 밀도를 교란한다. 그 안에서 나는 '그'가 되고, 실재하지 않던 '그'의 혼이 나의 입을 빌려 세계의 숨겨진 말들을 토해 내게 하는 일. 그 일은 허망하지만 반복적이고, 황홀하지만 점멸한다는 점에서 섹스와도 같다. 아울러 삶의 현세적 법도를 부지불식 망각하게 하고 죽은 자의 이름을 자꾸 되뇌게 한다는 점에서 무당의 지병과도 닮았다. 무당의 섹스란 결국 귀신을 불러 산 사람을 달래고 산 사람을 들쑤셔 귀신의 출몰을 추동하는 것 아니던가. 그것은 결국 나의 잠정적 죽음을 통해한 세상의 죽음을 추체험하는 일과도 같다. 박정대가 초지일관 읊어대는 '혁명'과 '고독', 그리고 그것들의 발인자로서 두서없이 나열되는 그 많은 고유명사들은 현세에도 영원히 죽지 않는 모반의 공모자들로써 이 세계를 참견하고 시비 걸고 불안하게 한다. "오랑캐"들은 그렇게 몰려왔다가 무한한 점선으로 흩어져 사라진다. 담배 한 대 물고, 흡사 존재 자체가 한 줄기 연기(煙氣)인 양. 능숙하진 않지만, 발현되는 순간 전 존재를 뒤바꿔 다른 것이 되는 불사의 연기(演技)인 양. 훅. 쓰다. 그래도 계속 입에 물게 된다. 이 오염된 숨결은 그러나 때로 얼마나 질박하게 당장의 고통과 쓰디씀을 중화시켜 먼 하늘로 날려 보내던가. 그러니 한 대 더. 훅. 삶이, 죽음이, 한 호흡 안에서 어둡게 확산한다. 그렇게 쓰인 게 아니라면, 토막 난 글줄로 어혈진 심장에 연고나바르려 드는 그 숱한 미문과 훈담들을 과연 시라 일컬을 수 있을 것인가.

—✕—

나는 왜 그들의 삶을 다시 들여다보는가

(……)

자신을 둘러싼 이 세계가 바뀌지 않는다면 열악한 개인이 할 수 있는 일은 무엇일까

세계를 개선하려는, 혁명하려는 지난한 사투이거나 자신의 몰락을 구체적으로 실현하는 것 외에 개인이 할 수 있는 일은 없으리라

(……)

미래라는 말의 허위성, 현재라는 말의 불가해성, 과거라는 말의 어폐, 모든 시간은 흘러가지도 다가오지 않으며 혼재해 있을 뿐이다

나는 혼재된 시간의 한 모서리에서 영혼의 동지들을 본다
　　　　　　—「오랑캐 텔레그래프 ☆ 체 게바라 만세」에서

프랑스 감독 레오 카락스가 오랜만에 만든 영화 「홀리 모터스」를 홀로 모퉁이 골방에서 봤었다. 레오 카락스의 페르소나라 불리는 배우 드니 라방의 늙은 모습을 볼 수 있었다. 나는 20대 때 그 배우를 좋아했다. 나 말고도 많은 이들이 그를 좋아했을 것이다. 20세기 말, 그는 백년의 시간을 건너뛰어 영상으로 재창조된 랭보와 보들레르의

시구 같은 장면들을 연기했다. 예쁘기도 추하기도 하고, 악마 같기도 천사 같기도 했다. 아이의 표정으로 노인의 말을 지껄이기도 하고, 남자의 객기로 여자의 슬픔을 과장하기도 했다. 사랑과 배신, 고독과 환멸, 살인과 구원 따위의 테마를 그 단어 자체와는 무관한 본성으로 뜨악하게 펼쳐 보이는 그의 연기를 보면서 시 쓰는 일의 허망함과 시를 삶의 본질적 기술로 체화하려는 자들의 지난한 환희와 고통을 엿보았더랬다. 그리고 그들을 무지몽매 따라하려 드는, 만 스무 살의 병든 고양이 같은 내 얼굴을 거기에 겹쳐 보려 애썼다. 무대 뒤의 안간힘과 지리멸렬을 모두 들여다봤음에도 불구하고 무대를 떠나지 못하는 천생 배우의 고독 같은 걸 그때 느꼈었던 듯하다. 그게 왜 그렇게 매혹적이게 슬프고 아련했을까. 그래서 아름다웠을까. "자신의 몰락을 구체적으로 실현"하려는 자의 광기와 고독을 몸에 붙이려고 안달하던 그때가 아직도 또렷하다. 또렷할 뿐 아니라 더 분명하게 만져지고, 더 저릿하게 삶의 지반을 흔들며 이 삶이, 이 삶 안에서 다른 삶의 그림자가 될 것이라 분명히 믿게 된다. 문득, 연기란 자신에 대한 혐오와 애증과 미혹의 터널 깊숙이 들어가 스스로 빛을 내는 일이라는 둥의 단상을 별로 매무새가 좋지 않은 말들로 어느 날의 노트에 속기했던 기억이 떠오른다.

이것은 「드니 라방의 산책로」에서부터 시작하는 박정대의 새 시집을 읽다가 얼결에 추인하는 나의 현존이다. 어차피 누군가의 시집이란 그것을 읽은 자의 배면의 일기로 시간 경계 넘어 자욱하게 작용하기 마련. 「홀리 모터스」가 내가 20대 때 보고 느꼈고 마흔이 넘은 지금에도 버리지 못하는 세계의 기초 모델을 보다 원숙한 시선으로 보여 줬던 영화였던 것처럼, 박정대의 시집은 내가 오래 품고 있으면서도 아직 말하지 못했거나 다른 방식으로 말했던 것들을 그의 이름으로 발설한 나의 그림자나 마찬가지다. 「홀리 모터스」에서 드니 라방이 멀쩡한 사업가의 일상을 버리고 광대와 걸인, 광인과 암살자 등 아홉 개의 삶을 하루 동안 겪듯, 박정대의 시집 안에서 나는 이 삶을 끊임없이 변주하는 다른 누구다. 나는 '그'를 암살하거나 사랑하거나 저주한다. 이것은 문학이 한 개인에게 갖출 수 있는 최선의 예의이자, "아직 지상에 닿지 못한 숨결의 시"를 "애도"하는, 시를 통해 저지를 수 있는 자신에 대한 최선의 배리(背理)다. 시는 그 자신의 뒷모습으로 세계를 투과시키는 일. 정작 시인을 제대로 알아보려면 뒷모습을 잘 살펴야 한다. 앞모습은 또렷이 볼수록 더 잘 숨겨지는 '그'의 가면이므로. "모든 것은 실체가 없"고, "사랑할 때만 실체가 돋아나는 종족"이 "속삭이는 언어"가 다름 아닌 "시"(「시」)이므로. 다른 영토를 침범한 "오랑캐"들이 맨 처음 하는 일이 낯선 땅에 자신의 씨를 뿌리는 일이듯, 그리하여 이전과는 다른 "종족"의 지도가 현세의 지도를 바꾸듯, 그렇게 가면으로 굳어 버린 얼굴을 그림자로 지워 버리는 일. 이 광막한 난봉의 역사는 스스로를 홀로 가둬 둘수록 넓어지는 '고독'의 주파수에서 출발해 점령되자마자 다른 땅이 되어 버리는 초유의 벌목지처럼 '혁명'의 무구한 끝을 시향한다. 시와 혁명이 온전하게 그 자체의 의미와 생명력을 영원히 장착하려면 끝끝내 실패해야 하는 숙명을 긍정해야 한다. 갈증과 허기와 탐욕의 "오랑캐"가 왕좌에 앉아 비만한 아랫배를 추스르는 일 따위 꿈꾸지도 말자. "자신의 몰락을 구체적으로 실현하는 것 외에 시인[3]이 할 수 있는 일은"(「오직 사랑하는 자만이 살아남는다」) 아무것도 없으므로. 그러므로 한번 더 반복. 체 게바라 만세.

---

3   변용 및 강조는 인용자.

나의 음악은 울음으로부터 시작되었다고

밥 말리는 말했던가요

나의 음악은 아직 시작되지도 않았는데

나의 울음은 이미 끝나 버렸네요, 율리아나

아브데바의 피아노 연주곡을 들어요

다른 삶을 살고 싶어요

이곳이 아닌 다른 행성으로 이주하고 싶어요

아무도 아는 이 없는 낯선 곳에서의 삶

그림자가 끝난 곳에서의 새로운 삶

레게 머리를 출렁이며 공을 차고 싶어요

스프링으로 묶인 누런 갱지 노트에 시를 쓰며

이동 천막에서 매일매일 다른 삶을 살고 싶어요

바람이 불 때마다 출렁이며 새로 시작되는 삶

바람이 불지 않아도 여전히 펄럭이는

중력과 무관한 삶

나를 따라다니던 그림자를

이젠 조용히 여기에 두고 떠나요

내가 좋아하는

고독의 돌멩이 하나만 가방에 넣고

다른 삶으로 가요, 그래요

—「다른 삶을 살고 싶어요」에서

박정대의 시집은 늘 그래 왔듯, 어느 한 편의 독자적 울림으로 개별성이 강화되지 않는다. 그의 시집은 '통'으로 울린다. 그것은 마치 구멍은 작고 어두우나 그 안의 공간은 유현하게 넓은 무슨 악기의 공명통과도 같다. 가장 뒤쪽의 한 줄을 건드리면 스쳐 지나왔던 앞쪽의 문장들이 덩기덩 울린다. 중간의 아무 한 줄을 건드리면 앞뒤에서 잠열하던 문장들이 전원을 먹은 앰프 스피커처럼 고압력의 데시벨로 덩더쿵 울린다. 이렇게 한 줄 한 줄이 그 자체로 반복적이면서 한 문단 한 문단이 그 자체로 독자적인 음색과 뉘앙스로 조밀하게 펼쳐지는 시집은 다 읽어도 안 읽은 것 같고, 몇 줄만 훑어도 전부를 통찰한 것 같은 기분에 사로잡히게 한다. 그러니 이런 시집은 완독이 불가능하다. 섬세한 독해나 개념적 분별이 무용하다. 어떤 촉각이나 예민한 호흡 안에서 손으로 훑고 눈으로 떠낸 문장들의 일사분란한 이동과 점성 깊은 파동에 몰두하면 그뿐이다. 그래서 이런 시집은 늙지도 낡지도, 잊히거나 유명해지지도 않는다. 그저 무던하게 자신의 삶을 살아가는, 그러면서 그 자신 삶의 힘으로 고요하게 빛을 발하는, '모두이면서 하나'인 누군가의 눈빛을 떠올리게 한다. 박정대는 그저 자신의 호흡으로 다른 이름들을 부르며 그들이 그들 자신인 동시에, 그것을 부르는 자의 다른 이름이 되게 만든다. 그가 그 스스로에게 얘기할 때조차, 그는 혼자가 아니다. 나아가 그 자신만도 아니다. 그리고 그것을 읽는 나도 그렇다. 이 말을 듣는 그대들도 아마 그럴 것이다. 그렇지 않다고? 그렇다면 당신은, 굳이 박정대가 아니더라도, 당신 삶의 빈 벌초 지대를 점령하고 들어올 어느 다른 "오랑캐"에게 조만간 그 오만한 순결을 잃을 것이다. 조심하라. 시는 그 누군가의 첨예하게 방어된 뒷모습을 강탈하고 들어오는, 세상에서 가장 고요한 협박일수도 있으니. 당신은 어쩌면 "그 먼 바람의 끝에서 아주 작은 미련이며 꿈조차도 딱딱한 사물로 환원시키며 환멸도 환상도 그 무엇도 아닌 정직한 하나의 사물로 고요히 남"(「여기는 낡았고, 여기는 새로우며/ 여기는 더 이상 그곳이 아니다」)아 있는 당신의 뒷모습이 당신이 여태 살아온 삶과는 전혀 다른 방향으로 오래도록 홀로 내달리고 있었다는 사실을 깨닫게 될지도 모른다. 별이 멀다. 멀 수밖에. 그것은 당신이 언젠가 살아야 할 "다른 삶"의 눈빛이므로. "다른 삶으로 가요, 그래요". 아니 간다 한들 어쩌겠는가. 당신이 걷고 있는 매 순간의 그 걸음, 그 천형의 움직임 자체가 이미 그 순간부터 당신 자신을 배반하고 있는걸.

숨은 빛: 단편영화 「푸르른 운석」 촬영기

박형준 『생각날 때마다 울었다』

1

> 당신의 생활 감정이 다른 사람들에게 당신 특유의, 이제껏
> 한 번도 토로된 적이 없는 것으로 받아들여질 수 있어야 비로
> 소 당신의 생활 감정은 당신의 작업을 위한 강력한 자극제가 되
> 는 것이다.[1]

폭염주의보가 내렸던 날, 근 10년 만에 산에 올랐다. 박형준의 다
섯 번째 시집 『생각날 때마다 울었다』의 원고를 읽다가 우습게도 영
화라는 걸 찍어 보고 싶어졌기 때문이다. 반나절 동안의 촬영 이후,
심한 탈수 증상을 느꼈다. 집으로 돌아와 몸을 뉘었을 때, 열기 빠져
나가는 소리가 이웃집 정화조 퍼내는 소음처럼 상서롭지 못한 배음

1　안드레이 타르콥스키, 김창우 옮김, 『봉인된 시간』(분도출판사, 2005).

으로 떠돌았다. 그러나 정신은 여지없이 맑았다. 몸속엔 두 번 다시 재생되지 못할 이미지의 수정란들이 미끄덩미끄덩 범람했다. 하루 해 거름의 대미에서 이 세상에 단 한 번밖에 오지 않을 풍광들을 기록 한 건 카메라가 아니라 내 몸이었던 건지도 모른다.

날짜: 2011년 6월 19일 일요일
장소: 서울시 서대문구 연희동 안산 일대
촬영 인원: 총 4명(스태프 및 배우)

오후 3시가 막 넘었을 즈음 대여 업체에서 빌린 5D마크2 카메라 와 스테디캠 멀린을 챙겨 들고 집을 나섰다. 기다렸다는 듯 굳세게 달 궈진 불볕이 정수리에 작렬했다. 몸속 깊숙이 뜨거운 꼬챙이가 직각 으로 꽂히는 느낌이었다. 모든 내장을 헹궈 낸 불덩이가 항문을 열고 흘러나와 도로 위에 시뻘건 꽃으로 피어날 것 같았다. 보도블록 사이 로 안간힘 쓰며 솟아오른 풀잎들이 잘못 찍힌 쉼표처럼 수상해 보였 다. 나는 지금 어떤 푸름을 영상으로 담으려는 중이다. 그 푸름은 실 재하는 것일 수도 있으나 누군가의 기억 속에서 시간의 탈색 과정을 거쳐 저세상 빛으로 광합성한 영혼의 잎맥에 더 가깝다. 생면부지의 사자(死者)를 추억하며 현세의 슬픔과 그리움과 쓸쓸함과 환희를 어 느 무결한 사물들의 표면에서 '발명'해 내려는 이 허망한 기획에 마 음 착한 친구들은 환호도 비관도, 그 어떤 의구심도 표시하지 않았 다. 그저 흔쾌히 따라붙겠노라 고개만 끄덕였다. 그랬더니, 뒤늦게 아 차, 싫었다. 박형준의 시들은 기억의 감광막에 묻어 나온 사물들의 내 밀한 도상을 펼쳐 보이며 현재의 팍팍한 시간들을 달랜다. 다사다난 한 감정의 일렁임조차 일상 사물들의 범상한 형상에 투과해 부드러운 물질로 정화시키는 마력을 그의 시는 지니고 있다. 이 부박하고 처량 맞기도 한 삶이 본질적으로 감추고 있는 결곡한 신비에 대해 그는 줄곧 노래해 왔다. 그의 시를 읽다 보면, 예컨대, (시의) "근육이 꿈틀거릴 때마다/ 흐릿해진 시간이 곱게 펴"[2]지는 걸 느낄 수 있다. 그렇게 펼쳐진 시간은 문자가 환기하는 마음속 영상 그대로 온유하고 단아하다. 그럼에도 나는 왜 굳이 그 유려한 문자의 조직들을 살아 있는 풍광과 소리들로 치환하려 하는 것인가. 보이지도 들리지도 않는 자체로 온전히 보이고 들리는 시의 잎사귀를 쥐어뜯어 무슨 해괴한 생물로 가공하려는 것인가. 하지만 충동이란 나의 선택이 아니라, 과도하게 집중된 시간과 정황에서 삐져나온 외계의 손과도 같다. 나는 세계 바깥에서 불거져 들어와 마음의 중심축을 쥐고 흔드는 충동이 순전히 내 뜻 바깥의 사태인 양 둘러치며 촬영을 감행하기로 했다. 모든 합당한 의문들을 원고 안쪽에 꼬깃꼬깃 봉인한 채, 나는 뇌리에 새겨진 인상들을 현재의 내가 목도할 수 있는 풍광들 속에서 추인해 낼 수 있는지 스스로에게 내기를 걸었다. 그랬더니 희한하게도, 정작 시인이 느꼈던 것과는 다른 차원에서, "시집은 더 이상 넘겨지지 않았다".(「시집」) 생생하게 살아 있는 이미지를 포획하고 싶다는 욕망이 눈 밖으로 튀어나와 제멋대로 조리개를 여닫기 시작한 탓이다. 죽은 사람, 또는 영혼의 빈터만을 황량하게 버려 두고 사라져 버린 사람은 과연 물질로서 부활할 수 있는가.

장소는 고즈넉한 연희동 부촌과 후줄근한 모래내 주택가가 격조

---

2 박형준, 「다림질하는 여자」, 『생각날 때마다 울었다』(문학과지성사, 2011). 이하 인용은 시 제목만 표기한다.

하게 안면을 돌리고 있는 안산 일대. 인근에 1년 6개월을 살았으면서 이런 맞춤한 산책지가 있다는 걸 최근에야 알았다. 공간은 늘 이런 식으로 숨어 있다. 부러 찾지 않으면 존재하지 않는 것이나 마찬가지다. 하지만 시간은 그렇지 않다. 사람이 시간을 발견하는 게 아니라 시간이 어떤 사람의 윤곽을 떠 영원의 지류 속에 잊을 수 없는 현재를 새긴다. 그 순간, 어떤 궁극의 이미지가 출현한다. 박형준식으로 말하면 이렇게.

> 아직 이 세상에 오지 않은
> 말 속에 손을 집어넣어 봅니다
> 사물은 어느새
> 광대뼈가 툭 튀어나온 어머니
> 반짝거리는 외투
> 나를 감싸고 있는 애인
> 오래 신어 윤기 나는 신발 느지막이 혼자서 먹는 밥상이 됩니다
> ─「서시」에서

어쩌면 이번 촬영은 "죽은 자와도,/ 아직 태어나지 않은 자와도 만나는 시간"(같은 시)을 채집하려는 모험일 수도 있다. 그렇다면 "죽은 자"도 "아직 태어나지 않은 자"도 존재하지 않는 공간을 헌팅해야 하는 건 아닐까. 이 세상에 과연 그런 곳이 존재하기나 할까. 하지만 이 물음을 뒤집으면 이 세계 어느 곳이든 "죽은 자"와 "아직 태어나지 않은 자"가 공생하지 않는 곳이란 없다는 역설이 도출될 수도 있다.[3] 그렇게 골머리를 식히며 연습 삼아 스테디캠을 이리저리 만지작거리다가 렌즈를 들이댄 풍경 저편에서 불현듯 죽은 자가 "삐걱 문

을 열고 나올 것 같"(「황혼」)은 환각이 느껴졌다. 프레임 안에 담긴 풍경은 임의로 각을 잡아 떠낸 시간의 형틀과도 같다. 그 안엔 필시 허공에 거처를 잡지 못한 이미지의 유령들이 떠다닌다. 그 유령은 생시에 내가 알던 누구일 수도, 생면부지 전생의 연인일 수도 있다. 그리고 더 깊숙이 렌즈 속으로 시선을 집어넣으면 거기엔 놀랍게도 나 자신의 얼굴이 저 세상의 밀사인 양 오롯하게 떠 있는 걸 보게 된다. 이 세계의 표면들 사이의 틈을 들여다보면 저쪽 세계가 드러난다는 걸 어떤 시인들은 체험적으로 알고 있다. "개는 자신의 영혼 속을 달리고/ 신이 개의 영혼 속을 달"(「눈의 정글」)리듯, 사람은 시간 속을 살아가고 시간은 사람의 영혼 속에 생의 표층을 꿰뚫는 망루를 때때로 가설한다. 시를 쓰는 건 그 신기루 같은 망루에 올라 이 세계를, 생과 사를 총괄하여, 조감하는 일이다. 박형준은 그 일이 잘 되지 않을 때, "책상의 컴퓨터를 끄고 방바닥으로 내려와/ 연필을 깎는다".(「가을밤 귀뚜라미 울음」) (이때, 돌아가신 시인의 아버지는 시인에게서 등을 돌린 채 발뒤꿈치의 굳은살을 깎고 계신다.) 가장 낮은 자리로 내려와 가장 쓸모없이

---

3   박형준은 「무덤 사이에서」란 시에서 생과 사의 이러한 공존을 표일하게 그려 보이고 있다. 그 시를 다시 훑어본다.

> 땅속 깊은 어둠 속에서 뿌리들이
> 잠에서 깨어나듯이, 얼음 속의 피는
> 신성함의 꽃다발을 엮을 정신의 꽃씨들로 실핏줄과 같이 흘렀다.
> 지금 나는 그 징표를 찾기 위해
> 벌거벗은 들판을 걷고 있다.
> 논과 밭 사이에 있는 우리나라 무덤들은 매혹적이다.
> 죽음을 격리시키지 않고 삶을 껴안고 있기에,
> 둥글고 따스하게 노동에 지친 사람들의 영혼을 껴안고 있다.
> 그렇기에 우리나라 봉분들은 밥그릇을 닮았다.

자란 물체(신체)의 잉여를 도려냄으로써 부지불식 월경(越境)하는 영혼의 놀이라는 게 있는 것이다, 이 세상에는. 그게 시인에게는 "노동의 달콤함"이자 "소박한 휴식"(같은 시)이다. 그럼으로써 "아직 어린아이였을 때 내려다보던 지하수의 푸른빛을,/ 추위 속에서 딴딴해진 그 꽃을"(「무덤 사이에서」) 발견하게 된다. 그러나, 그 '꽃'은 지상에 뿌리 내리지 못한 채 허공의 줄기에서 한시적으로 잎을 틔우다가 이내 공기의 얇은 틈 속으로 사라진다. 그럼으로써 누군가의 사후(死後)가 밝혀진다. 죽은 자가 산 자의 자취방 문턱에서 다홍색 혀를 낼름거리고 난 직후 망루는 흔적도 없이 가라앉는다. 시인은 다시 "맨밥에 목이 메는/ 스스로가 스스로를 초대한 저녁"(「휘파람」) 밥상 앞에 쭈그리고 앉게 된다. 시는 늘 한정된 시간 안에 몸과 마음을 뒤섞다 돌연 딴 세계로 등을 돌리는 이 세계의 모든 허망한 인연들을 수동태로 현시한다. 사라지고 나면 그를 겪었던 사물의 낡은 모서리들만 시드는 봄꽃처럼 아스라한 잔향으로 남는다. 그 무엇으로도 되돌릴 수 없기에 시간은 초연하고 잔인하다. 그 앞에서 사람이 할 수 있는 일이란 없다. 다만, "그녀의 옷에 묻은 찬 냄새를 기억하며/ (……) 생각날 때마다 울"(「생각날 때마다 울었다」) 수 있을 뿐이다. 그 울음의 끝에 흐릿하게 멍울져 떨어지는 마지막 물방울은 액체가 아니다. 시간의 여과기를 거친 정한(情恨)이 누군가의 또 다른 시간 속으로 떨어뜨리는 돌 부스러기, 우주의 한 끝머리를 밝히다 사멸한 영혼의 운석이다.

2

눈앞의 세상은 지금 그대로일 것이며,

어떤 행위 하나로 세상을 완전히 다르게 만들지는 못하리라.
그래서 우리는 향수에 잠겨 다른 우주를 몽상하게 된다.[4]

영화를 찍고 싶다는 충동은 아마 그렇게 생겨난 건지 모른다. 이를테면 한 인간의 기억과 체험 속에서 생성되고 변화한 사물의 생태를 물질의 운용 방식 그대로 물리화하고 싶다는 불가능에의 욕구. 사실, 박형준이 겪었던 공간과 인물, 그리고 특정한 사물들은 '그때'의 '그곳'에서 '그'에 의해서가 아니면 재현 불가능하다. 나아가 설사 '그'가 '그때'의 '그곳'으로 이동하여 지나간 일들을 반복할 수 있다 하더라도 모든 감정의 디테일과 질감들은 본래의 '그것'으로 되살아날 수 없다. 사물의 기억은 하나의 정점만 갖는다. 그런데 그 정점은 무한한 분열 지수를 내포하고 있다. 내가 실제로 겪어 보지 않은 수십 년 전 정읍의 신작로나 기찻길, 인천의 수문통 따위는 내게 '여전한 미래의 시점'으로 재생성될 수 있는 것이다. 어떻게? 지금 내가 겪는 감정과 사건들, 그리고 그것들을 관장하는 거대한 시간의 첨탑 위에 한시적으로 올라섬으로써. 그런고로, 관건은 기억의 일차원적 복제가 아니라 전혀 다른 차원의 시공에서 물리화학적 변이를 일으키며 부지불식 평형한 위상으로 떠오르는 '미래 속의 과거'를 발굴해 내는 일이다. 시인은 이렇게도 쓰고 있지 않던가.

새살이 돋아나는 통증인가
부서진 초침과 분침들
부드러운 상처 속에서 뿜어져 나오는 별들로

---

4 장 주네, 윤정임 옮김, 『자코메티의 아틀리에』(열화당, 2007).

또 하나의 성좌를 이룬다

수평선의 빛이 나에게 고통을 준다

——「저녁빛」에서

"상처 속에서 뿜어져 나오는 별들"은 비단 밤의 현상만이 아니다. 아직 채 뿜어져 나오지 못한 별들이 몸 안에 고여 내 몸엔 피고름 진 운석 덩어리들이 가득 들어차 있다. 나는 오후의 정점에서 타오른 빛을 카메라로 옮겨 밤의 정수리에 한꺼번에 방출할 것이다. 그러다 보면 몸속에서 낡은 거미줄처럼 늘어져 있던 "또 하나의 성좌"가 밤하늘 언저리에서 제자리를 찾아낼지 모른다. "나에게 고통을 주"었던 "수평선의 빛"들이 소리 소문 없이 내 누울 자리에 찾아와 마지막 잠을 도닥이는 옛 애인처럼 서늘하게 조도를 낮춰 주길.

오후 4시. 햇볕의 장막이 유독 두텁게 화끈거린다. 이 역시 "새살이 돋아나는 통증"인가. 땀을 뻘뻘 흘리면서도 군말 없이 촬영에 동참한 스태프는 모두 세 명. 광고일로 돈을 벌며 틈틈이 자비를 들여 단편영화도 찍는 H. 그리고 그녀가 끌어들인 조각가이자 뮤지션이기도 한 K. 그리고 또 다른 조각가 B. 모두 홍대 조소과 출신들이다. 전공이 그러한 탓인지 다들 사물의 물리적 속성과 그것들이 놓여 있는 공간 역학에 대한 통찰이 예사롭지 않다. 안산 초입 아파트 단지에서 NT3 붐 마이크로 엠비언스를 따던 K가 문득 아파트 단지 뒷담의 돌 표면을 만지작거리면서 중얼거린다.

— 폴리에스테르네.

그리고 보니 산의 초입 산책로를 사이에 두고 철조망 아래 4, 5미터 높이로 가파르게 깎아지른 돌담이 전부 인공 조형물이다. 답사차 왔을 때는 몰랐던 사실이다. 인간이 스스로의 안전과 허영을 위해 자연을 가공해 내는 일이 새삼스러울 것도 없지만, 나는 이상한 암시를 받은 느낌이었다. 그러면서 인간의 시각적 미감이나 욕망의 생태 따위를 부감하기 위해 박제되는 자연의 어떤 풍경들이 떠올랐다.

인터넷 떠돌다 한 마리 거미를 만난다 2천만 년 전 밀림 속을 기어 다녔던 거미가 완벽한 상태의 화석으로 발견돼 화제가 되고 있다. 거미의 나이를 확인하게 해 준 결정적인 자료는 호박 속에 있었던 한 방울의 거미 혈액. 이 거미는 2천만 년 전 나무 위를 기어오르다 빠르게 떨어지는 송진에 머리 부분을 맞아 죽음을 맞았다. 한 방울의 거미 혈액, 여자가 내 손에 끼워 준 보석 반지 위로 떨어진다 이젠 화석이 되어 버린 보석 반지, 바람 속 날아가던 거미 한 마리,

자그만 창이 달린 지층의 방
가을밤 공기
송진처럼 별빛이 내 머리에 녹아든다
저 투명한 거미 혈액!

「거미 혈액」에서

위의 시를 새삼 복기하면서 문득, 뭔가 명확해지는 느낌이었다. 시인이 군이 이탤릭체로 뻐딱하게 휘발시켜 버린 문자들은 인터넷이나 티브이 영상에서 마주친 풍경들을 그대로 복제하고 있다. 뒤를 잇는 두 편의 시(「코끼리 사냥철」, 「황제펭귄」)에서도 시인은, 마치 거기에 자신의 생의 축도(縮圖)가 긴밀하여 짜여져 있는 양, 짐승들의 생멸 방식

을 그대로 모사하고 있다. (이러한 작업은 시인의 첫 시집『나는 이제 소멸에 대해서 이야기하련다』에서부터 줄기차게 반복된다. 대표적인 시가 첫 시집에 실린「하마」다.) 어쩌면 시인은 "검은 화면"(「코끼리 사냥철」) 안쪽의 세계에 갇혀 만질 수도 냄새 맡을 수도 없는 생물들의 생태에 그 자신의 기억과 욕망 따위를 투사시켜 모든 감정을 중화하려는 것인지도 모른다. 그럼으로써 더 이상 시들지도 메마르지도 않게 되는 이승의 화석들을 영원으로 되돌리려는 것인지도 모른다. 기억은 버림으로써 지워지는 게 아니라 마음 깊숙이 심어 스스로 물기를 삼키게 함으로써 비로소 겸허한 고독의 부장물이 된다. "화석이 되어 버린 보석 반지"엔 어떤 감정도 실물 그대로 남아 있지 않다. 그렇기에 그것은 오히려 선명하게 과거와 미래를 껴안으며 생의 명민한 표식으로 남는다. "인내를 알고 있는 손./ 서두르지 않고/ 허공을 반죽하며/ 우연을 완성으로 이루어 놓은 손./ 손의 조형"(「손」)을 나는 기필코 완성할 수 있을까. "바람 속"으로 날아가는 "거미"의 미세한 움직임을 포착해 만물에게 통용되는 기억의 물리화학적 법칙과 생멸의 지도를 카메라 안에 담을 수 있을까.

오후 5시. 실질적인 촬영 마스터이자 이미지의 설계사인 H는 시집의 마지막 부분에서 촬영의 단초를 얻는다. 이를테면 모든 구체적이고도 개인적인 정황들이 소거된 채 하나의 물리적 추상, 또는 추상적 물리의 일반적 행태와 배경들에 초점을 맞춘다는 것이다. 그랬을 때 '너'는 만인의 대표, '나'는 만인의 허구가 된다. H는 역시 명민하다. 고백건대, 그는 나의 오래전 연인이었다. 문득, 그에게 나는 지금 어떤 화석으로 남아 있을까, 궁금해졌다. 그러나 이내 의문을 접었다. 이미 그는 나의 실체를 화석으로 담고 있는 게 아닌가 싶었던 것이다.

그렇지 않고서야 어찌 기억의 유리막 안쪽에 지난 시간을 박제하려는 내 흐리멍텅한 작의를 이토록 유연하고 명석하게 자신의 기획으로 환원할 수 있겠는가. H는 그 나름으로 박형준의 시를 섬세하게 오독하는 중이다. 자신만의 방식으로 시의 살결들을 매만지고 이미지의 그물을 엮어 마음의 그릇으로 빚어낼 줄 아는 게 진정한 시의 독자다.

잡으려 하면 공중에 떠 있는 돌 같고
오, 도무지 어떻게 할 수 없어 가슴을 쥐어뜯듯
손으로 파헤치면 칠흑의 땅밑에서 뜨는 무지개

꽃은
너의 눈과 나의 눈에서 흐르는
눈물로밖에는 피워 낼 수 없구나

──「남은 빛」에서

그저 발에 생각이 돋아나듯 걸음에 자신을 맡기고 걷기만 한다. 아, 걸음 속에는 초록이 숨어 있는가. 불안으로 가득 찬 이 어린아이가 그렇게 한 발 한 발 발을 뗄 때마다 촉촉한 푸른 피가 발걸음 속에서 솟아나와 흐르듯이 들려온다. 발걸음의 심장 소리가 들려온다.

──「발걸음」에서

나무 속에 웅크린 채
불이 되는 꿈에 뒤척이는가
나무 속을 헤매인 발걸음을
꽃으로 피우고

오늘 봄길을 조심조심 걷고 있는가

당신은 어디까지 흘러가는가

언제 걸어 나와 봄이 되는가

—「대지에 기도를 올리시는가」에서

H가 지시하는 대로 나는 햇볕을 온몸으로 받으며 아파트 뒤 산책길을 수차례 반복해서 "그저 발에 생각이 돋듯" 걷는다. "아, 걸음 속에는 초록이 숨어 있는가" 공연히 애달아하며 "촉촉한 푸른 피가 발걸음 속에서 솟아나와 흐르듯이" 한참을 걷는다. 스테디캠을 든 B가 땀을 뻘뻘 흘리며 역광으로 번지는 내 얼굴의 흐릿한 실루엣을 좇는다. 그러다가 직경 1.5미터 정도 되는 어느 돌탑을 만난다. 누군가의 허망하고도 간절한, 그러면서 왠지 잠깐의 장난질로 운명을 방기한 듯한 시간의 적체물 앞에서 H가 행동을 지시한다.

— 돌멩이 하나 골라 봐.

나는 천천히 돌탑 주위를 돌다가 비교적 날이 서 있는 손바닥만 한 크기의 돌을 집는다.

— 그거 들고 돌탑 뒤로 들어가서 쭈그리고 앉아.

B의 스테디캠은 내 오른쪽 팔의 시점으로 각도를 비틀며 그 자신만의 조형 감각으로 내 추레한 행색을 느릿느릿, 시간 속에서 숙아 낸다. 나는 가늘고 날카롭게 가지를 늘어뜨린 나뭇등걸 앞쪽에 몸을 웅크리고 앉는다. H가 B로부터 건네받은 스테디캠을 내 얼굴에 바짝 갖다 대며 짓궂게 묻는다.

— 지금 울 수 있겠어? "눈물로밖에 피워 낼 수 없"는 꽃을 피워야지.

다소 당황스러운 주문이다. 못할 것도 없지만, 한 방울이 수천 방울이 될까 봐 심히 저어된다. 박형준의 시에 감정을 꼭지째 열고 울음을 터뜨리는 시가 있던가. 아마 없었던 것 같다. 그는 눈물이 나려 할 때, 그저 입귀를 순연하게 실룩거리며 '저곳'[5]을 바라볼 뿐이다.

— 힘들 것 같은데.

— 그럼 노래라도 불러 봐. 궁상떨면서 잘 부르는 거 있잖아. 「동백아가씨」 같은 거.

나는 잠깐 눈을 감고 호흡을 가다듬는다. 간만에 심폐를 과하게 움직여서인지 평소보다 목울대가 개운한 느낌이다. 음색은 지친 듯 창백하게 탈색되어 있다. 나는 노래 첫 소절을 뽑는다. 「동백아가씨」가 아니라, 수달 전 만들어 본 자작곡이다. 스스로 판단컨대 슬픔에 도취하기 좋은 곡이다. 노래하는 동안 천천히 감정이 울컥거리며 달아오른다. 끝끝내 누선을 억누르며 1절을 마친다.

— 컷!

H가 회심의 표정으로 외친다. 모니터한 영상에 역광이 들어 얼굴은 희미하고 부스스한 머리칼이 붉은빛이다. 나이면서 내가 아니다. 다시 카메라 앞으로 돌아와 "도무지 어떻게 할 수 없어 가슴을 쥐어뜯듯 (……) 칠흑의 땅밑에서 뜨는 무지개"를 찾아 돌탑 아래 흙을 퍼내는 시늉을 한다. 이마에서 떨어진 땀방울이 손 웅덩이 속에 빠르게

---

5   박형준의 세 번째 시집 『물속까지 잎사귀가 피어 있다』(창비, 2002)엔 이런 시가 있다. 개인적으로 참 좋아하는 시다.

空中이란 말/ 참 좋지요/ 중심이 비어서/ 새들이/ 꽉 찬/ 저곳// 그대와/ 그 안에서/ 방을 들이고/ 아이를 낳고/ 냄새를 피웠으면// 空中이라는/ 말// 뼛속이 비어서/ 하늘 끝까지/ 날아가는/ 새 떼

— 「저곳」

묻힌다. 나무의 수액과 내 몸의 체액이 화학 변화를 일으켜 혹시 정말 '무지개'가 뜰 수 있지 않을까. 허튼 생각이지만, 계속되는 동작 속에 넋을 놓고 있자니 뭔가 속에 잔뜩 뭉쳐 있던 울혈을 저세상으로 보낸 기분이 든다. 언어는 탁하고 행동은 청명하다. 뭐, 이런 뜬금없는 문구가 날카롭게 손끝을 베고 지나간다.

3

가끔은 좌판에서 가슴에 부리를 묻고
울음을 삼키는 외로운 목조(木鳥)가
어두운 가로수 위로 날아간 날도 있었다
그녀는 아랑곳 않고 자정 너머
흐릿한 시간 앞에 펼쳐 논 불행을 응시한다
집으로 돌아가는 길을 잃고 새벽을 서성이는 사람들이 몇
비로소 시무룩해진 어깨로 그녀와 그녀의 물건의 존재를 눈치챈다
그건 집으로 돌아갈 수 있는 사소한 위안의 보석이거나
한 권의 책처럼 옆구리에 끼고 다시 씌어질 생을 노래할 수 있는 소재이지만
어둠에 완벽히 적응한 그녀가 오늘도
자정 너머에 좌판을 펼쳐 놓는다
가로수 위로 동이 틀 때까지

시간의 화석이 자신의 세계를 내려다보며
흐릿한 꿈에 잠겨 있다

밤의 스핑크스가 자신의 발치에 놓인 물건에서
천년보다 더 많은 추억을 불러내고 있다

— 「밤의 스핑크스」에서

　오후 8시 30분. 같은 장면, 같은 행동이 수차례 반복되다가 해가
질 무렵 안산 꼭대기에 올랐다. 조선 시대에 만들어진 봉수대가 저세
상을 염탐하는 안테나인 양 영험한 품새를 뽐내고 있다. 잠깐 동안
땀을 식힌 다음 H와 B는 서로 팔을 받쳐 주면서 봉수대 난간에서 내
려다본 서울의 야경을 크게 훑는다. 이른바 "잡으려 하면 공중에 떠
있는 돌"(「남은 빛」)의 시점이다. 돌탑에서 주운 돌을 던지고 나면 오
늘 촬영은 끝난다. 그 돌은 아마도 "강물 아래로 여자가 빠뜨린 빗이/
푸른 물살의 침묵을 빗어 내리"(「꼬리 조팝나무」)듯 누군가 생면부지
인연의 발밑에 떨어져 따뜻한 운석으로 만져지리라는 게 H의 설정이
다. 그러니 나는 황송하게도 허공에서 별을 던지는 존재가 되는 셈이
다. '인간도 아니고 인간이 아닌 것도 아닌 존재'라는 H의 기획이 그
제야 명료하게 각인되었다.
　사위엔 안개가 가득하고 일체의 조명도 없다. 이두운 실루엣으로
봉수대 주변을 이리저리 어슬렁거리다가 돌을 집어 '저곳'을 한두 차
례 훑다가 기어이 돌을 던진다. 내 손을 벗어난 돌멩이가 "울음을 삼
키는 외로운 목조"처럼 허공을 오래 맴돌도록 있는 힘껏 높이 던진다.
목조의 울음을 느낀 만물이 앞으로만 달려가던 시간을 잠시 뒤통수
에 두고 생몰의 더 먼 지점을 가늠해 보기라도 하라는 듯, 온몸에 허
공을 반동시켜 던진다. 그 순간, "시간의 화석이 자신의 세계를 내려
다보며/ 흐릿한 꿈에 잠겨 있"는 모습이 흐리마리한 의식의 경계선 위
에 떠올랐다. "천년보다 더 많은" 이 세계의 "추억"이 내 몸을 빌려 하

려던 말은 끝내 무엇이었을까. 왜 시는 다른 이의 오관과 사지에서 발아해 누군가의 마음속에 전혀 다른 시간의 얼개를 까치집처럼 엮어 매달아 놓는가. 그 헐거운 영혼의 빈터가 일생일대의 적소(適所)라도 되는 양 찾아드는 이미지들은 이승의 한 지점에서 가공된 염오(染汚)의 편린들인가, 사후의 구름 뒤에서 방뇨된 태초의 이슬방울들인가. 더불어, 반나절 동안의 이 허망한 작란은 6년 여 동안 곰삭은 시인의 고단한 열망을 위무하기 위한 헌정의 모험인가, 나 자신의 편벽된 기억을 포장하기 위한 나약한 자위인가. 그러나 "자신의 발치에 놓인 물건" 앞에서 "밤의 스핑크스"는 그 어느 것도 가리키거나 설명하지 않는다. 시인의 스핑크스는 언제나 그 시를 마주한 자기 자신인 고로, 우리는 그 앞에서 그 어떤 해답도 정답이라고 내놓을 수 없다. 동시에 그 어떤 답을 내놓더라도 시는 그것을 부드럽게 수렴하고 절묘하게 탄주한다. 그러니 이 진땀 나고도 우스꽝스러운 감정의 놀이는 시인의 시들 앞에서 다시 전면적인 무(無)로 돌아가야 한다. 이 내기는 시작부터 잃기 위한 투기였고, 당하기 위한 공격이었다. 그럼에도, 또는 그렇기에, 그 실패의 황홀감만으로도 플러스 마이너스 제로가 된다. 세계가 다시 제자리다. 끔찍하기도, 경이롭기도 하다.

촬영을 마치고 우리는 짐을 챙겨 하산했다. 어두운 등산로를 이탤릭체로 삐딱하게 내리닫으며 나는 어둡게 지워지는 어느 시간의 뒤통수를 목격했다. "내 손에 와닿는 우주의 힘과 소심한 인간의 손이 팽팽하게 긴장하고 있는"(「공포를 낚다」) 여름밤의 푸르스름한 어둠 속에서 우리는 맨손으로 흙을 파 촬영한 모든 영상들을 산속에 묻기로 했다. 총 촬영 분량은 8기가바이트짜리 메모리 카드 네 개였다. 나는 그갓 떼어낸 시간의 화석들을 "나무 속에 웅크린 채/ 불이 되는 꿈에 뒤척"(「대지에 기도를 올리시는가」)이라고 돌탑 앞 측백나무 아래 깊숙이 묻었다. 시간이 한참 지난 어느 날, 저 스스로 살아 있는 이미지로 꽃을 피워 누군가의 "발밑으로 초록의 은밀한 추억들"(「가슴의 환한 고동 외에는」)을 상영하라며, 미련 없이 하루치의 정성과 혼란과 노역을 파묻었다. 그리고 나자 불현듯, 배가 고파졌다. 오늘 저녁엔 위장 장애 탓에 오래 참아 왔던 고기를 좀 씹어야겠다. H의 얼굴에 상심인지 해 갈인지 모를 서늘한 바람이 머물다 간다.

　인근 고깃집에서 한우불고기를 잔뜩 구워 먹고 일행들과 헤어져 집으로 돌아온다. 집 안에선 자꾸 죽어 나가던 고무나무 잎사귀가 현관 앞 담 위에 올려놓으니 시퍼렇게 잎맥들을 부풀리며 가지를 뻗고 있는 모습이 새삼 눈에 잡힌다. 알고 보면 세계는 눈을 주는 순간 빛을 내는 신비의 보고(宝庫)다. "밤비에 글썽이며 빛을 내는 옹기들처럼"(「어린 시절」) 오래 문 닫아 두었던 기억에 수로(水路)가 한꺼번에 밝아지는 느낌이다. 어디선가 작은 별이 떨어지는 소리가 들린 듯해 허공을 올려다본다. "들에서 돌아와 (……)/ 내력의 어둠과 목욕을 하"(「백년 항아리」)는 시인과 시인의 아버지가 한 프레임으로 떠 있다. 순연한 동화 같기도, 목메는 멜로 같기도, 유장한 역사를 견디는 범부들의 대하드라마 같기도 하다.

　시골집에 안부 전화 안 한 지 오래되었다.

진심의 괴물, 혹은 말의 누드

이이체 『인간이 버린 사랑』

> 나는 직업이 죄인이다
> 누구보다도 죄를 잘 짓는다[1]

    때로 사랑에 있어 죄인이 있다면, 버린 자가 아니라 버림받은 자다. 주체할 수 없을 정도로 열렬하고 강렬했던 사랑일수록 더 그렇다. 버린 자는 어떤 경계와 마주쳐 돌아선 자, 자신을 보살펴 더 큰 파국과 더 아픈 상처를 추스르려 한 자이므로 설사 상대에게 상처를 줬더라도 그걸 죄라 이르기엔 부당하다. 설혹, 자신을 다스리는 데 실패한 채 상대의 더 깊은 속을 보려다 자기 안의 괴물을 마주한 이를 끝끝내 보살피는 게 사랑의 궁극이라 하더라도 아무나 그럴 수 있는 건 아니다. 어쩌면 그건 신의 영역에서나 가능한 일. 훤히 예측 가능한 위

---

1   이이체, 「푸른 손의 처녀들」, 『인간이 버린 사랑』(문학과지성사, 2016). 이하 인용은 시 제목만 표기한다.

험과 망실 앞에서 스스로를 보호하려 등 돌리는 인간을 어찌 죄인이라 하겠는가.

최초의 애틋한 거리감을 보존한 채 자칫 일그러질지도 모르는 마음의 결들을 정연하게 다듬는 건 "마음으로도 가릴 수 없는 심연"(「몸살」)을 피해 상대를 더 아끼려는 노력일 수도 있다. 그런데, 그 정연한 가다듬음을 인정하지 않으려는 자, 자신의 감정에 혼자 사무쳐 미치고, 다시 만질 수 없는 살갗과 다시 들을 수 없는 목소리에 홀로 중독된 자는 상대가 견지하려는 거리감만큼 스스로에게서 멀어지면서 자기 안의 '심연'에 곤두박질치게 된다. 상대에게 전념하는 만큼 자신의 언어에 함몰되고 목이 메어 "말을 잃는 병이 아니라 말을 잃는 꿈"(「독어」)에 시달리는 사랑의 패자이자 죄인. 그가 지껄이는 '독어'는 '혼자 되뇌는 말'이기도, "하고 나면 입안이 헐어 버"(같은 시)리는 '독 오른 말'이기도 하다. 그 '독'은 망집의 사경에서 계속 번져 자신과 상대를 찌른다. 그러나 상대는 찔릴수록 침묵 속에 갇히게 되고, 찌르는 스스로는 찌를수록 더 많은 말을 뱉게 되어 "마음의 죽음에서/ 마음의 처음으로 거슬러 올라가"(「물-집」)는 불경한 돌림노래로 숱한 밤을 쳇바퀴 돌린다. 쉼 없이 공회전하는 어둠의 수레바퀴 앞에서 "들을 수 있으나 노래할 수 없는 선율"이 "내 것이 아닌 이명"으로 "서서히 미쳐"(「타오르는 노래」) 타오르는 참혹한 별리의 곡성들. "인간의 입술로 묘사되어/ 인간의 형식에서/ 가장 낯설게 멀어져 가는 (괴물의!) 절창"(「신의 희작」, 괄호 안은 인용자)들. 시인은 어쩌다가 자기 안의 괴물들이 일제히 입 벌리는 소릴 듣게 된 걸까.

괴물의 초상과 대칭되는 나체

곪은 종기들을 짜내 접시에 담는다

(……)

목소리의 배꼽

인간은 거울 앞에서 제 눈을
바라보는 것을 두려워한다

농아의 슬픔을 깨닫기 위해 부러뜨린 입술과 귀

떨어지는 남처럼 감정을 떨어뜨려도
형식을 가지지 못한 것들의 생이별을 알 순 없다

—「미래로부터의 고아」에서

시는 일차적으로 그것을 쓴 이의 사연이자 마음의 발로일 터이
다. 그런데 또 시는 그것을 쓴 이의 외전(外傳)이자 이체(異體)²다. 말
이 좀 요상한가. 이렇게 말하는 건 어떨까. 시는 진심을 다한 거짓말

---

2 시인의 필명이기도 하다. 시인은 시를 쓰기 시작하면서 자신이 쓴 시가 자신의 이항
   대립체로 홀로 옹립되어 스스로를 희롱하고 저주하게 될 것을 예상했던 것일까. 이
   시집은 대체로 오연한 참혹과 원대한 좌절 속에 자신을 무너뜨림으로써 쾌감을 얻
   는 독신(瀆神)의 외경(外經)을 연상케 한다. 괴물에 질색하면서도 괴물에게 '후장'
   을 바치려 드는 도발적 언사들은 극도의 나르시시즘과 마조히즘의 동서(同棲)가 아
   니었다면 불가능했을 것이다. 에이리언에게 시달리면서도 에이리언의 입속으로 뛰어
   들려는 망아의 전사라고나 할까.

이거나 거짓말하게 만드는 진심이자, 최고의 상태에서 최악의 발언을 뱉어 내는 것이거나 일생일대의 언어를 마음의 바닥을 긁어 *끄집*어 내는 요분질 같은 것이라고. 시에 쓰인 말들은 시인의 특수한 경험과 감정에서 발아해 그 경험과 감정의 양태, 또는 그 결과를 지시하고 환기하지만, 그렇게 쓰인 말들은 이미 시인의 개인적 삶과는 무관한, 그 자체로 단독적이고 독단적인 형식으로 개별화된다. 시인이 시를 썼지만, 그리고 시를 통해 자신의 속내를 드러냈지만, 이미 쓰여 버린 시가 시인이 품고 있는 일차원적인 생각이나 전격적인 진심을 알리진 않는다는 소리다. 어떤 유별난 감정 상태에서 쓰인 시더라도 시인이 정말 하고 싶었던 말이 거기에 온전히 반영되진 않는다. 외려 감정이 더 간절할수록 시는 그 감정을 훼방 놓으며 반대로 흐르는 경우가 많다. 이를테면 누군가에게 사랑한다는 말을 하려 시를 쓰기 시작했더라도 말의 진행은 되레 그 사랑이 성립될 수 없다는, 보다 근원적인 자각과 그로 인한 마음의 암흑을 암시하는 방향으로 흘러가기 마련인 것이다. 그 희원과 절망 사이 깊은 골짜기 아래에서 시인은 말을 잃거나, (하면 할수록 진심을 구축하는 게 아니라 진심이란 게 애초에 마음속 허방의 작란에 불과했다는 걸 깨닫게 한다는 점에서) 말을 잃는다. 따뜻하게 건네져야 할 말이었던 게 감당 못할 정도로 뜨거워지기만 해 그 열기를 부추인 혈맥 속 피의 흐름을 노출하게 되고, 냉엄하게 적시되어야 할 언어들은 숫제 감정의 찌꺼기를 걸러 내면서 인간 영역에선 실현할 수 없는 신의 독트린을 흉내 내게 된다. "하고 나면 입안이 헐어 버린 것 같"아지는 말들이 "마음을 잃은 상징들을 구축"하면 할수록 "흉터"가 "모두 한 편의 시"(「인간이 버린 사랑」)로 변전하고 마는 것이다.

　그렇게 해서 "괴물의 초상과 대칭되는 나체"가 드러난다. "거울 앞에서 제 눈을 바라보는 것을 두려워"하는, 이성적 통제나 분발한 의지 따위 무용해지는 말의 지옥도. 들여다보고 끄집어낼수록 더 아프고, 마음을 달래고 생각을 정연케 하기보다 외려 숨은 치기와 호기를 부추겨 "오늘은 누구라도 나를 조심했으면 좋겠다"(「살아남은 애인들을 위한 이별 노래」)며 엄포를 놓게 만드는 "부러뜨린 입술과 귀"의 반란들. 거기에 다치는 건 그러나 그 어떤 타인이 아니다. 자기를 버리고 떠난 사랑도, 시인을 둘러싼 그 누구도 그 말을 온전히 받지 못하고 돌아서기만 할 뿐이다. 그리하여 고독은 더욱 첨예해지고 "만나 본 적 없는 소문이 나를 살해"(같은 시)하는 것 같은 망상의 탑 꼭대기에서 시인은 홀로 신을 저주하고 갈구한다. "곪은 종기들을 짜내 접시에 담"아 "인간을 살리는 것보다 죽이는 것이 더 쉽다"(「오래된 눈물」)고 공언하며 스스로 죄의 바벨탑을 증축하는 동시에 엄벌하려는 괴물의 만찬 테이블이 그렇게 펼쳐진다. 거기에서 골라 먹게 되는 언어들은 집는 족족 상궤를 벗어나 "모든 물질이 스스로 실성하는 순리"(「트럼펫의 슬픈 발라드」)를 폭로한다. 그런데, 그 '실성의 순리'를 곱씹어 보면 요상하게 투명하고 정연해 짐짓 마음이 소스라치기도 한다. 미쳐 날뛰고만 있는 줄 알았던 말과 마음이 실은 일상의 범속한 질서에서보다 더 치밀하고 엄밀해 짐짓 이 세계 자체가 태생부터 거짓은 아니었는가 의심하게 만들기 때문이다.

투명보다 투명을 보는 시선을 꿰뚫어 보기 쉽다

(……)

여백에 손을 담가 보면
이번 죽음이 얼마나 거짓될지, 가늠할 수 있다

외면할 수 없는 무언을 발음해야 한다

(······)

죽은 짐승들이 머무는 묵음에는 혼이 있다

— 「그을린 슬픔」에서

광인은 자신이 무슨 말을 하고 있는지, 무슨 행동을 하고 있는지에 대한 이성적 분별이 희박하다. 발가벗고 뛰어다니든, 누가 듣건 말건 대로에서 혼자 호통을 치든, 광인은 자기 자신이 유일무이한 윤리적 단독체라는 자각에 의해 행동하지 않는다. 애초에 자각하는 능력이 없어서가 아니라 그 자각의 깊이와 밀도가 너무 거세 외려 스스로를 잊거나 잃어버리게 되는 것이다. 그는 대상의 실체를 바라보기보다 대상이 더 이상 존재하지 않는 부재의 그늘 속에서 대상의 발가벗은 진실을 본다. 세계의 논리적 질서 안에서 그 틀에 부합되는 언어로 스스로를 보지하려는 주체의 소심한 엄밀함이 그에겐 없다. "죽은 짐승들이 머무는 묵음"을 듣고 "외면할 수 없는 무언을 발음"하려는 자에게 산 사람이 펼쳐 놓은 의미의 그물과 공감의 파동들은 그 체계 자체가 거짓된 억압이나 마찬가지. 그는 자꾸만 영혼을 발가벗고 언어가 지시하지 못하는 정신의 분방한 흉터들에 몰두함으로써 세계와 자신의 경계를 지우려 한다. "여백에 손을 담가 보면/ 이번 죽음이 얼마나 거짓될지, 가늠할 수 있"게 되는 이유는 그 탓이다. "묵음"과 "무언"의 소용돌이를 발음하고 받아 적으려는 자에게 일상 궤도 안에서 작동하는 언어 체계는 모두 헛소리고 거짓에 불과하다. 그래서 그는 자꾸 더 왜곡되고 뒤틀린 헛소리의 성채를 쌓으려 한다. 말의 뜻을 적시하기보다 귓바퀴의 나선 자체를 내시경처럼 드러내 거기서 울리는 파동들을 언어의 껍질 속에 욱여넣으려 하는 것이다. "음란하게 귀를 적"시는 "산만한 외국어"(「오래된 눈물」)들이 그렇게 쓰여 날뛰게 된다. 모든 소릴 다 들을 수 있으나 아무 소리도 분별할 수 없게 하는 괴이한 무조(無調)의 언어들.

귀머거리에게 소리는 가난하게 들려온다

나는 오랫동안 태어나고 있다

살을 섞고 삶을 나누던 기억
당신을 잊었다는 사실을 잊을 수 없다
망각까지 잊을 수는 없다

누드는 벗은 몸을 그리는 것이 아니라
벗은 몸을 보는 시선을 그리는 일이다

당신이 물결치면 내가 흔들린다

어떤 말은 이해하지 못해도 그 말이 나를 이해한다
내가 이해받는다
　　　　　　　　　　　　　　　　　　　　—「물의 누드」에서

"벗은 몸을 그리는 것이 아니라/ 벗은 몸을 그리는 시선을 그리는" 자에게 '벗은 몸'과 '벗지 않은 몸'의 차이는 없다. 그에겐 세상 만물이 알몸으로 투명하게 보인다. 하도 투명하기에 그걸 바라보는 시선마저 이중으로 투명해 광인은 스스로를 볼 수 없게 된다. 다만, "당신"이라 부를 만한 어떤 대상, 세계의 총체를 하나의 시점 안에 응축시킨 투사체 앞에서 쉴 새 없이 "흔들"리기만 할 뿐이다. 더욱이 사랑에 의해 미친 자라면 그에게 보이는 세상의 모든 허울은 모조리 사랑하는 이의 알몸, 또는 사랑의 알몸을 가리는 허상에 불과해질 뿐이다. 그 알몸은 단순히 사랑하는 이의 육체만이 아니다. 육욕에 한정된 갈망이라면 어느 한순간 다른 대상을 통해 증발할 수도, 이전될 수도 있다. 하나의 절대성이 다른 여럿의 상대성 속으로 흩어져 중심점이 분산될 때 '흔들림'은 잦아든다. 각기 방향의 축들이 서로의 힘을 받아내고 반동시킴으로써 오히려 밑뿌리가 공고해지는 원리와 같다. 나무가 자랄수록 가지를 여러 방향으로 뻗는 것과도 같은 이치다. 소위, '뿌리 깊은 나무'의 탄탄함은 뿌리 자체의 힘이라기보다 뿌리가 뻗어 올린 다방향의 중심들이 뿌리의 깊이를 유연하게 다지고 확장해 주기 때문이다. 그러나 중심이 오로지 하나뿐일 때, 하나의 대상에게 모든 감각과 사유가 집중될 때, 그리하여 몰입하는 하중에 스스로 짓눌려 외통수로 가로막힌 뿌리가 머리가 되어 땅을 뚫고 기상하려 할 때, 주체는 분열한다. 파괴와 전락의 이중나선에서 세계의 알몸이 그런 식으로 갑자기 확연해져 오는 순간, 말은 인간 보편의 구성적 질서에 의해서가 아니라 말 자체의 압력에 의해 스스로 파열하고 스스로 "이해받는다".(그런데, 그렇게 쓰인 시를 세상은 대개 좋은 시라 칭송한다. 시인으로서는 빌어먹을 축복이다.) 그 번득이는 말의 알몸 앞에서 시인은 흡사 죽음의 초입에서인 양 밝아지는 영혼의 빛에 취해 메두사의 혀를 풀어헤칠 수밖에 없다. 어둠이 입을 열면 그 어떤 빛도 빛이 아니다. "눈부신, 눈부신 어둠"의 말 자체가 이미 빛의 분화구를 삼킨, "죽은 울음들"의 살벌하도록 농밀한 "새벽"(「존재의 놀이」)이기 때문이다. 그 새벽의 혓바닥에 온몸을 떨며 써 내린 시편들. 찬란하지만, 찬란할수록 깊게 상처 입은 어둠의 구렁만 더더욱 확연해지는 언어의 줄기세포들. 그것들에 도취된 자는 과연 누구에게 다시 사랑받을 수 있을까.

> 자신이 원하는 것을 알고 있는 사람은 무섭다
> (……)
> 무덤가에서 우상들은 심리를 앓고 난 후
> 남몰래 한 그루
> 심어 놓은 신을 기억하였다
> 기억은 삶을 거역하는 유일한 형식
> 이 세상을 죽이겠다
> 아무도 나를 좋아할 수 없다
>
> ──「아가」에서

사람은 사랑 때문에 미칠 수 있지만, 사랑 때문에 미친 사람을 다시 사랑하기는 힘들다. 언뜻 이상한 말인 듯싶지만 논리적으론 당연하다. 원인이 결과를 불러올 수는 있지만, 결과가 원인을 교정할 수는 없다는 뜻. 무서운 건 그 오묘해 보이는 논리의 그물 바깥으로 빠져나와 더 많은 사랑을 베풀려 할 땐 사랑이 너무 거대하고 요원해져 실상은 사랑할 수 있는 대상이 어디에도 존재하지 않게 된다는 사실이다. 그때 사랑하려는 자, 그리하여 사랑을 상실한 자는 허방의 지옥을 거닐며 신을 찾게 된다. 그러나 신은 오만할 정도로 자비와 긍휼을 독점한 존재다. 인간에겐 여지 한 톨 남겨 두지 않으면서 홀로 사랑의 권좌에 눌러앉아 인간들의 갈등을 감상하고 조장하며 사랑을 주창

하는 자. 그러니 인간은 사랑을 갈구하기도 사랑을 버리기도 하면서 "성전(聖戰)으로 변질된 싸움"(같은 시)터에서 멀찍이 달아나거나 홀로 피 흘리게 된다. 이 글 첫머리에 나는 사랑의 죄인은 버린 자가 아니라 버림받은 자일 거라고 썼다. "애원의 어떤 유형"들을 "공포의 수완"(「폭풍이 끝난 히스클리프」)으로 전락시켜 "아파하는 나를 보며/ 내내 슬퍼하"(「야수」)라는 둥의 '야수'의 전언들이 너무 따갑고 산란하고 어두워서였을 것이다. 그래서 사랑을 버린 이에게 독화살을 던져 단죄하느니 난망한 줄 알면서도 그 모든 상처와 비감을 혼자 끌어안으려 발버둥치는 자의 망실과 분란을 무모하고 불경한 죄라 일컬었을 뿐이다. 사랑을 잃은 자의 어둠은 그 안에 세상 모든 것들의 알몸을 발가벗겨 해선 안 될 말과, 저질러선 안 될 마음 속 사태들을 몸 밖으로 삐져나온 짐승의 내장처럼 도열하게 만든다. 그 봐선 안 될 "투명"을 바라본, 아니 그 "투명을 보는 시선을 꿰뚫어" 본 자의 자기 분열 양상은 '영혼의 포르노그래피'와도 같다. 유혹보다는 혐오와 염오, 쾌감보다는 환멸과 저주 쪽으로 마음을 산란케 한다. 그러나 그걸 싸구려 치정에 목매인 유치한 복수심으로만 매도하면 곤란하다. 시인은 참혹할지언정 순연함을 잃지 않는다. 오로지 사랑 자체에만 몰두해 사랑의 비열하고 모순된 알몸과 마주치고, 그것으로서 도저히 쓰일 수도 전달될 수도 없는 사랑의 말들을 '투명한 혼란' 속으로 몰아갈 뿐이다.

슬프므로 나는 기둥이 되지 않겠다
기필코 쓰러지겠다

(……)

살아남는다고 삶에 성공하는 것은 아니다

나는 내 시보다 천하다
내 시가 죽을 때까지 천하게 쓸 것이다

인간 없이 떠도는 인간의 거짓말들
어떤 병으로도 환생할 수 있다

입술을 얻어 오리다, 사람을 일깨울 수 있는
입술을 버리고
나는 물질로 개종하고 있다

──「연옥의 노래」에서

　　사랑은 한때의 폭풍과도 같고, 삶의 안위를 보장해 주기보다는
"거짓된 발작이" 일순간 문질러 대 농밀해진 위태로운 "색"(「향」)의 분
란에 가깝다. "나누어 줄 수 없는 것을 나누어 주고 싶"으나 종국엔
그럴 수 없어 "느껴지는 초라한 참담"(「푸른 손의 처녀들」)을 영원 속의
상처로 따갑게 되새기는 일. 그런 점에서 "슬프므로 나는 기둥이 되
지 않겠다/ 기필코 쓰러지겠다"며 스스로를 무너뜨리는 건 어쩌면 사
랑의 실체를 그 어떤 가식 없이 인정하고 받아들이겠다는 뜻으로 읽
을 수 있다. 사랑의 폭풍이 지난 후의 히스클리프는 쓰러진 고목이나
진배없다. 잎도 열매도 다 떨군 채 그저 하나의 "물질로 개종"된 상태
로 버려진 한때의 바람. 그리고 바람이 지난 자리의 허망한 흔적들.
그를 버린 건 폭풍을 헤쳐 나간 인간이지만, 그를 보살필 수 있는 건
"인간의 거짓말들"도 신의 영험한 후광도 아니다. 오로지 그 스스로

신이 되거나, 신이 되겠다는 망집 속에서 영원히 좌절하는 것만이 스스로를 납득시키는 길이다. 굳이 예수의 일생을 돌이키지 않더라도 어떤 인간은 인간에 의해 버려질수록 신에 더 가까워지고, 신에 가까워질수록 언어는 더더욱 불가능성과 불가해성 속에서 착란을 일으킨다. 신은 어쩌면 미쳐 세상을 바꾸려 한 자[3]의 그림자 속에 죄인의 피와 영혼을 숨기고 있는지 모른다. 우아하고 아름답기만 해 보이던 세상 모든 것의 실체가 발가벗겨 보면 그저 더러운 똥구멍과 각질의 피부와 트다 만 살의 균열 자국 따위로 난분분하듯, 사랑의 속곳을 벗겨 보면 어느 한편의 사랑이 깊어질수록 그처럼 더 깊이 사랑할 수는 없을 거라는 환멸과 자책의 얼룩들로 가득하다. 그 치장하지 않은 "투명"을 들여다보다가 미쳐 버린 자의 언어는 그러므로 스스로 조제한 죄의 독배나 마찬가지. 그걸 거듭 들이키고 뱉어 내며 세상의 그 어떤 '천함'보다도 천하고 쓸모없는 "존재의 놀이"에 몰두하는 이는 신성마저 발가벗기려는 태생적 죄인임에 분명하다. 그러니 시인이여, 네 죄를 네가 알렸다. 그 죄가 끝끝내 "밤처럼 저승처럼 깊어"(「자야」)져 "평생 자신을 살아야 한다는 공포로/ 환희해야 한다는"(「우상의 피조물」) 이 뻔뻔하고 노골적인 우주의 모함도. "서로의 이승과 저승을 번갈아 건너는/ 참담 속에서"(「폭풍이 끝난 히스클리프」) 기다림의 열병으로 입 다물지 못하는 모든 사랑의 죄인들에게 따뜻한 죽음 있으라.

---

3 사랑의 뼈와 내장까지 들여다본 이후에도 떠났던 사랑이 돌아온다면, 그건 세상이 미쳤거나 미친 자의 진심으로 세상이 뒤바뀐 것이라 할 수 있다. 시는 불가능을 가능으로 만들려는 혁명가의 꿈이 아니라, 불가능은 오로지 불가능일 뿐이라는 걸 알기에 더 극한의 불가능 속으로 뛰어들려는 도착된 욕망의 발로일 뿐이다. 떠났던 사랑이 돌아온 환희를 노래한 시엔 아무런 긴장도 불온성도 없다.

언어의 연옥, 존재의 피안

함성호『키르티무카』

1

> 황홀경은 중력의 중심점을 갖지 않는 게 아니고 그것의 외부에 있음이다.[1]

해 바뀌던 첫날 새벽,(얼추 축시에서 인시로 넘어갈 무렵이다.) 함성호의 네 번째 시집 교정지를 처음으로 완독했다. 목덜미를 오그라붙게 만드는 이명과 무시로 출몰하는 허깨비들의 작란 탓에 심신이 곤죽이 된 상태였다. 반인반수가 된 듯한 불면의 밤 한가운데 기묘한 기운이 출렁거리는 걸 느꼈다. 그건 처음 '이상한 소리'로 다가왔다.[2] 귀를

---

1   미셸 슈나이더, 이창식 옮김, 『글렌굴드, 피아노 솔로』(동문선, 2002).
2   시집 해설을 빙자한 이 난삽한 글은 어쩌면, 그 '이상한 소리'의 형태와 연원을 밝히려드는 나만의 협잡질일 수도 있다. 그건 차마 뱉지 못할 말들에게 불가피한 언로(言路)를 힘겹게 열어 두는 일이자, 함성호의 시집에서 촉발하거나 남겨진 어떤 잔향들을 내 몸에 새기기 위한 불우한 염탐이기도 하다. 좋은 시집은 각기 마디들이 전체를

틀어막을수록 더 강하게 진동하는 무슨 마찰음 같은 것이었다. 밤의 적막은 신경의 비약을 턱없이 용인하는바, 어긋난 우주의 요철 틈새에서 지상으로 전파하는 그 기별이 그런데, 징그럽게 정겨웠다. 조화와 궁휼의 사운드는 분명 아니었으되, 단전에서부터 머리끝까지 스멀스멀 혈관을 가로지르며 숨통을 죄었다 풀어놓는 그 소리는 악의는 없으나 심히 편안하지만은 않은 누군가의 미소를 연상케 했다. 지극하고 심원한 정한의 끄트머리에서나 볼 법한 무색무취의 눈웃음. 그 미소를 초야의 호롱불인 양 오랫동안 눈을 감고 음미하다가 잠깐 눈을 떴을 때엔, 누군가의 어머니 얼굴, 담뱃진에 찌든 할머니 냄새, 바다가 내려다보이는 벼랑 끝에서 유린당한 누이의 시체 따위가 눈꺼풀 안쪽에 들러붙었다. "(왜 모든 질문은 여성의 것일까?)"[3] 그 순간, 어두우나 밝고 차갑지만 뜨거운 어떤 구체(球體)가 뇌리에서 공회전하기 시작했다. 나는 그게 한순간 누군가의 미미한 육신에 포획된 지구의 본체가 아닐까, 과도하게, 그리고 선명하게 착각했다. 그러면서 몸속에 뚜렷한 나선으로 번지는 소리의 맥을 좇아 속 깊이 웅얼거렸다. '착각은 신의 감각이다. 존재의 내부는 우주의 절벽이다.' "(왜 깊고 넓은 것들은 모두 어두운 걸까?)"(15쪽)

음악 공연에서 연주자들이 때로 눈을 감는 이유는 자신이 만들어 내는 소리를 듣기 위해서가 아니다. 연주자들은 소리를 보기 위해서 눈을 감는다. 연주자의 귀는 고막 안으로 굽어 몸 안에서 응결되

향해 통으로 반향하는 커다란 나무 그늘과도 같다. 땀을 식히든, 용변을 보든, 은밀히 나쁜 짓을 하든, 통곡을 하든 나무는 자신의 뿌리 앞에서 무슨 일이 벌어지는지 알 수도 없고, 알 필요도 없다.

3 함성호, 『키르티무카』(문학과지성사 2011), 114쪽. 이하 시 인용은 쪽수만 표기한다.

는 소리의 형상들을 귀 바깥으로 둥그렇게 펼친다. 연주자의 귀는 듣기 위해서가 아니라 소리 내기 위해 작동한다. 그리고 눈은 (일순간 절멸한) 만상(萬象)의 뼈다귀들을 추려 내는 끌로 작용한다. 소리가 외부로 확산할 때, 외부를 차단한 망막 안엔 음의 파동으로 형성된 이 세계의 단속적인 얼개가 떠오른다. 육신의 모든 구멍들이 벌어지는 동시에 스스로의 공명통을 안으로 폐쇄시키는 순간, 소리가 연주자의 바깥으로 미끄러진다. 소리는 사라지기 위해 나타나고 영원히 잊히기 위해 부푼다. 그렇기에 소리를 만들어 내는 일은 불굴의 것을 낳기 위해 스스로 불구를 감수하는 인간의 허망한 의지를 표상한다. 소리는 존재하지 않는 거대한 산의 정상과도 같다. 생각하지 않거나 느끼지 않으면 부재하지만, 생각하고 느끼는 순간, 그것은 인간의 어떤 정념 앞에서 수수께끼 같은 표정을 지으며 생의 전면에 커다란 그늘을 드리운다. 그러면서 끝끝내 실체를 드러내지 않는다. 그 앞에서 인간은 만감을 상실하거나 사소한 바람 소리에도 영혼 일체를 고스란히 헌납하게 된다. "불멸을 멸한 것이 아니라, 아무도 연주할 수 없는 악보로 불멸이 멸했으니"(「시인의 말」) 삶은 이제 한 존재의 확립에 분투하는 유한한 자아의 퍼레이드가 아니다. 삶은 이제 우주에 버려진 시간의 넝마에 지나지 않는다. 그 넝마를 껴입고 최초로 눈뜬 자가 직면한 어둠은 환희에 가깝다. 그런데 그 환희는 공허하다. 음악이란, 아니 모든 물상의 윤곽들을 삼키며 공전하는 소리란, 그렇게 짧은 순간, 우주의 중심을 관통하며 스스로를 지운다. 지워지기 위해 존재하는 것. 그 짓을 어떻게 제정신으로 하겠는가.

2

> 너는 달처럼 나를 괴롭혔어. 네가 고통과 무명이라는 낡은 율
> 법에 묶여 있었다는 것을 알아. 나는 불구자의 지혜가 두려워.[4]

환각은 정밀한 지혜와 감각의 소산이라고 나는 감히 말한다. 그
수통맞은 지혜와 감각은 개인의 안위나 영달을 위해 쓰이는 게 아니
다. 그것들은 되레 개인의 협소한 정신 능력 바깥의 일들을 추스르고
다스리는 데 쓰인다. 이를테면, 존재하는 모든 것들의 연원이나 개념
과 분별이 확립되지 않은 상태에서의 사물의 본성에 즉자적으로 반
응하는 일. 그렇게 더듬더듬 소리를 내며 언어 이전의 공황 속에서 몸
의 모든 기관들을 각각의 존재 양태로 낯설게 되새기는 일. 언어는 한
갓 현세의 이해와 오해 속에서 명멸하는 인식의 파편에 불과하다. 그
럼에도 언어는 한시적으로 세계의 질서를 선취한 자들의 칼이고 방
패였다. 그러면서 동시에 칼을 버린 자의 빈손이었으며 방패를 뺏긴
자의 적나라한 심장이었다. 문학(가들)은 오랫동안 언어를 이기려 하
고, 언어에 버림받았으며, 언어의 바지춤을 붙든 채 교언영색의 처세
를 연마해 왔다. 그러니 이제 제대로 버리고 버림받을 때가 되지 않았
을까. 언어로 말해질 수 없는 존재의 숨겨진 양상들에 대해 언어 바
깥에서 그림을 그려 봐야 하지 않을까.

나는 말하면서 말해지고 있었다 그리면서 그려지고 있었다 그때,
나를 그리고 있는 자의 검은 말씀이 부러졌던 때 더 이상 나는 그려지

---

4   레너드 코언, 장호연 옮김, 『아름다운 패자』(책세상, 2008).

지 않았다 나는 그려질 수 없었고, 그때서야 말은 이성이 되었다(15쪽)

"나를 그리고 있는 자"는 누구인가. 아니, 애초에 '나'란 누구이고 '무엇'을 그리려 했던 것인가. 더 나아가 그 '무엇'은 '왜' 그려야 하는가. 하지만 공연히 존재의 알쏭달쏭한 육하원칙 따위를 여기서 재확인하거나 부언하고 싶지는 않다. 한 사람이 느닷없이 언어의 부림을 당하고 언어와 씨름하다가 "바깥의/ 사유로 인해 접혀져"(25쪽) 버리는 경우란 논리나 본능 이전에, 삶의 미시적인 부분 요소들이 일시에 소용돌이로 충돌하는, 총체적인 통각의 문제다. 그러니 그건 시인 스스로도 설명 불가능하다. 설령 어떤 사적인 계기와 동기가 얘기될 수 있다 하더라도 시가 출발하는 정확한 지점을 찍을 수 있는 생의 지도란 생전에도 사후에도 존재하지 않는다. 다만, 어떤 풍경이 있고, 그 풍경에서 느껴지는 이 세상 안의 낯선 질서가 때로 발견되고, 그리하여 삶의 패턴과 언어의 육질이 사뭇 이질스럽게 변경되는 언어의 연옥, 존재의 피안이 설정될 수 있을 뿐이다. 가령, 이런 식으로.

봄은
어떤 죄의식으로 꽃을 피우는 걸까?
살구나무 아래 세워 둔 은색 승용차는
바다가 보이는 언덕에서
부정한 떡을 나눠 주던 흰 꽃상여처럼
어지럽게 장식 받고 있다

시든 꽃 같은 흰 떡을 받은 적이 있다
처참하게 피었구나

사방(四方)을 잃고 입안은 사막 같아라

갈증으로

먹지 못하고 들고 서 있던

[   ]

꽃상여 옆에서

새끼줄로 허리를 묶고 서 있는 죄인들

서약의 피를 버린 숲

잎과 잎 사이에서

무성함에서 우거짐으로

지상으로 밀고 들어오는 빛(26~27쪽)

　위 구절에서 시인은 "바다가 보이는 언덕"에 서 있다. 그런데 시인이 자신의 처소를 무시로 환기할 때마다 그곳은 망막에 맺힌 상처럼 "[   ]"로 뒤집어진 채 나타난다. 시인은 문장을 역상으로 배치함으로써 그것을 말하고 '그려 낸다'. 이를테면 외부로 향하던 시선을 자신의 망막 안으로 일순간 굴절시키는 것이다. 그럴 때 풍경은 외부에서 내부로, 다시 내부에서 외부로 동시에 접히게 된다. 이제 안이 밖이고 밖이 안인 영혼의 점이지대가 열린다. "말"은 바깥으로 날아가고 "그림"은 몸 안에 별자리를 펼친다. 어둠은 빛이 되고 색과 형이 난분분하게 펼쳐진 봄 바다의 풍경은 시인의 몸 안에 내장된 기억의 파노라마 속에서 단속적인 스냅으로 치환된다. 몸 안의 소요가 풍경에 얼룩을 남긴다. 시선 바깥의 "빛"이 눈꺼풀 안에서 바스라진다. 저승과 이승, 지상과 허공이 접붙는 그곳에서 시인은 "봄"이 "꽃"을 피우는 근저에 모종의 "죄의식"이 있지 않을까 의심한다. "죽고 싶어라, 죽고 싶어라".(26쪽) 시인은 자괴하면서 신명을 낸다. 악마와 천사가 수시로 가면을 바꿔 쓰며 시인을 괴롭히고 부추긴다. 어둠 속에 빛살을 긋고, 그어진 빛의 틈새에서 다시 어둠을 꺼낸다. 세계는 적막하고, 동시에 요란스럽다. 이 자지러지는 '고통-환희'는 능동태가 아니라 전적인 수동태다. 우주나 자연은 정복 대상이 아니라 피정복의 사태일 때, 비로소 정체를 분명히 한다.(등반자의 탐욕으로 에베레스트가 정복되는 게 아니라, 자연의 겸양으로 인간은 신의 등덜미에 잠시 안착한다.) 그 안에서 시인은 "말하면서 말해지고 그리면서 그려진다". 그러면서 스스로를 지워 우주의 한 빛깔, 어둠의 한 소절, 이승의 잊을 수 없는 한 식경으로 산화한다. 그렇게 봄날의 꽃들은 저주의 입술인 양 뾰로통 피어난다. 그가 도대체 무슨 말을 하고 있는지 그 자신은 알까.

3

> 단 한번의 시선이 열정을 불사르고, 암살을 자행하고, 전쟁을 터뜨린다. 그 시선은 누구의 것일까?

> 눈의 사정력(射精力)![5]

시인은 이미 "자기를 바라보는 눈은 의심이거나 심연"(13쪽)이라고 말한 바 있다. 풍경이 시선 안으로 굽는 것도, 문장을 역상으로 뒤집어 놓은 것도 그렇다면 어떤 "죄의식"의 소산일 터이다. 물론 그 죄는 인류 기원이나 생사의 숙명과 연관된 것일 뿐, 현세의 법률과는 크

---

5 로베르 브레송, 오일환·김경은 옮김, 『시네마토그래프에 대한 단상』(동문선, 2003).

242

게 상관없다. 어쩌면 그 죄는 외부로 직진하던 시선이 불현듯 자신을 굽어보는 순간, 거대한 구름의 그림자처럼 드리워진 것인지 모른다. 그건 어떤 의도 없이 범하는 죄다. 그 죄는 목적을 갖지 않은 욕망이 부지불식 쏘아 본 뭇 생명들로부터 고발당함으로써 발생한다. 이른바 천기누설 내지는 삶이라는 노상에서 마음대로 속곳을 펼쳐 영혼을 방뇨한 죄. 시인은 자신에게 발가벗김을 당한 풍경의 정수들에 의해 어둠의 신탁자 앞으로 소환된다. 처벌은 언어 파탄의 질곡에 사로잡히는 것이다. 현세의 빛을 방기한 채 감히 자신의 내부, 생명의 내부, 우주의 내부를 굽어본 죄. "차마와 감히의 두통과 초조함"(27쪽) 속에 스스로를 은폐한 채 "절기의 부작용"(같은 쪽)을 자신의 것인 양 엄살 떨며 세계의 골상을 두 손 안에 펼쳐 놓으려 한 죄. 그러나, 그것은 용서를 빌 수도, 빌 필요도 없는 떳떳하고 불가피한 죄다.(또는, 자신의 생의 의지와는 '때로' 무관한 타인의 죄다.) 시인은 언어의 굴레 안에서 되레 호방하게 외친다. "돈을 탕진하고, 육신을 탕진하여/ 자신의 죽음을 장식하는 이의 삶은 얼마나 아름다운가"(30쪽)라고. 그리고 그 전에 어머니를 향해 이렇게 애원한다. "어머니, 제발/ 이제 저의 장수는/ 빌지 마세요".(같은 쪽) 당당히 죽으려 하나 목숨을 놓아주지 않는 혈육과 현세의 질곡. 이것은 꼭 시인과 언어와의 관계를 연상케 한다. 시인은 언어의 창조자 또는 주재자라기보다 차라리 언어에 겁간당한 자에 가깝다. 어느 날 뇌파를 급습한 우주 분열의 지도가 뒷덜미를 조르며 헛구역질이라도 내뱉으라고 소리칠 때, 시인은 오장육부 전체가 혀가 되어 세계의 숨겨진 틈을 핥는다. 그때 나오는 말들은 결국 "저승의 유행가"(81쪽)로 희미하게 메아리치다 "한번 떠나온 뒤로,/ 다시는 들리지 않"(102쪽)게 된다. 그 소리의 끝을 좇아 시인은 다시 자신의 눈 속을 들여다보고, 어둠 속에 소리를 묻고, 자신의 죄를 스스로 벗어 "연기(緣起)가 없는 존재"(75쪽)가 되어 사라지기를 꿈꾼다. 그러나 그럴 수 없다. 소리는 "연기"가 없지만 언어는 그것을 탄생시킨 현세의 법칙과 규율 안에서 무수한 인연의 끈을 엮어 시인을 옥죈다. 아무리 "어둠이 내 유일한 인사"요 "유일한 빛"(76쪽)이라지만, '어둠 속의 기쁨'은 침묵을 낳을 뿐이고 침묵은 그 누구의 귀도 고려하지 않는 법이다. 침묵의 소리는 결단코 언어로 윤색되거나 설명되지 않는다. 그 어떤 말보다도 육체적이고 선연하기에 외려 말을 파탄으로 몰아가고 의미의 블랙홀 속에서 세계의 질서를 조롱하게 된다. 그러나 궁극의 승자는 여전히 언어를 부리는 자다. 그는 언어와 육체는 애초에 분리된 것이라는 고루한 이분법의 신봉자다.[6] 말을 잃은 자는 세계로부터 벗어나지 못한 채 세계에 구속된다. 언어의 집정자는 침묵의 사제를 그만의 방식으로 교살하려 한다. 침묵하려는 자는 그러나 그만의 죽음의 방식을 그리고 있다. 또는, 죽음이 아니고서는 그의 견고한 혀를 현세의 논리로 풀어헤칠 수 없다. 그때 침묵하려는 자가 할 수 있는 유일한 방법은? 그렇다, "몸을 망치지 않고서／ 어떻게 내가 이 모순을 바로 볼 수 있으랴."(68쪽) 차라리 피를 부르는 것이다.

> 그럼에도
> 눈물이 이삭이 되고

---

6 흔히 말하는 '로고스 중심주의'는 서양 철학 담론의 유구한 우상이자 한계이지만, 이 땅에 유입된 모든 외래 학문, 그것도 유행의 첨단을 이끌며 '로고스 중심주의'를 해체 재구성하려던 유럽의 학문은 여전히 로고스의 형식 안에 갇혀 있다. 언어의 뻘늪에서 몸을 풀어내는 것, 그건 이 땅에 언어의 심급을 유린하는 신종 광대의 씨를 뿌리는 일이다. 수사와 현학의 물때여, 쫙 물러나 주시라. 벌교의 꼬막처럼 대지의 음문(陰門)을 벌리리라.

봄이면 피는 꽃들은

학살자들의 철모 위에서도 다시 아름다웠다

울어라 새여,── 금남로에도, 이리얀자야에도, '프라찬다의 길'에도,

키르쿠크에도

그리고 왜 아름다움은 창녀처럼 곳곳에 있는지

그리고 나는 들었다

학살자들과 학살당한 자들이 찾는 아브라함의 기도를

그리고 나는 들었다

그 사람이 말하는 칼과 반목을

분명

찬양보다는 조롱이 그리운 밤이다

(그리고 무서운 밤이 온다)(88~89쪽)

인류의 전장엔 영원한 악도 선도 없다. 모든 싸움은 선악의 다툼이 아니라 각기 다른 개체들 간의 존재 양상의 마찰이자 그로 인한 정당하거나 억울한 분풀이에서 촉발한다. 그것은 자연의 엄밀한 법도를 따른다. 그런 의미에서 모든 전쟁은 성전(聖戰)이다. 적이든 자기 자신이든 싸우지 않고는, 죽이고 죽지 않고는, 인간은 스스로의 존엄을 선취할 수 없다. 전쟁은 평화의 가식을 감추기 위한 위악의 가면이다. 그 까닭에 때로 전쟁은 축제로 여겨지기도 한다. 그런 의미에서 "인생의 가장 큰 즐거움은 적을 추격해 쓰러뜨리고 그들의 소유물을 독차지하며, 여자와 아이들이 울부짖는 소리를 듣는 것이라던"(112쪽) 사내의 일생을 순전한 악이라 매도할 수 있는 인간은 이 세상에 존재할 수 없다. 그 역시 그 나름의 삶의 미궁 안에서 그만의 어둠을 목도했던 건지 모른다. 그가 죽인 "여자"와 "아이들"의 시체가 썩고 그 위

로 길고 긴 바람이 지나간 다음, 시간과 담합한 풍문들이 또 다른 칼과 방패를 들고 사내의 영혼을 부관참시한다. 지구 어디선가 때아닌 피바람이 몰아치고 그 혈흔에 감응한 누군가가 마음의 현을 공기 중에 조율해 이 기나긴 영욕의 파토스를 천연스레 읊조린다. "썩지만 않는다면 죽음도/ 옆에 두고 친할 만하"(109쪽)지 않은가. 그 '썩지 않는 죽음'이 몸 안에 고이고 고여 대지의 밑뿌리로 누누이 흐르지 않는다면, 그리고 그 역사와 언어를 초월한 이야기들이 조직하는 한시적인 음계에 몸을 떨지 않는다면, 누군가의 밤을 우주 끝까지 밀어붙이는 '참혹–찬연'한 '시의 시름'은 더 이상 진행되지 않을 게 분명하다.

4

완전한 구(球)가 있다면
완벽한 그것을
완전히 뒤집어
당신에게 보여 주고 싶습니다(111쪽)

시는 고로 앓는 일이다. 그것도 제 몸이 어디가 병들었는지 모르는 상태에서 문득 내뱉은 각혈처럼 오리무중한 병증이자, 그 선혈을 보고도 무심히 다른 생각에 빠져드는 방관자의 헛기침이다. 스스로부터 멀어지면서 우주와 가까워지고 연기(緣起)의 끈을 놓으려다가 그 안에 사로잡히고야 마는 이 지난한 굴레 안에서 시인은 "비참한 수식 하나도 가지지 못한 채 늘 그것을 찾아 떠도는 언제나 헤진 신발을 신은 자이다."(93쪽) 그 "헤진 신발"의 방황은 그 끝을 알 수 없기에 도저하고, 중간에 멈추어 작파하는 순간 흔적도 없이 사라진다는 점에서 공허한데, 그 '공허'는 함성호가 둥그렇게 엮어 놓은 "무한 반복 재생되는 문장의 시제"(93쪽)처럼 어두와 어미가 맞붙은 채 시작도 종결도 없이 순환한다는 데에서 '발생'한다.

　　태양계가 블랙홀 속으로 사라져 가는 모습을 슬프게 바라보다가 운적이 있는 다음 생엔 다시는 별의 운명으로 태어나지 말아야지 하며 사건의 지평선을 걷고 있는 내 모습을 보고 있던 나는……(93쪽)

　　앞서 나는 '공허'가 '발생'한다고 말했다. 이건 어쩌면 물리학적으로 잘못된 표현일 수 있다. '공허'는 정말 '발생'할 수 있는 것일까. '공허'는 '발생' 이전에 떠도는, 부재하는 것들의 입김이 아닐까. 시는 그 '부재의 입김'을 존재의 표면에 투과시켜 거기에서 발생하는 열기와 소리를 언어로 음각하는 일이 아닐까. 이를테면 생의 불명확한 악절 사이에 불시에 침범하는 '루바토'의 작란 같은 것. "죽음으로부터 훔쳐 온 시간, 죽음에 되돌려 주어야 하는 시간"[7]엔 의미와 논리의 뼈대마저도 솎아 낸 언어가 그 자체의 속도감만으로 빠르게 공전한다. 그것들은 다만 "말하면서 말해지고 그리면서 그려"지기에 기존의 논리

7　　"예술은 존재하지 않을 수도 있을 뿐 아니라, 반드시 그렇게 되어야 한다. "나는 예술에 자신만의 소멸의 기회를 주어야 한다고 믿는다." 굴드더러 예술을 위한 예술의 지지자라고, 상아탑의 은거자라고 꾸짖은 다음에 예술의 죽음을 바랐다는 비난까지 덧붙여야 할까? 그의 의도는 그렇지 않았다. 그는 관념론자가 아니었으며 예술에 반(反)한 예술, 죽음의 예술 ― 그를 사로잡는 무(無)로부터만 의미를 취하는 ― 을 말할 수 있는 하나의 선을 그렸을 따름이다."(미셸 슈나이더, 『글렌굴드, 피아노 솔로』, 158쪽)

체계가 가진 직선적 시간 원칙을 갖지 못한다. 그래서 계속 뱅글뱅글 돌면서 무(無)의 그림자를 크게 부풀린다. 언어는 그 둥그런 무의 외연을 감싸는 허깨비일 뿐, 만지면 부스러지는 낙엽의 잔해가 나무의 기억을 잃었듯, 본래 지시하고 지시받던 상징계의 질서로부터 훌쩍 이탈해 있다. 그것은 다만, 누군가의 육체 속에, 또는 어둠 속에서 눈을 감지 못하는 어떤 이의 첨예한 불안과 고독 속에 파리한 이명으로 떠돌며 심연의 수레바퀴를 돌린다. 우주가 몸 안에 들어차 물먹은 도살장의 소처럼 끔벅끔벅 눈짓으로만 존재를 시위할 때, 그렇게 죽음이 기꺼이 내 몸을 뚫고 나와 그 아득한 실감을 어두운 지구 표면에 스캔할 때, 비로소 만물이 품고 있던 시가 첫울음 울고 닫혀 있던 미망의 뒤 통로에 사자(死者)의 눈빛이 번득인다. 사정이 이러하니 이런, 시가 함성호를 놓아줄 낌새가 안 보인다. "죽으면 냄새만 처먹고 산다는"(45쪽) 웬 똥개 새끼처럼 그의 낭심을 꽉 물고 있다. 이것은 축복인가 저주인가.

5

뒤늦었지만 부언하는 엉터리 해제 몇 개. 이 시집은 모두 여덟 개의 큰 제목 아래 다섯 개의 '루바토'로 구성되어 있다. 개별 제목을 단 스물다섯 편의 시들은 요컨대 간주곡의 형태로 전체 주제의 각론들을 반복하면서 솔로를 연주한다. 주제부는 대개 수동적인 침잠을 요구하지만, 솔로에서는 '집중된 여유'와 자유로운 감정이입이 주로 발휘된다. 남세스러움을 무릅쓰고 감회를 고백건대, 세밑의 달그림자 아래서 교정지를 만지작거리다가 울음을 터뜨리게 한 시가 있다. 그 시를 마지막 앙코르로 자청하며 글을 맺음하기로 한다. 시집 한 권은 곧잘 시 한 편으로 강력히 압축되곤 하는 법. 움푹 눌러 심히 아프게 반응하는 부위가 있다면, 그곳이 바로 만병의 근원이자 만사형통의 입구 아니겠는가. 아, 그리고 마지막으로 시집 제목에 관한 것. 함성호의 발언에 따르면 '키르티무카'는 '영광의 얼굴들'이란 뜻이라는데, 아무렴 어떤가. '키르티무카 키르티무카 키르티무카 짝짝짝' 하면서 리듬을 타고 놀다 보면 음과 양이 저절로 통해 몸의 기운이 열리고 굳었던 근육에서 동면하던 새가 표로롱 날아오를지도 모를 텐데. 시는 어쩌면 칭기즈칸 부대의 종마 같은 것인지도 모른다. 말을 해부해 버리고 나면 당최 뭘 타고 이 광활한 지구를 달려 "얼음 호수"에 닿을쏘냐.

어머니 전 혼자예요
오늘도 혼자이고 어제도 혼자였어요
공중을 혼자 떠도는 비눗방울처럼
무섭고 고독해요
나는 곧 터져 버려 우주 곳곳에 흩어지겠지요
아무도 제 소멸을 슬퍼하지 않아요

어머니 전 혼자예요
오늘도 혼자이고 어제도 혼자였어요
고요히 솟아오르는 말불버섯 홀씨처럼
어둡고 축축해요
나는 곧 지구 부피의 여덟 배로 자랄 거예요
아무도 이 거대한 가벼움을 우려하지 않아요

여기에는 좁쌀알만 한 빛도
쓰레기 같은 정신도 없어요
혼자 생각했어요
연기(緣起)가 없는 존재에 대해서
그리고 우연이야말로 우리가 믿는
단 하나의 운명이라는 것에 대해서

타이가의 호수에서 보았지요
안녕하세요? (하고) 긴 꼬리를 그으며
북반구의 하늘을 가로지르는 별똥별을
안녕? 나는 무사해
어둠이 내 유일한 인사였어요
이것이 내 유일한 빛이었어요

나의 우주에 겨울이 오고 있어요
나는 우주의 먼지로 사라져 다시
어느 별의 일부가 될 거예요
새로울
나의 우주는 아름다울까요?

혼자 생각해 봐요
이 무한에 내릴 흰눈에 대해서
소리도 없이,
소·리·도·없·이·내·릴·흰·눈
에 대해서

어머니 전 혼자예요
혼자 밥을 먹고 혼자 울지요
나는 어디에 있나요?
내가 지금 있는 곳이 어딘지
누구에게든 알려 주고 싶어요
모든 것이 사라진 다음에도
아름다움은 있을까요?

거기에, 거기에 고여 있을까요?
존재가 없는 연기(緣起)처럼
검은 구멍처럼

어머니 전 혼자예요
쇠락하고 있지요
　　　　　　——「보이저 1호가 우주에서 돌아오길 기다리며
　　　　　　　　—— 왜 유가 아니라 무인가?」

별은 어디에서 왔을까

함성호의 시들[1]

별은 왜 별일까. 난데없고 어이없는 질문이지만, "무한을 셀 수 있는 방법"(「무한 호텔」)에 대해 궁구하다 보니 무슨 칡뿌리를 통째 씹어 문득 이런 의문이 어금니를 간질이는 걸 피할 도리가 없다. 천문학이나 우주물리학의 원리를, 그것들의 정식 자체를 문제 삼아 따져 묻는 건 아니다. 말 그대로 '별'은 왜 '별'이라는 이름으로 불리게 됐을까에 대한, 조금은 유치할 수도 있는 우문에 불과할 뿐이다. 설사 현답 또는 정답을 내놓지는 못할지라도 한번 입에 문 김에 웬만해선 도로 뱉어 내고 싶지 않다. 별은 왜 별일까. 그래서 새삼 사전을 뒤져 '별'이란 단어를 찾아본다. 의미론적으론 흔히 'star'라 풀이되지만, 그 뜻을 지닌 한자어의 한국말 음가는 '별'이 아니라 '성(星)'이다. '별'이라는 한 음절 단어는 '별(別)' 외엔 상용되는 것들이 많지 않다. '별(別)'의 풀이는 (1)나누다 (2)몇 부분으로 나누다 (3)헤어지다 (4)따로 떨어지다

---

1   이 글에 인용된 시는 《포지션》 2017년 가을호에 실렸다.

(5)떠나다 (6)다르다 (7)틀리다 (8)갈래, 계통 (9)구별 (10)차별 등등 꽤 다양한데, 결국엔 뭔가와 다르고 갈라지고 헤어짐을 뜻하는 것이라 요약 가능하다. '별종'이나 '별개' 등의 단어에도 '별(別)'이 쓰인다. '별세계'라는 단어도 있듯 아무튼 뭔가, 통상적인 것과는 다른 것이다. 그렇다고 함부로 확정하진 않겠다. 다른 '별'들도 찾아보았다.

* 瞥: 언뜻 보다
* 鷩: 볏이 누른빛을 띤 꿩의 일종
* 鼈: 자라. 고사리
* 丿: 상우에서 좌하로 굽게 삐친 획
* 嫳: 발끈하다
* 彆: 활이 뒤틀리다
* 徶: 너울거리다
* 憋: 악하다. 성급하다
* 撇: 닦다. 흔들다. 치다. 물결이 서로 부딪는 모양
* 瘪: 날지 못하다. 꺼지다
* 莂: 모종내다
* 蛂: 풍뎅이
* 蟞: 개미, 절름발이
* 襒: 털다
* 覕: 언뜻 보다
* 鷩: 붉은 꿩

늘어놓고 보니 참 별의별 별들이 다 있구나 싶다. 이것들 중, 억지 상상으로나마 별과 연관될 수 있을 만한 것들을 두텁게 강조해 본

다. 요컨대, '별'은 외견상 '언뜻 보이다'가 '상우에서 좌하로 굽게 떨어져 내리는 빛의 일획'과 닮았다고 할 수 있을 것이다. 그렇게 '발끈하듯' 빛을 발하고는 '뒤틀린 활'에서 오발된 살처럼 천공을 '너울거리다'가 흡사 '물결이 서로 부딪는' 형세로 파열하며 사라진다. 그렇다면 제대로 '날지도 못한 채' 공전하던 '풍뎅이' 한 마리가 창문을 배회하는 소리를 별의 속삭임으로 여길 수도 있지 않을까. 물론 과잉 상상이다. 하지만, "미지의 것은 미지의 것을 통해서/ 모호한 것은 모호한 것을 통해서"(「어느 회의주의자의 굴뚝」) 우주의 불분명한 요소들을 파악하려 드는 게 시의 한 본령이라고 했을 때, 사전에서마저도 얼버무리고만 있는 별을 뜻은 다르나 음가는 같은 다른 말들로 규명하려 드는 일도 망상만은 아닐 것이다. 그런 취지에서 '고사리'는 또 어떤가. 하늘이라는 큰 밭에 생물의 초기 존재 양태로 진화의 한 축을 암시하는 천공의 양치식물들. 자기만의 미망에 함몰된 어느 광증의 문맹자가 별을 바로 그런 것이라 일컫는다 한들 이 우주에 무슨 내분이라도 발생할 것인가. "한 생명이 꿈꾸는 신 없는 창조"(같은 시) 앞에 어느 포악하고 완고한 신의 밀정이 숨어 있어 그의 부정(否定)을 폭로하고 참수하려 할 것인가.[2] 여하간, 별은 참 별나다. 그 별난 별 중 하나에 우리는 지금 살고 있다. 아니, 그런데 별을 어느 한 순간 살고 지는 생명들의 거처로만 파악해도 되는 것일까. 별은 혹시 살아 있는 생명들이

---

2 "이 우주 안에서 일어날 수 있는 수많은 사건 중에서 어느 특정한 사건이 야기될 선험적인 확률은 영에 가깝다. 그럼에도 불구하고 우주는 존재하고 있으며, 그 안에서 확률이 (그 사건이 일어나기 이전에는) 거의 영이었던 사건도 확실히 일어나고 있다. 현시점에서는 생명이 지구상에 단 한 번 출현하였다는 것과, 이 생명이 나타나기까지는 그 확률이 거의 영이었다는 사실을 긍정할 권리도 부인할 권리도 우리는 가지고 있지 않다."(자크 모노, 김용준 옮김, 『우연과 필연』(삼성출판사, 1998).)

만개시킨, 그럼에도 불구하고 끝끝내 그 자신을 거기에 비출 수는 없는, 영원한 저편의 빛은 아닐까. 그렇다면 우리는 죽을 때까지 그곳(그것이)에 갈(될) 수 없다.

왜 그 안을 보지 말라 했나?
궁금하여 우리는 어둠상자를 열기로 했고
단지 그런 마음을 일으켰을 뿐인데
우리는 어둠상자 안

內

壺

中

이 되었다
바깥/안은 없단 말인가?
어떻게 우리는 안과 바깥을 동시에 살게 되었나?
이곳은 처음이지만 와 보았던 곳
기쁨이 슬픔을 치유하지 못하고
행이 불행을 극복하지 못하고
즐거움이 우울을 위로하지 못하고
소식이 내일을 열지 못하고
철학이 모순을 이기지 못하고
수학이 유일한 마술이자 종교인
이것과 저것이 얽히고설킨 무대
어둠상자 안-바깥에서 우리는
어둠상자 안-바깥이 궁금했다

　　　　　　　　　　　　　　—「하여(何如)의 무대」에서

태어나는 건 한 번이지만, 대개 그렇게 여기고 삶의 주체를 하나로 고정하지만, 기실 우주의 입장에서 보면 모든 생명의 양태는 어느 커다란 원환 속에서 생성 소멸하기를 반복하는 작은 원자들의 지난한 운동에 불과하다. 그래서 때로 어떤 공간은 "처음이지만 와 보았던 곳"으로 인식되기도 한다. 그런데, 과연 누가 "와 보았던" 것일까. 스스로 "처음"임을 인지하는데도 무슨 연유로 "기쁨이 슬픔을 치유하지 못하고/ 행이 불행을 극복하지 못하고/ 즐거움이 우울을 위로하지 못"한다는 사실을 선험적으로 알고 있는 것일까. 원인이 있었기에 결과를 유추 또는 판명하게 되는 게 아니라 (행위의) 결과 속에 원인자가 숨겨져 버리는 것 같은 이 당착은 오묘하다. "궁금하여 우리는 어둠상자를 열기로 했고/ 단지 그런 마음을 일으켰을 뿐"이라고 했지만, 이때 "우리"는 누구이고 과연 무엇이 "궁금"했기에 "어둠상자"를 열게 되었던 것인가에 대한 전제가 이 시엔 드러나지 않는다. 아울러 "그런 마음을 일으"키게 한 이유와 "그 안을 보지 말라" 한 자의 주체 또한 명확하지 않다. 그러면서 언어로 가공한, "內/ 壺/ 中", 이른바 수직의 투호 놀이 병 같은 게 우주의 텅 빈 척추마냥 나타난다. 누가, 무엇을, 왜, 어떻게,라는 기본 논리 전제가 제시되지 않은 채 "철학이 모순을 이기지 못하고/ 수학이 유일한 마술이자 종교인/ 이것과 저것이 얽히고설킨/ 어둠상자 안-바깥/"만이 뫼비우스의 띠처럼 뒤엉켜 있을 뿐인 상황에서 "서로에게 최면을" 거는 "두 명의 최면술사"가 등장한다. (아마도 둘은 각자의 내밀한 곳을 건드리려는 심사로, 그럼에도 종국엔 두드릴수록 닫혀 버리는 어떤 거대한 질서 체계에 대한 소심한 반작용으로 허랑한 투호 놀이나 겨룰지도 모른다. 둘은 결국 하나다.) "안"이 "바깥"에게, 또는 "바깥"이 "안"에게 서로 수작을 벌이는 것일지도 모르나 그 "안"이나 "바깥" 또한 결국엔 "수학"이라는 정교한 필연과 '철학의 모순'에서 발생하는 '우연'의 그물 속에 서로를 가둬 버리게 될 것이다. 그렇게 '하여(何如)' 다시 모든 게 처음부터 "궁금"해진다. "하였"기에 궁금해지는 것이지 원래 "궁금"은 자연의 자발적 작동이었던 건 아니었던바, "궁금"이 불러일으키는 '모순된 철학'과 유일하게 (잠정적이나마) 확정성을 기대하게 만드는 '수학이라는 종교'가 다시금 부딪게 된다. 서로에게 최면을 걸고 꽉 차 버린 투호 병을 다시금 비운 채로 "우연이 필연의 궤도를 찾아가는 생명의 지평선 너머"(「어느 회의주의자의 굴뚝」) 다시, 별은 왜 별일까, 되묻기만 반복하게 되는 것이다.

> 한밤 풋감 떨어지는 소리에
> 한쪽 다리로 이불을 감고 돌아눕는 너의 나선; 螺線; 裸線;
> 가만히 속눈썹에 내려앉는 한 눈송이
>
> (……)
>
> 물먹은 눈송이가 던져지듯이 내리던 밤
> 우리는 어떻게, 같이, 거기에, 있게 되었을까?
>
> 아니 땐 굴뚝에서 피어오르는 연기; 煙氣; 緣起;
>
> 사사건건(事事件件)이 사건(事件)이고 사물(事物)이고 물건(物件)이고
> 우연(偶然)이 필연(必然)이고 연기(緣起)다
>
> (……)

군이 말하려고 치면, 모든 것이

확률이 아닌,

확률의 빈 구멍에서 불어오는 바람 때문이었다

—「어느 회의주의자의 굴뚝」에서

　　우연은 말 그대로 연기(緣起)의 불연속적인 작용이다. 그러면서 동시에 "아니 땐 굴뚝에서 피어오르는 연기(煙氣)"[3]와도 흡사하다. 결과 속에 숨겨져 버린 원인자는 그래서 여전히 오리무중이다. "어떻게, 같이, 거기에, 있게 되었"는지 누구도 모르는 상태에서 "사건"이 발생하였고, 그것의 원인을 "군이 말하려고 치면" 그 어떤 논리적 정합도 꿰맞출 수 없는, "확률의 빈 구멍에서 불어오는 바람"에게나 전가할 수 있을 뿐이다. 자연의 모든 순환이나 역리, 그리'하여(何如)' 생성 변화하는 모든 과정의 총괄자는, 체감할 수는 있으나 손에 잡히지도 눈에 보이지도 않는, 아니, 손에 만져지고 눈에 보이는 것들의 배후에서 지구를 들었다 났다 하는 "바람"일지도 모른다. "연기"는 "바람"에 흩날려 무수한 우연의 홀씨들을 뿌려 놓는다. 그 난분분한 듯 일정한 바람의 "리듬 속에서" 시인은 "신을 보았다"고 말한다. 그 "신"은 "이해한다는 것은/ 안다는 것이 아니라/ 알 수 없는 것을/ 알 수 없는 대로/ 받아들이는/ 몸의 말인 마음"이라 설파한다. 그렇게 "바람"에게 뒷덜미 잡혀 "휘몰아치던 감정이 잦아들고/ 우리는" 이제 "번지는 마음"을 서로 "안아 주"(「이제는 향기로 듣겠습니다」)려 둘만의 공간을 찾아가

3　가끔은 "아니 땐 굴뚝"에서 연기 아닌 화염이 치솟을 때도 있다. 이 역시 '연기(緣起)'의 복잡다단한 그물 체계에 의한 것이라 참작할 수는 있겠으나, 그럴 때면 마치 자기가 엮어낸 거미줄에 스스로 목이 죄이는 거미처럼 짐짓 아연할 수밖에 없어 『화엄경』을 뒤적이게 된다는 말장난쯤은 가벼이 허하여 주시라.

게 된다. 그런 걸 대개 "사랑"이라 일컫는다. "무한을 셀 수 있는 방법"
은 어쩌면 사랑밖에 없는지도 모르니까.

우리는 만원을 내고 방을 얻었다네
관리인이 건네준 열쇠에는 ∞+1이라는 방 번호가 있었고
우리는 무한 엘리베이터를 타고
오늘 밤 사랑을 나눌 침대로 한없이 다가갔지
방은 어둡고 무안해서
방에 들어간 우리는
서로가 어디에 있는지 찾을 수가 없었어
(……)
우리는 우연히 작은 욕조에서 만날 수밖에 없었어
우리는 서로 욕조에 마주 앉아
일어나는 거품을 후후 불고 놀았고
사라지는 거품들을 애도했지
레몬
응?
그녀가 레몬트리라고 말했다

그래서 우리는 사랑을 했지

— 「무한호텔」에서

"무한호텔"은 비어 있는 날이 없다. 늘 만원이다. 말 그대로 '무한'
이니까. 무한정 사람이 드나들면서 별별 사건이 다 일어나니까. 그곳
의 모든 방 호수는 "∞+1"로 정해져 있을 것이다. 왜냐하면 무한이 예

외변수를 허락하는 건 '무한 너머'밖에 없기 때문이다. 무한은 곱하고 곱해도 무한대지만 1이라는 홀수가 더해지는 순간 무한에 혹이 나거나 구멍이 뚫리며 무한의 축이 뒤틀린다.(혹은, 무한이 잠정적인 유한성 안으로 압축되어 별세계가 된다.) 그것은 "알 수 없는 것을/ 알 수 없는 대로/ 받아들이는" 상황이라 할 수도 있다. "알 수 없는 것"을 "알 수 있는 것"으로 억지 치환하려는 순간, "사사건건(事事件件)이 사건(事件)이" 되면서 "∞+1호 방"은 증발해 버릴지도 모른다. 그 방이 증발하면 "무한호텔"도 사라진다. 별별 사람들이 다 드나들어 늘 만원이지만, 별별 사람들이 만들어 내는 별별 사건들이 외려 무한을 가려 버리면서 결국엔 어디에도 존재하지 않는 것으로 되어 버리는 게 "무한호텔"의 역설이다. 그래서 "무한 엘리베이터"를 타고 들어간 방은 "서로가 어디에 있는지 찾을 수가 없"을 정도로 "어둡고 무안"하다. 그 안에서 다시 '연기'가 작동한다. 한동안 서로를 찾지 못하다가 "우연히 작은 욕조에서 만날 수밖에 없"어지는 것이다. 그리'하여(何如)' "거품을 후후 불"며 "사라지는 거품들을 애도"하는 일, 그것은 무한을 세는 일인 동시에 무한 속으로 스스로를 날려 버리는 일이기도 하다. 무한 (우주) 입장에서 보자면, 태어나자마자 흔적도 없이 사라지는 것 자체가 존재 증명의 전부인 거품과 인간이라는, 또는 문명이라는 이 거창한 조직체가 무에 달라 보이겠는가.

새벽의 골목에서는 혼잣말의 그림자가

사방에서 포위해 오며 들려오기도 했다

그럴 때마다 나는 내가

혼잣말의 홈을 따라 도는 바늘 같기도 했다

—「혼잣말, 그다음」에서

다시 자문한다. 별은 왜 별일까. 또는 "새벽의 골목"에서 "그림자"로 "포위해 오며 들려오"는 "혼잣말"은 과연 누구의 주문이거나 희원일까. 각자 혼자인 채로 떠돌면서 "말하듯 노래하기"로 지껄여 대는 이 불협화음의 최초 발신음은 어떤 파형을 지니고 있는 것일까. 누가 처음 바늘을 올려놓았는지도 모를 이 "거대한 레코드판"은 언제부터 돌기 시작했던 것일까. "넘을 수 없는 예감이었다가/ 씻을 수 없는 죄(罪)였다가/ 건널 수 없는 노래였다가"(「예키 부드/ 예키 나부드」) 하는 이 기나긴 환청은 그러나 그 처음을 따지려면 머나먼 어느 가계(家系)의 근친의 역사까지 들춰 내야 하는지 모른다. "어느 시대나 옛날은 있었고, 어느 곳에서나 그 옛날을 이야기하는 처음의 방식은 비슷하다."라며 "그래서 이야기는 이야기 앞에서 망설이는 한 늘 오늘의 이야기다. 어른들이 그 주문 같은 말을 읊조릴 때, 이야기는 세상에 없던 이야기"(「시작메모」)라는 시인의 첨언을 참조하자면, 모든 이야기는 결국 무한정 이어지면서 반복 재연되는 이야기의 허두를 새롭게 여며 '똑같은 이야기'를 '별스러운 이야기'로 재가공하는 일에 지나지 않을 수도 있다. 그렇게 모든 옛이야기들이 오늘의 이야기가 된다. 그러면서 원래 하나였던 것을 이리 나누고 저리 구별하여 별(別)난 것들을 끊임없이 미분하고 확장시키는 것이다. 그럴 때, 이야기하는 자는 이야기 듣는 자를 유혹하고 희롱하는 특권을 갖는다. 세에라자드는 천일 동안의 이야기를 통해 자신의 목숨을 보위하는 방식으로 죽음을 되돌려주고 권력을 장악하지 않았던가. 모든 이야기는 결국 누군가 태어나고 살고 죽어 가는 이야기다. 그래서 또 결국 누군가가 태어나고 살고 죽어 가는 삶 그 자체에 대한 메타 스토리다. 그러면서 그 자체로는 어떤 진리도 내포하지 않는다. 진리를 위장하거나 진리를 가리거나 당장 필요한 진리만 조립해 내거나 하면서 때론 기복과 평화를, 때론 저주와 멸시를 우연의 홀씨에 담아 부풀리거나 축소한다. 그런 이야기의 홍수 속에서 이야기의 단초가 된 '분명히 있었던 사실'은 재연될 수도 선명하게 증명되지도 못한다. 그런 까닭에 때로 "언제나 지금뿐이라는/ 이 삶이 무시무시"(「그것 아니면 아무것도 아니고, 그것 때문이라면 다 괜찮은」)해진다. 고릿적이나 지금이나 세상이라는 "레코드판"엔 별별 얘기들이 맴돌이 하면서 "아니 땐 굴뚝"에 연기를 그려 내곤 하는데, 이 역시 인간이 세상을 이야기하는 오래된 방식이다.[4] 그래도 어쩌겠는가. "모든 회의가 나의 발걸음이 되고/ 모든 불운이 나의 숨이 되고/ 모든 슬픔이 내 앞이 되"(같은 시)어 버렸다 하더라도 그 모든 "회의"와 "불운"과 "슬픔" 자체가 "진주보다 아름다운 눈물"의 귀책사유가 된다면 우리는 어쩌면 이미 별을 몸 안에 품은, 별로 정숙치는 않더라도, 내면의 벌거벗은 사막 속으로 날아 들어가는 '우연의 홀씨'일 수 있을 것이다.

어쩐지 별은 "어둠상자 안-바깥"을 공전하다 '상우에서 좌하로 굽게 삐치며' 잠깐씩만 '언뜻 보게' 되는, 무한의 '풍뎅이' 같은 게 아닐까 싶다. 그렇더라도 바로 그것이라고 여전히 확정하진 않겠다. 별을 그

4　이와 관련해 반세기 전, 자크 모노가 던진 화두는 아직 유효하다.

　　"현대사회는 과학에 의해서 직조되고 있으며, 과학의 소산으로 살고 있으나 그 반면 마약 중독자가 마약에 매달리고 있듯 과학에 전적으로 의존하게 되어 버렸다. 현대사회가 물질적으로 막강한 것은 지식의 기초를 이루고 있는 이 윤리의 덕택이며, 또한 도덕적으로 약체인 것은 지식 그 자체에 의해서 뿌리가 뽑혀지고 있는 낡은 가치 체계에 기인하고 있기 때문이다. 그럼에도 불구하고 현대사회는 여전히 이 가치 체계에 의존하려 하고 있다. 이 모순은 죽음을 뜻하는 것이다. 우리는 지금 바로 우리의 발밑에 하나의 함정을 보는데, 이 함정을 파고 있는 것이 바로 이 모순이다." (자크 모노, 앞의 책)

리는 마음이란 결국 이 세계가 정식화한 모든 이야기 체계를 벗어나 오직 유한의 단독자로서 무한을 감지하려는 자들만의 지난한 별곡(別曲)일 수 있으니까. 어쩌면 수만 년 전에 이미 한번 이승을 다녀간 과거의 운석이 현재의 짐승 뼈로나 남아 있을지도 모를, "머나먼 아라비아의 사막으로 나는 가자."[5] 거기서 줍게 되는 어떤 사물이 과거의 나, 미래의 나를 포함한, 현재의 내가 추출해 낼 수 있는 유일한 나만의 우주일 수 있으니까. 그게 설사 사막여우가 냄새만 맡고 도리질 친 낙타 똥에 불과할지라도.

---

5 유치환, 「생명의 서」에서.

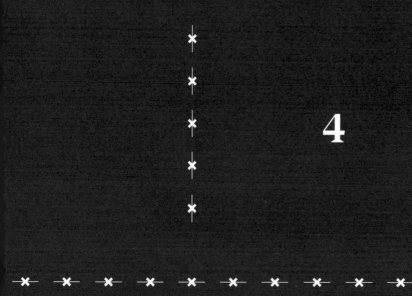

4

막힌 혈을 뚫는 신명의 촉[1]

신경림 『사진관집 이층』

1

얼마 전부터 길을 다니며 사람들 얼굴을 관찰하는 버릇이 생겼다. 늘 다니던 길이더라도 생면부지의 얼굴들이 익숙한 이보다 더 많다는 건 새삼 놀라운 일. 거리라는 게 그렇다. 내가 그 길을 잘 알고 있다고 여기는 의식조차 망각한 어느 순간, 돌연 모든 게 최초의 체험처럼 여겨지게 된다. 지금 바로 맞은편에서 다가오는 사람의 얼굴을 재빠르게 눈흘김해 본다. 남자든 여자든 젊은이든 늙은이든 상관없다. 목표(?)가 포착되는 데 별다른 작위 요소는 없다. 단지 하나의 우발 상황이다. 그렇게 되기까지의 모종의 심리 상태나 동기에 대해선 스스로에게도 답하지 못한다. 다만, 동공의 조리개가 불에 덴 듯 파다

---

1 이 글은 2014년 봄 『사진관집 이층』(창비, 2014) 출간 이후 신경림 시인과의 대화를 바탕으로 작성했다. 이하 이 시집에서의 인용은 시 제목만 표기한다.

닥 움직이면서 뇌하수체에 기묘한 가역반응이 일어나는 걸 육체적으로 깨달을 뿐이다.

　같은 시간 같은 거리를 거닌다는 수천만 분의 일 이상의 우연. 이런 건 왠지 불가항력이란 느낌이다. 공기마저 짐짓 수상해진다. 그럼에도 그 수상함이 매혹적이라 따라가지 않을 수 없다. 물론 낯선 이를 뚫어지게 바라보는 건 피차 곤란한 일이다. 그럼에도 눈앞에 돋을새김한 얼굴을 외면하기 힘들다. 그래 일부러 무심한 척 새우눈이 된다. 하지만 그 눈 끝이 무슨 예민한 펜의 끝날 같다. 일순간 표백된 뇌어느 부위에 뭔가 속기된다. 나는 당연히 저 사람을 모른다. 그런데도 나는 알지 못하는 그의 알려지지 않은 삶에 대해 내 멋대로 크로키하기 시작한다. 무관한 이의 얼굴에서 뭔가를 읽어 내려 하는 이 충동은 무슨 병증의 작란인가. 제아무리 그럴듯한 가설을 만들어 그를 그려 낸다 한들 그 사람이 그 자신일리 만무하다. 그렇다 하더라도 그를 인지하는 것만으로도 내 안에 없던 공간이 생긴 듯해 마음의 밑자리가 점강법으로 밝아진다. 나 자신에게 묶여 있던 누군가가 오래 닫혀 있던 문을 열고 탈출하는 기분이랄까. 아니, 완전히 모든 걸 내려놓고 나가진(어디서?) 못하더라도 슬며시 바깥을 내다보려 창문이라도 하나 열어 놓은 느낌이랄까. 낯선 사람의 얼굴을 보는 일이 왠지 나 스스로도 알지 못했던 내 뒷모습을 확인하는 일 같아진다. 내 걸음걸이가 저러했던가. 내 목소리의 반향이 이토록 먹먹할 정도로 스스로에게 낯선 물성을 지녔던가. 일순, 모든 게 수수께끼가 된다. 답이 풀린다고 속 시원해지는 게 아니라, 끝까지 질문해 대는 것으로 더 큰 도전 영역이 생기는 무슨 게임판 안에 들어온 것 같다. 그리고 그 시발이 그저 어느 평범해 보일 뿐인, 낯선 사람이다. 문득 뒤가 서늘해지는 기분. 잃어버린 그림자가 별안간 형체와 모양의 디테일들을 갖춘 채 내 앞에 나타나 내 이름을 묻게 될 것만 같은 나날의 연속. 그럴 무렵, 한 시인을 '실물'로 만났다.

2

시인 신경림. 처음 마주한 그는 범부의 얼굴이었다,라고 일단 쓴다. 이 허두는 아무런 작의도 없다. 그저 그랬다는 것뿐이다. 그런데 그걸 쓰는 게 왠지 버겁다. 뭐라 써도 '그'를 '그'인 그대로 지칭하지 못할 것 같은 까닭이다. 어쩌면 그게 진짜 '범부'의 힘이고 면모인지 모른다. 그에 대해 지난 수십 년의 한국문학사가 뭐라고 써 댔는지는 내가 참조할 바 아니다. 솔직히 말해 그의 시를 이토록 통시적으로, 꼼꼼하게 읽은 것도 처음이다. 나는 다만 내 아버지보다도 윗 연배인, 어느 살아 있는 사람을 대면한 것뿐이다. 그의 시를 읽고, 스스로도 시를 쓰는 입장에서.

'어떤 허위나 겉멋 따위 일체 배제된 밋밋함과 순연함'이라 수식할까. 하나 그 말 자체가 외려 '겉멋'이고 '허위'로 치장된 것 같아 문득 머릿속 단어를 다시 헤아리게 만드는 얼굴을 그는 지니고 있다. 쓰고 보니 이 문장 자체가 굉장히 작위적이다. 그러니 동시에, 내가 그동안 숱하게 남발했던 문장들이 이런 배배 꼬인 체계 안에서 반복 운용된 허위의 부메랑은 아니었을까 하는 자괴가 뒤따르는 것도 무리는 아니다. 이 게임판[2]은 발가벗으려 할수록 그 안에 더 많은 옷이 드러나는

---

2 정릉의 아파트에서 신경림 시인과 마주 앉아 있으면서 어릴 적 어른들과 두던 장기판이 무시로 떠올랐던 까닭일까. 그 상황을 뒤늦게 '복기'하려 드니 자꾸 모든 게 동

268

걸 기본 원리 삼고 있는지 모른다. 그런고로, 긴장감이 고조될수록 피부가 겹으로 두터워지면서 본래 없던 옷을 하나 더 껴입게 되는 것 같다. 하여 명명하자면, 이건 '전면 무장 해제 놀이'. 턱없이 진지해지거나 비감해지거나 우울해지는 쪽이 진다. 아니, 이 게임은 애초에 승부를 가리기 위한 게 아니다. 어느 한쪽에서 이기려 들거나 초조해지거나 하면 게임 자체가 성립되지 않는다. 여긴 흑백도 좌우도 없다. 삶 자체의 본래적 고뇌마저 퇴색게 하는 지엽적 편가름으로서의 분투 따위 게임을 즐길 줄 모르는 바보들의 헛수작에 불과하다. 굳이 솔직해지려고 노력할 필요도, 뭔가 격식과 예의를 갖춰 스스로를 위장할 (정격화된 예의란 타인에 대한 예우보다 자신을 보위하려는 테크닉일 때가 더 많지 않던가.) 이유도 없다. 나와 마주 앉아 있는 시인 또한 그렇게 생각할까. 아닐지도 모르지. 그렇더라도, 어쨌거나 그는 말하고 나는 듣는다. 또는, 나는 질문하고 그는 대답한다. 먼저, 대뜸 죽음에 관한 것.

나이 먹으니 죽음에 대한 생각을 안 할 수가 없어. 내가 시를 써서가 아니라 그건 보통 이들과 같아. 죽음은 당연한 거야. 겁도 나고 그러니까 일부러 아무렇지도 않게 생각하려 하기도 하고. 두려움도 당연한 거지. 그래도 죽음 이후의 세상에 대해서도 많이 생각하려고 해. 그래서 그런지 그런 꿈을 꿀 때가 많아, 요즘. 죽음도 삶의 일부분인 거야. 삶의 연장인 거지 뭐. 인간이 살면서 역사에 기여하고 삶을 변혁하려고 노력해야 한다고들 하지만, 그리고 나도 그런 생각을 하면서 살아왔지만, 사

네 어귀에서 여흥 삼아 즐기던 무고하고 순연한 게임 같다는 생각이 든다. 누가 이기든 지든 물적 심적 부담 따위 존재하지 않는, 그저 흘러가는 바람 속에서 희희낙락 노닥거린 다음 집으로 돌아가 아랫목에서 군고구마나 까먹으면 끝인 그런 게임. 그런 놀이를 잃어버린 이후, 삶은 지옥이 되었던 것 같다.

실 한 사람 한 사람의 삶이 더 중요하지 역사가 더 중요하다고 생각하지는 않아. 우리나라는 일제 시대 때부터 해서 6·25, 4·19, 5·16, 5·18 다 겪으며 희생당한 사람들이 너무 많아. 그 버려진 삶들을 다시 한번 생각해 보는 게 중요해요. 하지만 시 쓰면서 일부러 그런 생각을 하는 건 아니야. 시를 쓰다 보면 막연하게나마 그런 사람들을 떠올리게 되는 거지. 그렇게 희생당한 사람들 중에서 나하고 이런저런 관련이 있던 사람들이 참 많아. 그런데 나는 80 다 되도록 살아 있고 그들은 먼저 가고 그런 걸 생각하면 세상이 슬프다는 생각이 많이 들어. 그런 생각에 골몰하다 보면 내 주변 사람들만의 범주를 넘어서 더 많은 사람들에 대해서 생각하게 되는 거지. 시 쓰는 게 그런 것들을 하나하나 건드리게 되는 일이거든. 비단, 정치적인 문제뿐만 아니라 삶 전체에 대해서…… 그런데 정치하는 인간들뿐만 아니라 지식인을 비롯한 소위 지도층에 있는 사람들은 다 사기꾼이란 생각이 들어. 그런 사람들의 입장을 바탕으로 해서 잘 먹고 잘살고 편하게 살고 하는 원칙들이 생겨난 거니까. 중요하게 점검해야 될 문제들은 딴 데 떠넘기면서 자기들끼리 누릴 거 다 누리고…… 나 자신도 어쩌면 그런 사람들 중의 하나일 수 있지.

느리고 약간 낮게, 다소 어눌한 듯 분명하게 얘기하는 어조다. 감정의 지분댐이나 정연한 논리로 말발을 세우려는 혈기 따윈 느껴지지 않는다. 그저 야금야금 생수 들이켜듯 무던하게 던지는 이웃 어른의 말본새. 얼핏 무슨 나물 냄새 같은 게 배어 있다는 착각이 든다. 작고 동그랗고 주름이 많은, 어딘가 태생적으로 개구져 보이는 그의 얼굴은 사실, 아직 죽음과는 거리가 있어 보인다. 실제 나이를 염두에 둔 편견의 반작용일 수도 있다. 하지만 죽음은 나이가 가져다주는 장물도 훈장도 아니고 삶의 반대편에서 선고 내려지는 징벌은 더더욱 아닐 것이다. 더 늙은 자라고 해서 더 빨리 죽음을 맞이할 거라는 법은 없다. 죽음은 시간 흐름에 의한 순열인 듯싶으면서도 통상 시간 관념을 거스르며 불현듯 정체를 드러내는, 그의 말마따나 "삶의 일부분"으로서의 사건인 경우가 많다. 그는 실제로 주변 사람들의 죽음을 많이 겪었다. 그의 부모뿐 아니라, 친구, 가족 등등. 더욱이 그는 이미 40년 전, 부인과 사별했다. 과문한 나는 이 사실을 이번에 처음 알았다. 그 사실을 알고, 나라면 어땠을까 잠깐 자문한 적 있다. 그가 부인과 헤어진 때가 딱 지금 내 나이 무렵이었으니 더 그랬을 것이다. 내겐 아내가 있었던 적 없지만, 딱히 그래서가 아니더라도 잘 실감이 안 간다. 장담은 못해도, 나의 부모도 형제도 아직 죽음과는 거리가 있어 보인다. 그런 연유로 나는 죽음에 대해선 여전히 일자무식이라 해도 과언이 아니다. 그러나 죽음에 관한 한, 그 어떤 것도 산 사람이 확언하거나 증명하긴 힘들다. 죽음과 연관된 꿈을 자주 꾼다고 그는 말했는데, 꿈속에서라면 나도 죽음에 대해서 할 말이 꽤 있다. 그를 만나러 가기 전날 밤에도 나는 내가 바닷속에 잠겨 죽어 가는 꿈을 꾸었으니까. 그것은 삶의 작용일까 죽음의 무애한 희롱일까.

이 지반에서 아버지는 마지막 일곱 해를 사셨다.
아들도 몰라보고 어데서 온 누구냐고 시도 때도 없이 물어 쌓는
망령 난 구십 노모를 미워하면서,
가난한 아들한테서 나오는 몇 푼 용돈을 미워하면서,
절뚝절뚝 산동네 아래 구멍가게까지 걸어 내려가
주머니에 사 넣은 한 갑 담배를 미워하면서,
술 취한 아들이 밤늦게 사 들고 들어와
심통과 함께 들이미는 군밤을 미워하면서,

너무 반가워, 그것도 너무 반가워

말보다 먼저 나가는 야윈 손을 미워하면서,

(……)

죽어서도 떠나지 못할 산동네를 미워하면서,

산동네를 환하게 비출 달빛을 미워하면서,

안양시 비산동 489의 43,

이 지번에서 아버지는 지금도 살아 계신다.

　　　　　　　　　──「안양시 비산동 489의 43」에서[3]

　시인이 5년 만에 낸 시집 『사진관집 이층』의 1부에 실려 있는 시다. 더 덧붙이고 사족 달 것 없이 액면 그대로 이해되고 명확하게 '그림'이 그려지는 작품이다. 이 시뿐 아니라, 시집의 1부엔 그의 어머니, 아내 등 그가 먼저 떠나 보낸 사람들에 관한 이야기들이 주로 담겨 있다. 그런데 그 이야기들이 단지 사실 나열이나 아직 살아 있는 자의 위치에서 과거를 곱씹는 소회에 그쳤다면 자못 밋밋하고 덤덤한, 그저 흔히 있을 수 있을 법한 회고에 불과했을 것이다. 물론 그렇게 읽어도 문제 될 건 없다. 시인이 그런 마음으로 썼다 해도 마찬가지다. 한 편의 시는 시인에게서 놓여나는 순간, 그 자체로 하나의 생물이 된다. 모든 걸 독자의 몫으로 남겨 두자는 맹랑한 소리가 아니다. 시는 그것이 쓰인 순간 이후론 시인 스스로도 가늠하지 못할 고유의 에너지와

3　신경림, 『사진관집 이층』(창비, 2014). 이하 인용은 시 제목만 표기한다.

자장을 갖게 된다. 쓰여진 언어의 영역 안에서만 시가 운위될 때, 그 시는 단순 표어나 감성의 표피만을 두루뭉수리 문지르다가 증발하는 물파스 같은 게 되어 버리고 만다. 그렇다고 시가 무슨 외과 수술용 집기나 내시경 같은 게 되어야 한다는 소리 또한 아니다. 시가 '무엇'이 되고자 할 때, 또는 시를 가지고 '무엇'을 하려고 할 때, 시는 기이하게도 그 자체의 생명을 잃는다. 그렇다면 시는 왜 쓰는 것일까. 아울러, 앞서 신경림의 시들이 "액면 그대로 이해되고 명확하게 '그림'이 그려"진다고 혼자 떠벌였는데, 그 이해가 정말 완전한 '이해'이고 그 명확함이 정말 사실 그대로의 '명확'일까. 이 요원한 자문에 대한 억지 대답을 궁구하기 전에, 시인의 육성을 다시 곱씹어 본다.

사실 그래…… 시인이라는 것은 이 시대를 이끌어 가는 지도층과는 생각이라도 다르게 가져야 하지 않나 싶어. 사는 거야 각자의 방식대로 살게 되는 거고, 이런저런 잘못도 저지를 수 있는 거지만 말야. 정치하는 놈들, 여야를 떠나서 다 사기꾼들이고 지식인이라는 것들도 마찬가지야. 시라는 게 그렇잖아? 지식이어서도 안 되고 뭐 옳은 소리만 떠들어 대는 것이어서도 안 돼. 시가 누구를 가르치고 끌고 가려해서도 안 되는 거고. 시가 변혁 운동을 이끌고 가야 한다 뭐 이러면서 외치기만 하다 보면 결국 문학적으론 패배자가 되지. 나도 그런 시기가 있었지. 내가 시 쓰는 게 가장 힘들었던 때가 시가 무슨 변혁 운동에 기여해야 한다고 외쳐 댈 때였어. 문학 자체, 그러니까 시를 중심으로 생각하던 사람들은 패배자라고 생각할 때가 있었는데 그때 많이 힘들었지. 1980년대 같은 때 말야. 시가 역사에 기여해야 하고 변혁 운동에 복무해야 한다, 뭐 그러던 시기. 특히 창비 계열 문학가들이 그랬고, 나도 그렇게 말하고 다니긴 했지. 헌데 그렇게 말하면서도 속으론 '아, 이건 사기다. 시가 왜 이렇게 재미없어지나.' 뭐 이런 생각했어.(웃음) 그리고 그러면서 시를 써 보니까 시가 도대체 신명이 안 나. 변혁 운동에 복무하려면 뭣하러 시를 써? 나가서 싸우면 되지. 그러다가 그런 생각에서 벗어나면서 시가 조금씩 나아지더라구. 시는 무엇에 복무하는 것이 아니고 그냥 쓰는 것이다, 뭐 이러고 나니까. 그냥 쓰는 거여. 뭘 의식하고 쓰면 신이 나겠어?

말하는 그도, 듣는 나도 뭔가 '신명'이 돋는 말이다. 그는 정말 이 말을 하면서 새삼 '당신도 그렇지?' 하며 동조를 구하는 듯한 눈빛을 내게 보냈다. 나는 고개를 끄덕였다. 신명. 어떤 단어들은 느닷없이 생활 주변에 스며들어 신묘한 주술처럼 부지불식 머리 위를 맴돌기도 하는데, 내겐 '신명'이란 말이 그랬다. '신명'은 대개 육체적인 깨어남을 일컫는다. 글을 쓰는 이가 책상에 앉아 머리통을 싸매고 원고와 씨름하는 것도 단순 두뇌 노동이라기보다 온몸에 맺혀 있는 혈(穴)들을 뚫어 내는 일이라 나는 생각하는 편이다. 따라서 글이 써지지 않을 땐 몸을 움직여 근육 여기저기에 틀어박힌 생각의 옹이들을 털어 내는 게 중요하다. 체질과 성향에 따라 방법은 다르겠지만, 막힌 곳을 뚫고 나가는 지구력은 우직하게 밀어붙이는 힘 더하기 그 힘에서 빠져나와 생각의 큰 틀을 멀찍이 관망하는 이완을 병행할 때 비로소 탄탄해진다. 이건 무슨 격투의 원리와도 비슷하다. 마구 돌격하는 것으로 상대의 혈을 잠식하려는 행위는 거울 속에 머리를 들이밀어 그 속에 담긴 자기 얼굴을 만지겠다고 하는 짓이나 마찬가지다. 제대로 힘이 실린 몸은 결코 무겁지 않다. 보란 듯 방점을 찍어 똑바로 쳐다보라고 쓴 글씨는 의도만 돌덩이처럼 확연할 뿐, 그 어떤 여운이나 매혹도 느껴지지 않는다.(이것은 사랑의 원리와 유사하지 않은가.) 그런 점에서 신명은 그 자신의 고유한 에너지를 반등시켜 스스로에게서조차 놓여

나는 탄력을 확보함으로써 발생한다. 그렇게 되면 늘 보던 익숙한 풍
경들 속에서 여러 색깔의 정서와 숨겨진 뜻을 제 것인 양 받아들이는
여유도 생겨날 수 있다. 그런데 그 여유는 마냥 편안한 것만은 아니다.
영혼의 혼탁이 닦인 거울엔 외려 미처 살펴보지 못한 누군가의 아픔
이 있다. 몸 바깥의 생면부지 통증이 몸 안을 건드리는 상태. 이것 역
시 '신명'의 한 양상임에 분명하긴 하다.

3

> 그 여자가 하는 소리는 늘 같다.
> 내 아들을 살려 내라 내 아들을 살려 내라.
> 움막집이 헐리고 아파트가 들어서고
> 구멍가게 자리에 대형 마트가 들어섰는데도
> 그 여자의 목소리도 옷매무새도 같다.
>
> (……)
>
> 세상이 달라졌어요 할머니 세상이.
> 이렇게 하려던 내 말은 그러나 늘 목에서 걸린다.
> 어쩌면 지금 저 소리는 바로
> 내가 내고 있는 소리가 아닐까.
> 세상이 두렵고 내가 두려워
> 속으로만 내고 있는 소리가 아닐까.
>
> ──「봄비를 맞으며」에서

바깥을 보게 만드는 힘. 뭐 그런 것에 골몰하게 되는 상황이란 묘하게 역설적이다. 자신의 아픔이나 고민 속에 파묻혀 있다가 그 파묻혀 있음에 진저리치면서 고개 돌려 밖을 내다보니 자신의 것과 별반 다르지 않은 아픔을 타인에게서 목격하게 되더라는 점에서 그렇다. 그럴 땐 단순 동조가 아니라, 아픔 자체의 밀도가 증폭되면서 그것이 정말 나의 것인 양 온몸으로, 실제로 앓게 된다. 헌데 그 앓음은 묘하게 에로틱하다. 하나에서 둘이 되었다는, 그리하여 그 힘이 몇 배 더 증폭되었다는 물리의 기본 법칙이 작용해서일 수 있다.(이 역시 사랑의 원리와 닮아 있지 않은가.) 때로 세상을 크게 뒤흔드는 저항과 반동의 힘 또한 이런 원리에 기반한다고 본다. 그것 역시 일종의 '신명'이다. 전도 유망한 남미의 의대생이 모터사이클을 타고 휘젓고 다닌 세상의 그늘을 통해 희대의 혁명가로 거듭나는 과정에도 필시 그러한 신명의 원리가 작용했을 것이다. 단지 자신의 안위를 헌신짝처럼 버리고 세계의 대의명분에 투신하기 위해 청년 에르네스토가 총을 들었다고는, 나는 믿지 않는다. 혁명은 그의 삶의 유일무이한 호사고 원칙이고 목표이고 무엇보다 최선의 욕망이었을 것이다. 그리고 그 안에 그 개인의 슬픔, 아픔, 환희, 절망 등이 모두 버무려져 있었을 것이다. 구두 수선공이 구두를 매만지는 것으로 스스로를 완성하듯, 그는 총을 통해 스스로의 정의를 지키려 했다. 자신이 체감한, 그리하여 그와 비슷한 사람들이 일제히 몸을 열고 받아들인 어느 신명스러운 기운 아래서.(이야기가 돌연 삼천포를 넘어 남미까지 넘어갔군. 신명이란 게 이렇다. 한번 치달으면 시간도 국경도 훌쩍 건너뛰어 저 혼자 '오버'하게 된다. 어서, 재빨리, 귀환하자. 어느 늙은 여자가 추루한 행색으로 비감하게 서 있는 남한의 어느 거리로.)

어떤 맺힘 많은 소리는 밖으로 터져 나오지 않고 "속으로만 내고 있는", 신음 같을 때가 있다. 그런데 위의 시에서 "여자"가 외쳐 대는 소리는 밖으로 터져 나오되, 듣는 귀가 닫혀 있는 먹통 상태다. 그걸 듣고 어느 초로의 남자가 제 안에 갇힌 소리를 체감한다. 저게 혹시 "내가 내고 있는 소리가 아닐까" 하며. 대신, "세상이 달라졌어요 할머니"라고 분별과 연민을 담아 충고하려던 말은 목에 걸려 나오지 않는다. 그 "달라진 옛날의 그 길에 시적시적 봄비가 내린다".(같은 시) 듣지 못(안)하는 소리를 내뱉는 여자와 터져 나오지 않는 소리를 안으로 삼키는 남자. 길은 "옛날의 길"이되, 그 위로 내리는 비는 한번 지나면 다시 만나지 못할 오늘의 "봄비"다. 이 상황에서 비는 평범한 자연현상을 넘어 이 시가 가지고 있는 기본 정서의 매개가 되기도 하고, 전체 풍경 안에 배어 있는 정한을 물리화하는 오브제가 되기도 한다. 이건 물론 지극히 문학 교과서적인 해석이다. 그 자체 큰 무리가 없다 해도, 이 시가 내포하고 있는 정서적 울림을 단순한 문학 기법으로 정석화하면 시가 쓰인 배후의 영묘한 '신기'를 헤아리긴 어려워진다. 그러나 아쉽게도 그것은 결코 언어로 확증되거나 분해되지 않는다. 중요한 건 시에서 드러난 정황에 대한 육체적인 실감이다. 잘 알지 못하는 누군가 아팠고 그 아픔이 또 다른 이의 심혈을 자극했으며 하늘에선 비가 내렸다. 다시 일반화해서 정렬하자면, 이 세상을 사는 '누군가들'의 쓸쓸하고도 험난한 일상 속에 저세상에서 채 이승과 하직하지 못한 누군가의 눈물로 의역될 만한 봄비가 흩날렸다는 정황으로 정리된다. 그런데 그 풍경엔 그 어떤 현실적 해갈이나 전망도 보이지 않는다. 다만, 어느 한 죽음과 결부된 살아 있는 사람들의 고통이 나지막이 고여 있을 뿐이다. 그리고 그 쓸쓸한 고통이 빗물에 번져 읽는 이의 동공을 흐릿한 습기로 멍울지게 한다. 이것은 시가 기본적으로 함유하고 있는 공감의 일차적 (또는 고전적) 원리이고, 그런 점에서 모종의 상투성을 시비 걸며 문학적 참신성 따위의 객설들을 늘어놓게 만들 소지도 있지만, 시가 가진 언어의 결이란 그렇게 단순하지만은 않다. 때로 죽은 이의 사진을 불현듯 들여다보는 것만으로도 억장이 무너질 때가 있듯, 한 편의 시가 눈에 들어오는 순간은 모종의 판단 정지 상태를 동반하기 마련이다. 그 앞에서 순연하게 몸이 젖어 지금 내리는 빗소리를 누군가의 피맺힌 울음으로 듣는 일. '신명'이란 흔한 쓰임새 그대로 어떤 즐거운 상태만을 뜻하지는 않는다. 자신을 내려놓고 뭔가에 무연하게 무너져 내릴 줄 아는 힘도 분명 '신명'의 작용이다. 울어야 할 때 울지 못하는 자가 어찌 웃음의 통렬한 해갈을 실감하겠는가.

4

점심을 먹으러 들어갔던 그 집에서 우리는 저녁 때까지 술을 마셨다.

중년의 여주인은 우리말을 못 알아들었지만 안주를 장만하며 술잔을 채우며 연신 '하이하이'다.

외국 손님은 처음이란다.

동네 사람들 몇이 들어와 인사를 하고 낯선 이방인들 술 마시는 모습이 신기해서 지켜본다.

카운터에 성모마리아상이 놓여 있다.

2

화면이 보여 주는 쓰나미가 휩쓸고 간 바다 마을이 바로 그 동네다.

어, 어 하는 사이 양철지붕들이 종이딱지처럼 물에 뜨고

집들이 성냥갑보다 더 가볍게 둥둥 물살 위를 떠다닌다.

사람들은 흡사 장난꾼 아이가 쏘아 대는 물대포 앞에 놓인 개미

떼다.

필사적으로 육지를 향해 달리던 차들이 헛되이 물속으로 곤두박질

치고

마을은 순식간에 폐허가 된다.

(……)

3

하느님은 카운터에 놓여 있던 성모마리아상만은 거두시었을까.

　　　　　　　　　—「카운터에 놓여 있는 성모마리아상만은」에서

세상에 내리는 비는 그야말로 흔해 빠진 우연 같지만, 비라는 게
어떨 땐 그냥 내리지 않는다. 외려, 너무 정확하게 때를 맞춰 산 사람
들의 간담을 서늘케 하기도 하고, 위무의 한잔 술을 부추기기도 한다.
또 어떨 때는 그 어떤 암시나 예고도 없이 들이닥쳐 삶의 기반을 송
두리째 앗아 가 버리기도 한다. 그게 단순한 체계를 가지고 있다면 그
것을 헤아려 통제할 수 있을지도 모른다. 하지만 그게 가능하다면 그
건 자연이 아니다. 인간의 자의로 좌우되는 자연이라면 그건 자연뿐
아니라 인간도 무시당할 만한 일이다. 자연은 인간의 판단으로 가늠
할 수 있는 일목요연한 체계가 없어서 더 황홀하고 무서울 따름이다.

어쩌면 시는 자연에의 촉인지도 모른다. 완전히 짚을 수 없고, 언제나 때늦을 수밖에 없으나, 바로 그러한 한계 때문에 예민하게 곤두선 불안과 기대의 더듬이 같은 것. 다시, 시인의 육성.

일본 어느 조그만 바닷가 마을에, 뭘 조사하고 알아보려고 간 게 아니고 그냥 갔었던 적 있어. 거기 술집 가서 술을 먹었어. 마을 분위기가 좋고 술집 분위기도 좋고 해서 그냥 간 거지. 밤까지 마시고 그다음 날 서울로 돌아왔는데, 우리가 돌아온 그다음 다음 날 거기에 쓰나미가 덮친 거야. 티브이를 보니까 우리가 갔던 바로 그 마을이 분명해. 그래서 그 마을 생각이 나서 시를 썼는데, 그러고 나서 6, 7개월 뒤에 확인해 봤더니 허허, 그 마을이 아니더라구. 그런데 쓸 땐 그 마을이라고 확신하고 쓴 거지. 여하간 그 비슷하게 생긴 마을이 쓰나미에 많이 휩쓸려 갔으니까. 일종의 망상이지. 머릿속으로 단정하고 있다가 아 저 마을이네, 하고 혼자 확신을 하게 된 거였거든. 허허.

이 약간은 어이없는 착오는 '허허'[4] 소리로 묻어 버리기엔 사뭇 여

4 　여기서 조금 뜬금없지만, 시인의 웃음소리를 잠깐 돌이켜 본다. 앞서 그의 얼굴이 개구져 보인다 말했거니와, 말끝마다 간간히 배어 나오는 그의 웃음은 범상한 듯 묘한 울림이 있다. 그 소리를 위에선 '허허'로 표기했지만, 실제로 들으면 '허허'와 '헤헤' 사이에서 전후좌우로 힐끗거리는 듯한 독특한 음가가 공명한다. '헤헤'라 표기하지 않은 건 지긋한 나이와 어울리지 않게 경망스레 여겨질까 저어한 탓이거늘, 분명히 그 웃음소리에서 속 빈 경망 따위 느껴지진 않는다. 그렇다고 '허허'가 완전한 모사라고는 할 수 없다. '허허'는 경망과는 또 다르게 속 빈 느낌이지 않은가. 허탈이나 체념 따위로 명명될 정서적 동기를 가질 터인데, 그에게서 생에 대한 근원적인 박탈감이나 허망함이 크게 느껴지진 않는다. 설령, 그가 대면하는 내내 스스로 '허무주의자'라 자인하는 발언을 수차례 했다 쳐도 그 '허무'가 무슨 고개 숙인 낭인의 텅 빈 바랑 같

280

운이 많다. 앞서 "예민하게 곤두선 불안과 기대의 더듬이"라 일렀던 바, 시인이라면 대체로 특정 장소와 심리적 결이 맞불을 일으켜 전혀 의외의 것들을 예감하거나 감득하는 능력이 있다. 그런데 그 예감은 현실의 실제 정황들을 뒤섞거나 왜곡해 실제보다 더 큰 세상의 영역을 환기시키는 작용을 하기도 한다. 그건 시가 가지고 있는 독자적이고도 품 넓은 현실 감응력이라 할 수 있다. 시인이 티브이를 통해 지켜본 쓰나미 현장은, 설령 그곳이 그가 다녀온 '바로 그 장소'가 아니더라도, 그가 체감하는 심리적 파동 안에선 별반 다르지 않은 장소로 환기되어 그 순간의 물리적 정한으로 되새김질될 수 있는 것이다. 이

은 공소감에 휩싸여 있는 건 아니다. 다만, '허허'라 쓰고 거기에 공의 탄력을 고조시키는 공기흡입기 같은 걸 주입하면 그 웃음이 전달되려나. 그래서인지 시집 2부에 주로 배치된, 유폐 의식과 은둔 심리, 죽음에의 희원 등이 담긴 시들에서도 삶에 대한 모종의 부정적 인식을 들춰내긴 힘들어 보인다. 그 시들은 생의 필연적인 어둠과 소멸에의 자각을 얘기하고 있되, 보다 큰 자연, 보다 큰 우주, 그리하여 보다 큰 현세의 그늘을 아우르려는 것일 뿐 이생과 미리 담쌓고 암흑 속 별의 꼬리나 스토킹하겠다는 작의를 드러내진 않는다. 그는 하늘의 별을 보면서도 다만 '허허'(혹은 '헤헤')거리는 듯싶다. 그 웃음이 좀 더 해맑아지면 가령 이런 풍경이 그의 눈 속에 비치곤 한다.

하늘과 초원뿐이다.
하늘은 별들로 가득하고 초원은
가슴에 자잘한 꽃들을 품은 풀로 덮였다.

(……)

밤새 하늘을 지키느라 지친 별들이
눈을 비비며 은하를 타고 달려 내려온다.
순간 자잘한 꽃들도 자리를 박차고 함성과 함께 뛰쳐나와
마침내 초원에서는 화려한 윤무가 펼쳐진다.
———「윤무」에서

것은 명백한 오류지만, 그러나 일차원적인 사실 정합 여부를 떠나 세계의 보다 큰 얼개를 멀찍이 판독하게 한다는 점에서 (시적 의미에서) 긍정적 오류다. 요컨대, 그는 티브이를 보면서 가슴이 섬뜩해지며 뭔가 아픔이 느껴졌던 것이다. 자신의 죽음이든 타인의 죽음이든 불과 며칠 동안의 삶 사이에 언제든 죽음이 끼어들 수 있다는 자각. 바다 건너 마을에서 잠깐이나마 연을 맺었던 불가해한 우연의 끈이 자신과 그들 사이에 건널 수 없는 다리로 끊어지면서 되레 더 끈끈한 동질감을 갖게 해 줬다는 서늘한 여운. 그 잔인하고도 풍성한 자연의 환유 체계를 일설로 풀어내는 걸 업으로 삼은 자의 섬세한 해찰이 거기엔 숨어 있었던 건지 모른다. 이어지는 그의 육성은 이러하다.

　　그런데 나중에 일본의 무슨 보고서를 보니까 쓰나미 덕에 수지 맞은 놈들은 다 엉터리 같은 놈들이더라구. 뭐 누구를 구했다느니 어쨌다느니 하면서. 한국에서 정치하는 놈들이랑 똑같은 놈들이지 뭐. 돈푼이나 갖다 주면서 얼굴 내밀고 사진 찍고 그러는 놈들. 그런 놈들 꼴 뵈기 싫고 그런 건데, 어떻게 세상이라는 게 다 그런 놈들만 설쳐 대고 있는 거여. 근데 이게 오늘내일 얘기만 그런 게 아니고 뭐 천년 전에서부터 이래 왔던 것 같아. 뭐 그래서 허무한 생각이 드는 게 이건 뭐 어쩔 수 없다 싶으니까 그런 거겠지. 사회주의가 되면 세상이 뭐 엄청나게 달라지고 소위 개조된 인간들이 세계를 지배하게 될 것이다 꿈꿨던 적도 있긴 했어. 가령 중국의 문화혁명 같은 것도 그런 거 아녀. 하지만 그것도 결국 실패했잖어. 그러다 보니 허무주의가 깊어져. 그래도 이 세상에 태어나 최선의 노력을 해야 하는 거여. 노력하는 만큼 조금이라도 나아지지 않겠냐 하는 거지. 그래서 내 시에도 허무주의적인 부분들이 많이 있을 거야. 사는 것도 많은 것들을 놓아 버리게 되고. 그래도 포기할 것 포기하고 놓아 버릴 것 놓아 버려도 그럼에도 불구하고 살 만한 것들은 있다고 생각해. 포기한 것들 속에서도 살아갈 만한 가치 있는 것들을 찾는 거지.

이야기는 다시 이렇듯, 지금 발 딛고 있는 삶의 필연적 문제들을 되짚는 것으로 돌아온다. '허허'와 '헤헤' 사이에서 공명하는 사람 좋은 웃음을 흘리면서. 묘비명 따위 생각해 본 적 없다고, 자신이 살아온 게 누구에게 뭘 가르치고 그럴 수 있는 인생이 아니라고, 나한테 도대체 뭘 배울 게 있겠어?라며 천진과 무구가 양쪽으로 실룩거리는 특유의 눈웃음으로 사람을 무장 해제시키면서. 새벽부터 내리기 시작한 눈이 북한산 아래 거대한 눈보라로 확산해 가는 지상의 어느 1월 중순. 나는 얼굴 자체가 한 권의 웅숭깊은 책으로 현신(現身)한 한 사람의 영혼을 머릿속에 스캔한 것이다.

그날 이후, 자꾸만 길 가는 노인들의 얼굴을 힐끔거리게 되는 습관은 평소 잘 안 보던 책들을 들추게 된 것과 묘하게 일치한다. 누구도 볼 수 있는 것을 아무도 말할 수 없는 말로 혼자 되뇌고 싶다는 이상한 고집을 강하게 되새기며.[5]

---

5 신경림 시인이 최근 젊은 시인의 시에 대해 언급한 육성을 사족 삼아 덧붙인다.

요즘 젊은 시인들이 제주도 강정 마을 문제나 용산 참사, 쌍용차 문제 등 현실의 문제에 대해 참여하고 발언하는 건 나쁘지 않다고 봐. 언어가 현실하고 분리되어 있을 순 없는 거거든. 나는 그게 당연하다고 봐. 하지만 그걸 단세포적이고 피상적으로 생각해선 안 돼. 가령, 철도 파업, 코레일 문제도 그렇게 간단한 문제가 아니거든. 어느 쪽은 나쁘고 어느 쪽은 옳다는 식으로 단순하게 사고하는 건 좋지 않아. 그리고 요즘 현실 발언하는 시들이 참 재미없더라고. 그게 왜 재미없어지는가라는 걸 생각해야 돼. 어느 진영에서 요구하는 논리를 그대로 받아쓰고 있으니까 그래. 진영의 논이 글의 마침표를 찍는 지금, 서울엔 또 많은 눈이 내렸다.

리란 그게 어느 쪽이든 절대 옳을 리가 없어. 그리고 요즘은 1970~1980년대 독재 시절과는 많은 게 너무 다르거든. 이것이 옳고 저것은 그르다라고 얘기할 만큼 전선이란 게 분명하지가 않아. 그러니 현실 참여라는 게 어느 쪽에 가담을 해서 뭘 해라 하는 게 될 수 없어. 더 깊이 있는 사고를 해야 해. 편 가르면 안돼. 자기와 생각이 다른 상대방을 이해하려는 노력을 해야 해. 문학도 자기와 생각이 다르게 문학을 하는 사람들을 이해할 필요가 있어. 나이 많은 사람들도 젊은 시인들의 난해한 시도 읽어 보고 왜 난해한가 생각도 해 보고 난해한 시를 쓰는 시인들은 전통적인 시라든가 그 밖의 여러 시들에 대해서 깊이 있는 이해가 필요해. 정치 문제든 뭐든 자기 생각만 주장하게 되는 게 우리나라 지식인들이 만들어 놓은 오류 같아. 맨날 편 나눠서 싸움질이나 해 대니 거기에 옳고 그른 게 어디 있겠어? 좌우를 떠나서 상대방을 이해 못하는 사람들, 바로 그게 보수주의자들이야.

배회하는 나무, 드러누운 하늘

변언미의 '숲' 연작

웅성거리는 고요

믿기지 않겠지만, 나무가 걸어 다니는 걸 목격한 적 있다.

반년 정도 거했던, 총 120여 그루의 나무가 한데 모여 생식(生息)하는 공간이었다. 지독한 불면증에 시달리던 무렵이었는데, 달마저 아득하게 끄무러지는 새벽녘이면 창밖으로 심상찮은 기척이 느껴지곤 했다. 사람 그림자는 일 점 없었지만, 무언가 근원을 알 수 없는 소리와 더불어 온몸의 촉수를 곤두서게 하는 파형 같은 게 뇌리에 새겨졌었다. 모종의 공포마저 불러일으키는 고요하나 깊은 밤의 소용돌이. 고요를 하나의 거대한 술렁거림이라, 이명의 연속체로 본 것을 들은 것이라, 멈춰 있는 걸 움직이는 것이라 오도케 하는 감각의 전이. 그 속에선 내가 헛것이고, 가지 사이로 비치는 작은 별빛들도 나무들의 동선 끝에 매달린, 낮에는 볼 수 없는 숨겨진 열매인 듯싶었다. 바람 소리마저 무시로 변화하며 미증유의 윤곽들을 그려 내는 하늘의 붓질 같았던 때. 나를 둘러싼 공간 자체가 홀연히 잠에서 깨어 생명의 변태(變態) 추이를 전면에 펼친 우주의 도해로 여겨지는 순간이었다.

　이 모든 변이가 몸 안에서 발생한 숨어 있는 에너지의 파동 아닐까라고 여겨진 건 어둡게 기립해 있는 나무들의 모습을 한동안 바라보고 나서였다. 분명 땅에 붙박여 있었지만, 그 순간 나무들은 천천히 움직이고 있는 듯 보였다. 바람에 가지가 흔들리거나, 다람쥐나 청설모 따위가 돌아다니는 기척은 아무래도 아니었다. 아니, 설사 그런 생물들의 실질적 운동이었다 하더라도 나무가 뿌리째 움직이고 있다고 여겨지게끔 만드는 그 기척은 분명 일상적 리듬 체계 안에선 탐지하기 어려운 현상이었다. 햇빛 아래선 숨겨 뒀던 속살 깊은 곳의 내적 진동들. 그 진동을 따라 나무들은 잠들지 못한 사람의 감각 체계를 교란하며 앞뒤 좌우로 느릿느릿하되, 또렷이 움직이고 있었다. 모종의 실존적 혼미함과 추스르지 못한 울분이 겹친 탓이었다 해도, 그렇기에 세상 만물이 일상 리듬과는 다른 체계로 작동하는 듯 혼동했던 것이라 따져 힐난해도 부인하진 않겠다. 그럼에도 그때 나는 나무들이 어떤 사람(또는 그 모두를 포함하는 자연물들)의 혼백을 뒤집어쓴 유령들의 현존이라 여겼다. 재불(在佛) 화가 변연미의 「숲」 연작을 실물로 처음 마주한 건 바로 그 직후였다.[1]

---

[1]　구체적 연도를 명기하지 않는 이유는 임의로 제한한 인간의 시간관념 속에 그 오묘하고도 불가해한 체험을 한정지어 가둬 두고 싶지 않은 까닭이다.

귀신의 현존을 궁구하다

"지금까지 죽은 사람들과의 비율로 따져 본다면, 귀신은 현재 인구보다 30배가 많습니다."

영국의 천문학자이자 SF소설가인 아서 클라크는 영화감독 스탠리 큐브릭에 대한 다큐멘터리에서 이렇게 말한 적이 있다. '천문학자'의 '귀신' 발언이 짐짓 뜨악하게 들릴지도 모르겠다. 하지만 우주의 작동 원리를 헤아리다 보면 물질과 빛, 열역학과 양자 운동의 미시적 실체로서 점멸을 반복하는 실재의 배면 활동을 관측할 수 있다. '귀신'이란 이름은 필시 그러한 내부 에너지 체계에서 작동하는 비가시적 운동 양상을 이르는 것이라 보는 게 타당할 터. 인간의 감각 체계에 포착된 에너지 운동의 가시적 형태 이면엔 그것들을 현재적 실물로 존재하게끔 이끄는 보이지 않는 질서의 망(網)이 내재하는 것이다. 그리고 그 망의 부분 조직, 즉 그물코 하나하나의 일시적 현존이 우리가 지구상에서 실제로 보게 되는 현상들인 것이다. 그런 차원에서 지구의 모든 자연물은 생과 사의 경계에서 그 자신만의 '귀신'들을 (자신도 모르게!) 품고 있다 해도 과언만은 아닐 테다. 그렇다면 외부 자연현상을 눈으로 보고 캔버스에 옮기는 화가의 작업은 드러난 사물의 배면, 그리고 그 사물이 '그렇게' 존재하게 된 원인과 원리를 캐묻는 질문의 일환이라 볼 수 있지 않을까.

어떤 물리학적·철학적 근본 원리나 신념을 그 자체로 실현 내지는 증명하고자 그림을 그리는 이도 적지는 않을 것이다. 그리고 20세기 이후 현대미술이 스스로를 개념화하는 방식으로 기존 회화 양식들을 재고하고 반성하는 양태를 띠게 되었던 것도 급변하는 세계 문명의 속도에 발맞추고자 하는 당대적 각성의 결과였을 테다. 그렇다 하더라도, 그림을 그리고자 하는 육체적·심정적 충동 자체에 투신하는 화가는 언제든 존재했고, 존재할 것이다. 그 충동은 일종의 원시적 본능에 가깝다. 자연의 변칙적인 재해나 불가항력한 변이는 때로 그 본능을 도발하는 본원적 기제로 작용하는 법. 변연미를 벌거벗은 숲과 직면하게 한 동인(動因)을 나는 그러한 근본 충동에서 찾아보고자 한다.

'숲'의 시작

1994년 프랑스로 떠난 변연미가 태풍이 휩쓸고 간 파리 뱅센 숲의 폐허를 목격한 건 1999년이었다. 그 정경에 대해 작가는 "함성을 지르며 경쟁하는 전쟁터와도 같은 현실의 슬픔을 맛"보는 것 같았다고 '작가 노트'에서 술회한 바 있다. 이민 이후 그 자신 겪었을 법한 외지인으로서의 소외감과 공허, 가난과 고독, 그럼에도 북받치는 그림에의 욕구 사이에서 분투했을 생활의 속내를 폐허가 된 숲을 매개로 외연했을 법한 진술이다. 커피 찌꺼기와 안료 등을 혼합해 잎이 다 떨어져 나간 나무들의 부박하고도 끈질긴 골격을 네거티브 화면처럼 스산하게 펼쳐 보인 「검은 숲」 연작[2]은 바로 그런 체험을 시발로 한다.

자연에 투사된 인간의 심정이란 단순히 일차적 감정 이입에 의한 공감에 그치지 않는다. 예술가라면 더욱이 그러하다. 자연 정경은 자연 자체의 여러 화학적·물리적 작용에 의해 수시로 변화하지만, 그 과정을 임의로 포착하거나 추적하게 되는 데에는 작가마다 제각각 특

---

2   이후, 변연미의 작업은 「유령의 숲」 연작을 거쳐 「마법의 숲」으로 이어진다.

수한 동기를 가질 수 있다. 그럴 때 자연은 외부이자 공적 영역인 동시에, 한 작가의 내적 심층에서 재조직된 개별적이고도 절대적인 풍경으로 거듭나게 된다. 모두가 볼 수 있는 폐허가 작가 고유의 시선과 손놀림에 의해 그 아닌 누구에게서도 추출해 낼 수 없을 또 다른 질료(인 동시에 형상)로 재탄생하게 되는 것이다.

이런 과정은 미술에 있어 매우 기본적인 조건이자 덕목이다. 관건은 그 유구하고도 보편적인 예술적 갈망을 현재에 발현함으로써 역설적으로 드러나는 작가 고유의 특성이 어떤 것인가 하는 데 있다. 그 관점에서 변연미의 「숲」 연작은 미술이 가지고 있는 고전적 의미의 재현성과 작가 스스로 고안해 낸 당대적 반향으로서의 독자성을 충돌 또는 재귀시킨 경우라 볼 수 있다.

땅 밑으로 펼쳐진 하늘

「검은 숲」에서 나무들은 서 있되, 누워 퍼져 나가는 듯한 느낌을 준다. 그림에서 드러나는 모종의 입체감이 빛과 색조의 조절과 분배 때문만은 아닐 수도 있을 거라는 상상은 그런 감각적 착란에서부터 시작된다. 마치 어둠의 본체에 금이 간 것처럼 펼쳐진, 가지들의 분산과 엮임 사이로 하얗게 (또는 푸르스름하게) 비친 하늘은 높은 곳으로 뻗치기보다 어떤 더 먼 수평을 향해 기어 나가는 듯 보인다. (선 채로 바라보는 입장에서) 나무는 시선 끝으로 갈수록 폭이 줄어드는 원경으로 뻗는데, 그 옆이나 사이사이로 보이는 하늘은 본래의 배경이었다기보다 나무가 뻗어 나가며 형성된 수평적 공간의 여백처럼 여겨지는 것이다. 그때 발생하는 통각 전이에 의해 나무는 일순간 직립을 해

spectral forest 2016 (250*400cm)

체하며 새카맣거나 흙빛인 길로 변한다. 그림과 처음 직면했을 때 척
추가 쩌릿하게 곤두서는 느낌이 들었던 건 그 탓일 게다. 수직으로 맞
선 그림이 사람을 드러눕히거나, 그 자신이 길이 되어 보는 이를 화면
너머 (있을 지도 모를) 미지의 정경을 향해 엎드려 기어 가고 싶게 만드
는 충동이 드잡이하는 순간, 그림 속 풍경은 다만, 실제론 들어갈 수
없는 가상의, 그것도 수직의 평면에 불과하다는 각성이 돋을새김한
다. 그런데, 그 각성 뒤의 여운이 꽤 기이하다. 크게는 100×250센티
미터, 작게는 55×46센티미터 크기의 그림들로 둘러싸인 공간 전체
가 모종의 부유감을 생성하며 이 몸이 짐짓 그 가공된 숲의 작은 분
자 하나에 지나지 않나 싶은 이탈감에 사로잡히는 것이다. 그 허랑하

spectral forest 2018(250*400cm)

기도 통쾌하기도 한 자기 분열은 일차적으론 색과 형태로 사위를 둘러싼 그림들의 배면 속에 놓였다는 불안감의 발로이자, 그림들의 "함성"[3]에 눈귀 멀어 통성(痛聲)이라도 내지르고 싶게 만드는 자기 확인에의 충동이 맞붙는 결과였을 거다. 숲에 있다는 자각, 그럼에도 그 숲이 실재가 아니라 한 인간의 몸부림으로 가공된 허상이라는 사실, 그렇게 동시적으로 다른 이의 내면적 충동이 몸을 끌어 이편의 환부와 통증을 환기한다는 오묘한 물리(物理)가 새삼스레 분명한 우주의 훈령(訓令)인 듯싶어 열이 오른 까닭일 수도 있고.

---

3   변연미, '작가 노트' 참조.

숲을 바라보며 휴식을 갖거나 몸과 마음을 정화할 수는 있지만, 숲속에 뿌리를 내리고 종생토록 생활할 수 있는 현대인은 드물다. 숲은 생명의 공간이지만, 그렇기에 반복되는 죽음의 공간, 죽음을 생명 자체로 받아들여야 비로소 생기를 획득하는 물질의 원형을 다수 포함한다. 잎이 떨어져 나가고 열매가 썩고 뿌리가 흙의 일부로 돌아가는 일체의 운동이 (죽음마저 끌어안은) 삶 자체에 대한 거대한 환유이자 우주적 순환의 질서라는 사실은 주지의 진리다. 하지만 그 본원적 묘리를 현생에서 물리적으로 실천하는 건 시속 세파에 휘둘리며 삶을 견뎌 내는 데 전력해야 하는 사람의 업보 안에선 요원한 덕목일 수밖에 없다. 인간은 그 앞에서 무상해지지만, 그렇기에 외려 우주의 한 작은 미세 원자로 환원되는 스스로를 먼 거리에서 돌이킬 수 있게끔 하는 데 그림의 '위의(威儀)'가 새겨지는 건지도 모른다.

그런데, 단어를 조금 놀려 보자면, 그건 삶의 또 다른 극점에서 '위의(危疑)'로 작용할 수 있다. 태풍이 휩쓸고 간 숲의 정경은 자연의 엄혹한 법칙에 따른 것이지만, 그것을 초래한 인간의 과오와 오만(뱅센 숲 역시 인간이 자연을 가공한 임의적 제한구역 아니겠는가.)이 아니었다면, 그 자체로 순연한 물질 운동으로써 무해한 자연 작용에 그쳤을지도 모른다. 현대의 자연재해 대부분이 인간의 이성적 과신과 그로 인한 배타적 독아(毒牙)에 근원을 둔다고 봤을 때, 자연의 돌연한 맹폭은 결국 인간이 자초한 우매와 편견의 부메랑일 수 있기 때문이다. 그런 점에서 변연미가 숲의 폐허를 마주하곤 "삶의 처참한 현장"[4]을 떠올렸던 건 자연의 또 다른 순환 법칙을 실제적 삶의 원리라 감득했던 순간이었을 수 있다.

---

4   변연미, '작가 노트'.

유령의 입김을 보다

헨리 데이비드 소로가 일찍이 갈파했던바, "자연은 사과하지 않"
는 법이다. 인간의 과오는, 그리고 그로 인한 자연의 폭주는, 비록 그
과오에 직접 참여하지 않은 사람이라 할지라도 한 치 어긋남 없이 적
용되는 자연법칙의 정도와 섭리를 종국엔 깨우치게 한다. 그리고 그
깨우침 이후엔 (자연에 대한 그 어떤 거시적 비전이나 대안 제시 이전에) 결
국 자기 자신의 현존을 되묻는 방식으로 자연 속에 포함된 스스로에
게 사과 또는 반성하는 계기를 찾게 되기 마련이다. 삶의 초석과 본행
(本行)에의 의지가 그렇게 굳어진다. 화가 입장에서 그 본행의 도구가
그림 말고 무엇이 있겠는가.

변연미는 숲의 정경을 불연속적으로 사진 찍어 두었다가 작업실
에서 참조하거나, 촬영 없이 뇌리에 심어 두었던 잔상과 잠상들을 떠
올리는 식으로 작업한다. 그것들을 묘파하는 도구로 왜 커피 찌꺼기
를 썼어야만 했는지에 대해 작가 본인의 해명은 들은 바 없고, 설사
들을 수 있다 하더라도 화면에 심긴 질료들이 스스로 만들어 낸 질서
앞에선 그 어떤 해명이나 변설도 무용할 것이다.(커피 역시 나무가 나고
자란 결과라는, 당연한 이치만 살짝 부언한다.) 그럼에도 그림을 통해 유추
되는 작업 광경은 모종의 역동성과 침잠을 동시에 상상케 한다. 모든
회화 작가가 그러할 테지만, 텅 빈 평면이란 화가 입장에선 '가능성과
고립'이라는 이중적 의미로 작용한다. 동시에, 그 안엔 '욕망과 좌절',
'환희와 절망', '꿈과 현실', '삶과 죽음' 등 한 인간이 살면서 마주할 수
있는 모든 이항대립 명제들이 다 담겨 있다. 폐허가 된 숲, 자신이 키
워 낸 생물들을 일거에 죽음의 소용돌이 속으로 몰아넣고선 순식간
에 평온해지는 자연의 무심하고도 매서운 배후를 담는 자라면 앞서

spectral forest 2014(162•130cm)

열거한 명제들보다 더 큰 배리(背理)와 직면했을지도 모를 일이다. 어쩌면 점을 찍고 선을 긋고 형태를 일구어 가는 과정 자체가 또 다른 자연과의 싸움인 동시에 자연 속으로 회귀하려는 희구(希求)의 분투로 여겨졌을 듯도 싶다. 그래서일까, 커다란 평면에 그려진 하늘이 지상보다 높은 곳 아닌 더 먼 수평을 향해 뻗어 나가는 희거나 푸른 길의 도해로 여겨졌던 까닭은.

그림을 수직으로 세워 벽면에 배치하는 건 회화의 오래된 규칙이다. 허나 그 규칙은 직립한 인간이 삼차원적 입상으로서의 작품을 감상하기 위해 설정된 단순한 도식에 불과할 수 있다. 사실 그림에 구현된 수평과 수직의 원근은 그림 자체가 지니고 있는 본원적 한계로 인해 더욱 분명해지기도, 확장하기도 한다. 회화라는 게 평면이라는 한계에서부터 출발한다는 건 주지의 사실이지만, 그래서 평면에 그려진 일차적 재현은 일견 자연의 단순 모방처럼 보이지만, 특정 프레임, 특정 질료에 의해 외적 현상이 평면에 고착되는 순간, (관람자 관점에서) 그것은 자연 위에 겹쳐진 자연의 배면으로 작용하면서 여러 방향의 (항시적이고도 불연속적인) 동선을 펼친다. 회화의 독자적인 입체성은 그렇게 발현한다. 따라서 평면이라는 한계는, 모든 예술적·기술적 (심지어 실존적) 임계 상황이 그러하듯, 회화에 있어 가능성의 다른 이름이기도 하다. 오랜 기술적 연마와 공감각적 투시력이 첨예하게 작동되더라도 자연을 그 자체의 물성 그대로 온전히 환원하여 드러낼 수 없다는 회화만의 특수한 본질이 이렇듯 역설적으로 증명된다.[5]

변연미의 작업은 대상의 일차적 재현이라는 고전적 구상(具象) 원칙에 일견 충실해 보이지만, 그 자신 내면의 반응들과 육체적 체감의 질서를 오로지 빈 화면을 응시한 상태로 표출해 보였다는 점에서 궁

극의 추상(抽象)적 율격마저 환기하는 운동성을 지닌다. 특히 「유령
의 숲」 연작에서부터 드러나는 고도의 (처음 마주하면 사진 아닌가 싶을
정도의) 사실감은, 그 극명한 정밀성 탓에 외려 더 꿈속 같은 이물감
에 젖게 하면서 보는 이를 몸이 붕 뜨는 듯한 공소감(空疎感) 속으로
끌어들인다. 소위 극사실주의(hyper-realism)의 현실 고발적 작의(作意)
와는 반대 측면에서, 인간 내면의 원초적 희원과 갈망이 그 강렬도와
절박함만큼이나 요원하고 심원하다는 역설을 반증이라도 하듯, 그것
들은 저 멀리, 그럼에도 몸 자체에 밀착한 실물로서 허공을 껴안은 채
길게 길게 드러누워 있는 듯 여겨지게 되는 것이다. 탄진 같은 검댕들
의 이합집산에서 시작해 푸르고 풍성한 잎과 그 사이로 스미는 빛과
하늘의 어울림이 그려 낸, 언뜻 보아 어떤 어둡고 깊은 미궁의 지도처
럼도 여겨지는 나무들의 느릿하고도 재빠른 운동 노정들. 또 그렇게
드러나는 한 인간의 섬세하고도 거친 본능의 좌표들. 실재인 듯 환각
에 불과한 이 표면들의 반란 앞에서 그림은 그 자체의 부동성을 안으
로 파기하고 밖으로 거부한다. 그걸 보는 사람은 눈은 고정되되, 몸은
이미 몸 밖을 서성이는 유령의 입김에 스스로를 내어줄 수밖에 없지
않겠는가.[6]

---

5   그런 점에서 "예술 작품은 의식의 표면에서 반영"되어 "피안에 놓여 있으며, 자극이
     다하고 나면 의식의 표면으로부터 흔적도 없이 사라"지지만, "작품 속으로 들어가
     그 속에서 능동적으로 움직이고, 모든 감각을 통해 살아 숨 쉬는 그 고동을 체험할
     수 있는 가능성이 전제되어 있"다는 칸딘스키의 말은 백 년이 다 되어 가는 지금에
     도 유효한 회화의 근본 법칙이라 되씹어 볼 만하다.(바실리 칸딘스키, 차봉희 옮김,
     『점·선·면』(열화당, 2000), 「서문」에서 요약)

유령과 싸우는 자, 유령이 되려는 자

"심연을 마주한 자는 그 스스로 심연이 되지 않기 위해 조심해야 한다."라는 니체의 유명한 경구를 몇 갈래로 변용해 보자. "영원과 마주한 자는 공포에 떠는 동시에 그 자신 영원 속에서 공포의 대상이 된다."라고. 또는, "자연의 심연을 들여다본 자는 그 자신이 이미 심연 속에 있음을, 아니, 자기 자신이 누군가(무언가)에게 오래전부터 심연으로 작용하고 있음을 자각할 수밖에 없다."라고.

자연은 지난하고도 유려한 물질 운동과 변전을 통해 그 자체의 색과 형을 무시로 품고 뿜어 낸다. 그걸 목격하는 화가는 스스로가 그 일부임을 자각하는 동시에, 그 바깥으로 빠져나와 자신만의 형과 색을 통해 그것들 전체의 프레임을 재구성하려는 욕망을 품게 된다. 그 욕망의 이면에 어떤 심리적·정신적 동인이 작용하는지, 그리고 그 동인의 본원적 발로가 무엇인지를 캐내기 위해 화가의 마음 상태나 주제 의식을 논하는 건 때론 필요하나, 종국엔 그림 자체가 가지고 있는 자체적 의미 생성의 파장을 수식하는 데 불필요하거나 부당한 사족에 불과할 수 있다. 아울러 그림에 드러난, 질료에 의한 여러 효과와 파장을 화가가 의도했는지 의식했는지도 관건이 아닐 수 있다. 자

6   직립으로 걷든 기어가든 누워 있든 우주 물리의 큰 동선 안에선 모두 미미한 부분의 몸부림에 불과할 뿐, 그것 자체의 위상이나 파동으로 독립된 작용이 아닐 수 있다. 같은 차원에서, 수직도 수평도 큰 원환(圓環)의 미세한 부분으로써 끊임없이 변전하며 전체를 함유한다. 그 보이지 않는 원운동은 그림으로 하여금 그림 바깥의 사물들을 홀연히 부각시키기도 하고, 보는 이를 그림 속 한 점으로 빨아들여 그림 내부의 발원 지점에서 호흡하는 그 자신의 유령과 만나게 하기도 한다. 그림을 그린 자와 그림을 보는 자가 우주의 큰 동선 안에서 그렇게 피차 유령의 본체로 합일하는 것이다.

연현상을 바라보며, 그리고 텅 빈 화면에 그것을 옮기며 화가는 그 자신의 심적 기제와 자신이 선택한 물질을 통해 평면으로 틀 지어진 자신의 육체적 극점을 저도 모르게 마주했을 수 있기 때문이다. 어쩌면 이미 정해진 기초 도안에 맞춰 똑같이 그리려 했지만 그럴 때마다 다른 파장, 변하는 색조, 움직이는 형상의 배면들이 작용·반작용하며 돋아 나온 공간의 힘 자체가 마치 유령에 흘리듯 화가를 이끌어 갔을지도 모를 일이다.

우연성을 통제하려는 노력 자체가 또 다른 우연적 효과를 낳는, 인위에 의한 신체 운동이 본원적 원시성을 불현듯 도발해 내는 자연의 또 다른 폭거. 단순 복제 차원을 넘어, 더 가까워지려는 노력 자체가 스스로도 의식 못한 상태에서 인간의 몸을 점령해 버리는 자연의 오의(奧義)와 섭리. 그리하여 인간의 감각 안쪽에서 작동하는 우주의 도해를 자기 안에서 거꾸로 떠내는 육체의 진동과 통각의 파형.

변연미는 어쩌면 그 투병과도 같은 반복 운동에 스스로 질겁했던 건지도 모른다. 그리고 그 '질겁' 속에서 때로 희열을 느끼고 때로 좌절했을 것이다. 그 '질겁'이 아니라면 한 인간이 느닷없는 심연과 마주해 스스로를 돌아볼 엄두는 끝끝내 내지 않았을 테니까. 그런 의미에서 변연미의 작업은 그 어떤 미술적 작의와 수작 저편에 자기 자신을 내던진, 명줄마저 나무에 의탁해 버린 자신에 대한 엄벌이자 신체 실험이라 간주할 수 있을 법하다.

미술사 전체를 범박하게 통틀어 봤을 때, '실험'이란 미증유의 표현 영역을 개척하려는 의도에서 발현한다는 기본 원리가 추출된다. 기술 문명이 제공하고 제안한 여러 새로운 매체들이 기존 자연 질료와 충돌·병합·변이하면서 기존에 존재하지 않았던 효과를 창출하게 되는 것이다. 그런데, 그 '새로움에의 경도(傾倒)'는 때로 '과연 미술이 무엇을 표현하고 어떻게 존재해야 하는지'에 대한 궁극의 질문으로 되돌아오기도 한다. 사진이 다 담지 못하는 무엇, 쇠나 돌이나 나무 등을 총괄하는 자연 체계의 더 깊은 지점, 초밀도의 움직임까지 포착하는 영상이 오히려 가려 버린 어떤 비가시적 영역에 대한 원시적인 기억은 미술이 영원히 꿈꾸는 원형 지대일 것이다. 몸이 원초적으로 내장하고 있는 자연에의 불가해한 자성(磁性)을 불현듯 일깨우게 되는 상황들도 마찬가지. 고통을 업이자 벌이자 책무로 떠안을 수밖에 없는 그 지난한 자기 투사와 통찰의 과정을 통과할 때엔 그 어떤 인간의 수사(修辭)나 이론도 삿되고 헛될 뿐이다.

그렇게 볼 때, 변연미의 작업에서 나무들 사이로 비치는 빛과 하늘은 나무의 기운을 통해 인간들이 만들어 낸 여러 언어적 위세나 허세와는 비켜선 지점에서 그것들의 오류와 기만성을 폭로하는 미로일 수 있지 않을까 싶다. 물론, 이 역시 작가의 본의와는 무관할 수도 상치(相馳)될 수도 있는 추측이긴 하다. 이 지점에서, 자연과 인간계 자체가 하나의 거대한 추상이자 허구이고 그것을 묘사한 그림이나 허구가 외려 미시적이고 임재적인, 그리하여 어쩌면 실상(實狀)보다 삶의 실질에 더 가깝게 편재하는 구상(具象)일 거라는 역설을 전제로 깔아 보자. 만일 그 전제를 납득할 수 있다면, (모든 예술을 포함한) 그림은 인간이 우주의 근본 얼개를 꿰뚫고자 하는 '불가능에의 욕구'의 소산이라 할 수 있다. 그렇기에 그림은 종종 그린 자의 의도 너머에서 보는 이를 장악해 들어오는 자연의 위세처럼 여겨지기도 한다. 「검은 숲」 연작에서 흩뿌려진 잔해와 재, 부러진 토막과 찢긴 이파리들로 죽음을 현시하며 새카맣게 멍울진 내면을 투사했던 작가가 초록과 파랑, 노랑 등으로 분화된 스펙트럼을 펼치며 '유령'의 본색을 끄집어 낸 연유 또한 그 맥락에서 일관성을 갖게 된다. 죽음의 형태로 현존하

던 삶 이전의 잔영들이 다시 죽음 이후까지를 포함하는 유일한 현존
으로 깨어나며 '마법'을 부리는 순간을 맞이하게 되었던 것이다.

그 지난한 순환을 거시적 시각에서 통찰한 자에게 돌연 이 세계
는 아주 오래전부터 유전자에 각인되었던 자연 그 자체와도 다를 바
없어진다. 인간은 그 안에서 밀알이 되기도, 나무가 되기도 한다. 그렇
게 다시 큰 바람의 소용돌이 속에서 선과 면으로 부풀다가, 이내 바

spectral forest 2015(250*600cm)

스러져 점이 되고 흙이 되어 순연한 우주 그 자체로 귀환하게 되는 것
이다. 그 질서엔 아무 새로움도 없다. 그러나 그 질서 안에서 자신만의
고유한 운동으로 압축과 팽창을 반복하는 인간의 영혼은 그 어떤 가
공된 새로움보다 명징한 독자성을 빛내게 된다.

<blockquote>
배회하는 나무, 드러누운 하늘   301
</blockquote>

　디드로가 "그림 속의 나무와 같은 존재가 되어야 한다……. 모든 것이 상대적으로 돋보이는."이라 읊조렸던 건 18세기 때다. 프랑스의 철학자 로베르 뒤마 역시 '나무에 대한 이성적인 인식'이 생겨난 건 '숲의 기근'이라 일컬어지던 18세기 이후의 일이라[7] 말했다. 적어도 유럽의 역사에서만 한정했을 때, 18세기는 산업혁명을 비롯, 인간 이성의 확신에 의한 기술 문명의 발전이 삶의 여러 형태들을 근본에서부터 바꿔 놓은 시발이자 한 극점으로 기록되어 있다. 그러면서 태곳적부터 인간의 근원으로 터 잡아 왔던 자연에 대한 인간의 횡포가 소위 '발전'이라는 명목으로 첨예해졌다. '자연 대 기술 문명'이라는 단순 이분법을 새삼 대치시켜 회한을 곱씹자는 요량은 아니다. 자연은 인간의 온갖 작란(作亂)이나 술수에 대해 무심하고 무지하다. 동시에, 자연의 작동으로 태어나 자연 속 한 일점으로 살다 가는 인간 역시 자연의 원대한 원리와 엄밀함에 대해 무지할뿐더러, 자연이 은근슬쩍 드러내는 오의 앞에서 갖은 교만과 허세로 눈감아 버리기 일쑤다. 그러다가 종국엔 자연으로 되돌아갈 수밖에 없는 스스로의 운명과 위상에 대한 자각을 놓친다. 일거에 큰 압력을 모아 스스로의 부분을 해체·분열·파기시키는 자연의 광풍은 그런 의미에서 자연의 본능적인 자기 정화 작용이라 볼 수 있다.

　그렇게 파괴된 정경 앞에서 어떤 인간은 그 자신의 미미한 실존을 얹어 삶의 뿌리를 되돌아보는 일에 몰두하곤 한다. 그렇다고 자연이 한 인간의 삶을 임의로 반추하라 이르며 죽비를 든 고승 역할을 자

7　로베르 뒤마, 송혁석 옮김, 『나무의 철학』(동문선, 2004), 12쪽.

처한 건 아닐 테다. 자연은, 말뜻 자체가 환기하듯, 그저 그 자신으로 충만하게 만족하며 그 자신이 배태하고 퍼뜨린 것들로 인해 때로 아름답거나, 때로 흉포할 뿐이다. 자연은 그 자체가 삶과 죽음의 양면이자 고통과 환희의 동체(同體)다. 그 만물 일체의 교호 조직이 인간이 편협하게 갈래지어 놓은 그 모든 이항대립 명제 ── 호오와 분별, 고귀와 비루, 찬란과 추악 등 ── 들을 통째 버무려 어떤 사람의 '현재'를 혼돈 속으로 몰아넣을 때가 있다. 자아가 비자아가 되고 바깥이 안으로 말려 어떤 것이 실체이고 어떤 것이 허상인지 분간 못 하게 되는 우주적 분열의 체현. 그런 (일상 관점에서) 파행에 사로잡혀 눈 귀가 오작동할 때, 인간은 문득 그 자신의 죽음과 만난다. 직선적·종말론적 시간 개념을 우주 본원의 곡률 체계로 뫼비우스의 띠처럼 비틀며 마주친 그 죽음은 정(靜)을 동(動)이라, 환(幻)을 실(実)이라 뒤섞어 보게 하며 수직을 수평으로 드러눕히곤 한다. 나무들은 그렇게 걸어 다니고 하늘은 그렇게 나무 아래 큰 지평으로 누워 땅속 깊은 곳의 본토(本土)를 도시 한복판에 잠시나마 깔아 놓게 되는 것이다. 그러고 보니 「유령의 숲」 연작을 처음 일별했을 때, 내 눈엔 그것이 무슨 원생대의 생태도감처럼 여겨졌던 기억이 난다. 지구에 동물이 생겨나기 전, 이미 식물들의 운동으로 설계된 동물의 피부 속, 그 꿈틀대고 끈적끈적 엉기는 세포들의 점조직 말이다. 그렇게 시간은 무시로 되돌아가고 생물은 종의 분류 이전 상태에서 하나로 엮이게 되는 걸까. 답은 요원하나 질문의 가짓수는 다시, 실존의 밑뿌리에서부터 쩌릿하게 분열한다. 그 진동의 파장으로서 이 미급한 글은 작은 생명력이나마 스스로 보지할 수 있을까.

이미 본 것이 미래에 볼 것으로 역치환되는 그 현묘한 갈림길에서 마주친 변연미의 그림들. 나는 그것을 '실물'로 보기 전에, 한시적이나

마 몸을 식재(植栽)하듯 의탁했던 바로 그 공간에서 미리 봐 버렸던 것이라는 미망을 미망이라고만 여기고 싶지 않다. 선후도 인과도 고작 백년 안쪽의 미미한 인위(人爲)의 협착한 망집일 터. 나무들의 걸음은 보이지 않기에 깊고, 드러누운 하늘의 면적은 실재하지 않기에 외려 더 막막하게 넓고 푸르다. 그 섬려한 전이의 범신론적 토대에서 부러 살필 수 없는 구근(球根)의 한 조각으로 잔존하며 나는 지금도 과거를 다시 찾을 미래라 여긴다.

시는 다른 곳에

친애하는 끌로드 무샤흐

잘 지내시는지요?

지난 6월 오를레앙 역에서 헤어질 때 선생님 눈빛을 차마 오래 보기 힘들었습니다. 다시 뵐 수 없을 것 같다는 경망스러운 예감도 들었지요. 선생님 댁에서 역까지 걸어오면서 어떤 '경계'(모종의, 방정맞은 암시처럼도 여겨졌습니다.)를 넘는 기분이었습니다. 웬 걸음걸이가 그토록 빠르십니까. 남한 군대에서 2년 반 동안 이골 나도록 행군했던 저 자신이 창피해졌더랬습니다. 프랑스치고는 이상하게, 아열대풍의 후텁지근한 날이었습니다. 지구가 갈 데까지 갔다,라는 생각도 더불어 했었습니다.

어떤 더듬거림, 머뭇거림, 쭈뼛거림 등에 대해 생각했습니다. 스스로 직감한 어중간함과 어쭙잖음을 무마하려 불현듯, 역설적으로 가속이 붙는 마음의 속도에 대해서도 생각했습니다. 시가 그런 거라 예전부터 여기는 바입니다. 사람 관계도 마찬가지고요. 닿고 싶어서, 이끌거나 이끌리고 싶어서 뭐라 말하고자 하는데, 그 말이 결국 내가 하고자 한 그 말이 아닌 게 되어 버려서 결국엔 혼자만의 방언으로 되씹다가 스스로 파기시켜 버릴 수밖에 없는, 내 안의 다른 말들. 현재 또는 당대라 점찍어지지 않는 시간의 무한한 본성을 근본까지 아우르며 과거와 현재를 한 몸에 교합시켜 종국엔 통상 언어 바깥으로 내질러 가는 시간 바깥의 또 다른 시간의 스크래치들.

저는 제 시에 대해서 항상 그렇게 정의하고, 그게 결국 시의 본위이자 정석이라 여깁니다. 그러니 저절로 잊히는 것조차 시의 본분이자 시를 쓴 자의 예의일 듯합니다. 오를레앙 역에서 선생님 눈빛을 보고 제멋대로 그런 생각을 했습니다.

무하마드 알리의 시합 영상을 보면서 선생님 생각을 하곤 합니다. 정말 아름다운 복서였지요. 선생님이 저를 볼 때마다 주먹 쥐시면서 "한판 붙자!" "너 보면 한 대 까고 싶다!" 하시는 게 참 사랑스럽고 재미있어서 그런 것일 테지요. 선생님의 풋워크와 펀치 스피드는 탁월하십니다. 저도 '걷기'라면 남부럽지 않은 편인데, 선생님 댁에서 오를레앙 역까지 걸어갈 땐 솔직히 힘들었습니다.(다리보다 마음이 더 그랬던 것 같습니다. 지난 6월엔.) 그러면서 예전에 선생님이 한국 오셨을 때, 한 시간 이십 분 동안 이슬비 맞으며 같이 걸었던 서울의 밤거리도 떠올랐습니다. 불어는커녕 영어 몇 마디조차 서툰 주제에 간투사만으로도 소통이 된다는 게 참 신기했습니다. 랭보와 베를렌이 이랬을까 싶다가도, 그들의 지옥을 반복하고 싶진 않았습니다. (참고로, 저는 한국 사람과도 마뜩찮으면 1분 20초도 지옥일 때가 많습니다.)

선생님이 저(정확히는 저의 시)에게 보여 주신 호의와 애정은 한국 사람 누구에게서도 느껴 본 적 없는 것이었습니다. 2011년 선생님이 한국에 오셔서 처음 뵀을 때, "너 불어 공부 좀 해서 나랑 놀자." 하셨는데, 그 약속을 아직도 못 지키고 있습니다. 그래서 뵐 때마다 늘 죄송하고, 자책도 하게 되더군요. 앞으로 어찌 될지 모르겠지만, 무시로 선생님 눈빛이 어른거려 무슨 얘기라도 전해 드리는 게 옳을 듯싶어 몇 달째 머뭇거리다가 두서없이 몇 자 쓰게 되었습니다.

다시, 지난 6월 오를레앙 역으로 돌아가겠습니다. 기억하실는지 모르겠습니다. 저로선 이게 아닌데, 이게 아닌데 하면서도 불어로도 한국말로도 피차 표현 못할 기이한 암석(?) 같은 걸 어깨에 짊어지고 돌아오는 기분이었습니다. 돌이켜 보니 통역의 문제도, 진심의 문제도 아니었던 것 같습니다. 이상한 말일까요. (당시의 사실 정황에 대해선 피차 뉘앙스와 기억이 다를 것 같아 굳이 제 입장에서 옮기진 않겠습니다. 그냥 많이 이상하고, 슬펐더랬습니다.)

본론 요약하겠습니다. 여의치 않다면 프랑스에 제 시가 당장 번역되지 않아도 괜찮습니다. 선생님이 저를 알아봐 주신 것만으로도 반갑고 행복하고 감사할 뿐입니다. 공연히 마음 쓰게 해 드린 것 같아 죄송했습니다. 언제든 선생님 여유 있으실 때 다시 뵙고 제 시를 더 많이 읽게 만들어 드릴 수 있는 기회가 생긴다면 그저 반가울 따름입니다. 저에 대해선 지금까지 보여 주신 애정만으로도 충분히 감사하고 어떤 식으로든 보답해 드리고 싶은데, 제가 해 드릴 수 있는 게 없어서 송구합니다. 선생님이 한국문학에 대해 애정을 가지고 쓰신 글들이 한국에서 출간되길 저도 기대했으나, 여의치 않아 보여 그게 더 안타까웠습니다. 제 선에서 이래저래 알아보는 중입니다만, 저 자신

아직도 한국문학계의 '불량소년' 낙인이 지워지지 않은 참이라 확답은 힘들 것 같습니다. 그래도 가능한 한 방법을 찾아보겠습니다.

한국은 분노와 적대감과 울화로 버텨 온 나라입니다. 그게 때로 흥으로 승화되기도 해서 싫지만은 않은데, 확 달아올라서 지랄 발광하다가 딱 그만큼의 밀도로 순식간에 이도저도 아니게 얼버무리는 것투성이라 그 무엇도 장담하기 힘든 나라이기도 하지요.

11월 방불은 취소하는 게 맞다고 판단했습니다. 저 때문에 여러 사람 불편해지는 건 삼가는 게 옳겠지요. 편찮으시다는 소식을 전해 들었습니다. 부디 건강하시길 기원합니다. 불분명하지만 어쩌면 내년 2월경 방불하게 될지도 모르겠습니다. 그때 못 가더라도 선생님과의 일대일 복싱 매치는 언제 어디서든 (심지어 구름 속이나 바다 위에서도) 가능하다고 여깁니다. 샌드백 열심히 두드리고 있겠습니다.

2019년, 12월
한국의 말더듬이 시인 강정 올림

P. S. 프랑스에서 어린 시절을 보낸 친구가 편지를 번역했습니다. 언젠가 제가 직접 불어로 연락드릴 때가 있을까요? 노력해 보겠습니다.

La poésie est ailleurs

Cher Monsieur Claude Mouchard

Je n'ai pas osé vous regarder longtemps dans les yeux quand on se disait au revoir à la gare d'Orléans au mois de juin dernier. J'ai même eu le sentiment imprudent que je ne pourrais plus jamais vous revoir. En marchant de chez vous jusqu'à la gare, j'ai senti franchir un 'bord'. (ça m'a aussi eu l'air d'une allusion frivole.) Comment marchez vous si vite! J'ai eu honte de moi-même, moi qui ai marché à en avoir le ras-le-bol pendant deux ans et demi à l'armée sud coréenne. C'était un jour bizarre, où il faisait chaud et humide comme dans les tropiques, alors que nous étions en France. En même temps, j'ai pensé que la terre avait passé ses limites.

J'ai pensé à un tâtonnement, une hésitation, une timidité. J' ai aussi pensé à la vitesse du cœur qui, paradoxalement, accélère brusquement comme si je voulais me passer de l'incertitude et du gêne que j'avais sentis dans cette situation ambiguë et gênante. Je pense que c'est ce qu'est la poésie. Ainsi que la relation humaine. Les mots que j'essaye de dire par envie de toucher, d'attirer, de m'y faire attirer mais qui en fin de compte sortent en des mots dont je n'avais pas l'intention de dire. Ces autres mots, je dois les mâcher comme s'ils étaient ma glossolalie et je ne peux que les détruire. Les griffures d'un autre temps, qui existe en dehors du temps. Cet autre temps rassemble même la racine de son infinitude qui ne peut être marqué d'un point qu'on appelle le présent ou l'époque, et met en accord le passé et le présent dans un seul corps, pour finalement se lancer en dehors du langage ordinaire.

Voilà comment je définie ma poésie et comment je vois être le principe fondamental et l'essence de la poésie. Donc même se laisser oublier doit être la politesse de celui qui a écrit le poème. C'est ce que j'ai pensé sans votre permission, en regardant vos yeux à la gare d'Orléans.

Je pense à vous quand je regarde les vidéos des matchs de Mohamed Ali. C'était vraiment un beau boxeur. Ce doit être parce que vous, qui serrez les poings en disant «Allez, on se bat!» «J'ai envie de te foutre un coup!» chaque fois que l'on se voit, êtes adorable et drôle. Vous avez un «footwalk» et un «speed» excellent. Je suis confiant quand on en vient à «la marche» à mais franchement, de chez vous jusqu'à la gare d'Orléans, c'était dur. (pour mon cœur plus que pour mes jambes, en juin.) Je pensais aussi à la rue nocturne de Séoul où l'on avait marché pendant une heure et vingt minutes quand vous étiez venu en Corc'étaite. C'c'étaittait merveilleux de pouvoir communiquer qu'en interjections, alors que je ne parle pas bien anglais, et encore moins bien le français. Je me disais que peut-être Rimbaud et Verlaine auraient fait cela, mais je ne voulais pas répéter l'enfer dans lequel ils avaient été. (Il faut que je vous dise que même avec les coréens, avec certains qui ne me plaisent pas, même une minute et vingt secondes me sont souvent infernales.)

La bonté et l'affection que vous m'aviez montrées (pour être précis, que vous aviez montrées à ma poésie) étaient quelque chose que je n'avais jamais ressenti des Coréens. Quand je vous ai rencontré pour la première fois en 2011, vous m'aviez dit «Étudie le français pour qu'on puisse s'amuser.» mais je n'ai toujours pas pu tenir cette promesse. Et j'en étais désolé à chaque fois que l'on se revoyait. Je m'en suis voulu. Je ne sais pas comment ça se passera mais votre regard me vint sans cesse à l'esprit. J'ai hésité pendant plusieurs mois mais j'ai pensé que ça serait raisonnable que je vous dise quelque chose, et voilà que je vous écris quelques mots sans cohérence.

Je reviens au mois de juin dernier, à la gare d'Orléans. Je ne sais pas si vous vous en souvenez. Au retour, je me sentais comme si j'avais une espèce de roche bizarre (?) sur mes épaules, une roche que je ne puis expliquer ni en français ni en coréen, en me disant que quelque chose n'allait pas. Quand j'y pense, ce n'était ni un problème de traduction ni de sincérité. Est-ce que cela sonne bizarre? (Je ne vais pas parler des circonstances à ce moment-là car je pense que nous devions chacun nous en souvenir autrement. C'était juste très étrange et triste.)

Pour résumer. Ce n'est pas grave si ma poésie n'est plus traduite en France parce que la situation ne le permet pas. Je suis joyeux, heureux et reconnaissant que vous m'ayez reconnu. Je suis désolé de vous avoir causé du souci pour rien. Quand que ça soit, si je peux vous revoir quand vous le pouvez et si je peux avoir la chance de vous faire lire un peu plus de ma poésie, j'en serais seulement ravi. Je suis pleinement reconnaissant de votre affection jusqu'à présent. Je voudrais y répondre mais je n'ai rien à vous donner et j'en suis confus. J'ai simplement trouvé pitoyable que vos textes que vous aviez écrits avec amour pour la littérature coréenne ne puissent pas être publiés, contrairement à mes attentes. Je suis en train d'essayer de trouver la voie mais étant toujours marqué «le mauvais garçon (ou le voyou)» du monde littéraire, je ne peux pas vous donner de réponse sûre. Mais je vais quand même essayer de trouver un moyen.

La Corée est un pays qui a tenu avec la fureur, l'hostilité et la rage. Elles sont parfois sublimées en joie et cela ne me déplaît pas. Mais beaucoup de choses, après le délire, deviennent équivoques et cela rend ce pays un pays où rien ne peut être affirmé.

J'ai décidé qu'il serait plus raisonnable d'annuler ma visite en France au mois de novembre. Il est en effet raisonnable de ne pas encombrer plusieurs personnes de ma présence. On m'a dit que vous aviez des soucis de santé. Je vous souhaite une bonne santé. Je ne suis pas encore certain, mais il se peut que je viendrai visiter la France l'année prochaine, vers le mois de février. Quand bien même je ne pourrais pas, je considère que notre match de boxe peut se faire n'importe quand et n'importe où. (même dans les nuages ou sur la mer.) En attendant, je frappe mon sac de sable avec ardeur.

2019. 12

Kang Jeong, le poéte bégayeur de la Corée

P. S. Une amie qui a passée son enfance en France a traduit cette lettre. Est-ce qu'un jour je serai capable de vous écrire moi-même en français? Je vais essayer.

번역: 최서영

파충류 심장

1판 1쇄 찍음	2021년 8월 14일
1판 1쇄 펴냄	2021년 8월 27일

지은이	강정
발행인	박근섭, 박상준
펴낸곳	(주)민음사

출판등록	1966. 5.19. (제16-490호)
주소	서울특별시 강남구 도산대로1길 62(신사동) 강남출판문화센터 5층 (우편번호 06027)
대표전화	02-515-2000 팩시밀리	02-515-2007
홈페이지	WWW.MINUMSA.COM

값 20,000원

ISBN	978-89-374-4484-5 (03810)

* 잘못 만들어진 책은 구입처에서 교환해 드립니다.